-A.W. BENEDICT-
Beanstock
-EINE MÖRDERISCHE TEATIME-

Der achte Fall

Umschlaggestaltung: www.wolf-photoart.de
Schriftdesign: Tobias Wieduwilt
Illustrationen: A.W. Benedict
Marketingdesign: Chris Wieduwilt
Korrektorat: SchriftWerk - Jona Gellert

Herstellung und Verlag: BoD – Books on Demand,
Norderstedt
ISBN 9783755752882

Bibliografische Information der Deutschen Nationalbibliothek:
Die Deutsche Nationalbibliothek verzeichnet diese Publikation in der Deutschen Nationalbibliografie;
detaillierte bibliografische Daten sind im Internet abrufbar.

-A.W. BENEDICT-
Beanstock
-EINE MÖRDERISCHE TEATIME-

Das am sichersten wirkende Gift ist
die Zeit.

Ralph Waldo Emerson

Beanstock

Es freut mich ungemein, junger Beanstock, dass Sie die umfassenden Pflichten, die einen guten Butler ausmachen, verinnerlicht haben. Stets sollte es Ihr Ziel sein, die Wünsche Ihrer Herrschaft vorauszusehen und dementsprechend zu handeln. Schützen Sie Ihre Dienstherren und werden Sie so zu dem Butler, der Sie sein sollen. Respekt und Ehre, junger Beanstock, und ein Regelwerk, das Ihnen und Ihrem Haushalt die Arbeit erleichtern wird.

Die Worte seines alten Lehrers hatte er oft in seinen Gedanken. Und Arthur Reginald Beanstock hatte es verinnerlicht. Das hatte sein Lehrer an der renommierten Londoner Butlerschule damals von ihm verlangt.

Er sah den alten Herrn noch genau vor sich. Die Kleidung makellos, das Haar ordentlich gestutzt, das Haupt stolz erhoben und der Blick, ohne eine Regung zu verraten. Mr Fortescue hatte eine bekannte Elite-Butler-Schule in der Nähe von London geleitet.

Die alte Villa im Stil des Klassizismus hatte einst einer weltweit gefeierten Opernsängerin gehört, die sie nach ihrem Tod ihrem Butler Charles hinterlassen hatte.

Charles Ivan Forsythe hatte daraus eine Schule gemacht, die Butler der feinsten Art ausbildete. Es war ein Privileg, an dieser Bildungseinrichtung angenommen zu werden. Einer der Absolventen arbeitete inzwischen für den Prinzen of Wales. Auf diese Tatsache wies man auf einer Tafel am Eingang der Schule stolz hin.

So war der junge Arthur besonders froh gewesen, als der Brief in Middle Chestnut angekommen war und ihm verheißen hatte, dass er dort den erlauchten Beruf eines Butlers erlernen dürfte. Seine Eltern waren stolz auf ihren Sohn gewesen. Das Geld für die Ausbildung ihres Sohnes hatten sie seit langem gespart.

Arthur R. Beanstock hatte sich von seinen Eltern und seinem großen Vorbild, dem Butler des Commodore Newport, verabschiedet, seiner Schwester Emily einen Kuss auf die Stirn gehaucht und sich auf den Weg nach London gemacht.

Mit im Gepäck sein geliebtes Grammophon. Der Butler des Commodore hatte es ihm geschenkt. Damals hatte der junge Arthur in Middle Chestnut zusammen mit Constable Blackberry einen Mörder gefasst. Sein erster richtiger Kriminalfall.

Seine Mutter hatte ihn darauf hingewiesen, dass er in der Butlerschule das Grammophon auf gar keinen Fall nutzen könnte, und gemeint, er solle es zu Hause lassen. Aber der junge Mann war nicht zu belehren gewesen und im Nachhinein hatte sich diese Entscheidung als richtig erwiesen. Denn er hatte seinen Heimatort nicht wiedergesehen.

Die heißen Tränen auf den Wangen seiner Schwester Emily hatte er beim Abschied nicht mehr wahrgenommen. Viel zu schnell waren seine Gedanken an die neue

Schule gegangen.

Er hatte Middle Chestnut verlassen.

Noch heute erinnerte er sich an die endlosen Lektionen. *Mit dem größten Vergnügen, Königliche Hoheit, zu Ihren Diensten, My Lord. Darf es etwas mehr sein, My Lady?* Die Stunden waren endlos erschienen, da er mit einem Tablett den Raum durchqueren musste, ein Glas auf dem Kopf balancierend. Den Tisch vorschriftsmäßig decken, Silber polieren, die Tageszeitung bügeln, lernen, welche Majestät man wie anspricht. Welcher Wein passt zu welchem Gericht. Wie bewahrt man Wein auf. Was muss man bei der Reinigung der Kleidung seiner Herrschaft beachten. Bis hin zu der Buchführung eines großen Haushaltes und der Führung des Personals wurde alles umfassend gelehrt.

Er hatte es geliebt und sein Lehrer hatte an dem neuen Schüler diese Ergebenheit für den Beruf bemerkt, die auch ihn vor vielen Jahren angetrieben hatte.

Als Beanstock nach drei Jahren die Schule mit einem ausgezeichneten Zeugnis beendet hatte, hatte der alte Herr lange seine Hand gehalten und ihn mit den Worten verabschiedet, *jeder Arbeitgeber wird froh sein, Sie anstellen zu dürfen, junger Beanstock. Ich bin stolz auf Sie. Denken Sie immer daran, Integrität und vor allem Verständnis für alle Dinge des Lebens machen einen guten Butler erst zu einem ausgezeichneten Butler.*

Er hatte nicht viel Zeit gehabt, an seine Heimat am geheimnisvollen Dartmoor zu denken.

Sofort nach der Schule hatte er eine Anstellung bei einem Lord Yoster angenommen. Es war ihm nicht möglich gewesen, diese Chance verstreichen zu lassen. Seine Eltern hatten das verstanden und ihm dazu geraten.

Dann war der Krieg gekommen und er hatte England in Richtung Belgien und Frankreich verlassen. Es waren nur die Briefe in die Heimat geblieben.

Als endlich der Frieden gekommen war, hatte er das Angebot einer Anstellung als Butler auf Parsley Manor bekommen. Er sollte für Sir Percival und Lady Fedora von Parsley arbeiten.

Es hatte sehr viel zu tun gegeben. Der Haushalt der Baronets war noch im Aufbau gewesen. Eine Köchin hatte noch gefehlt, eine Hausdame und ein Gärtner hatten engagiert werden müssen und das Haus Parsley Manor war noch nicht einmal fertiggestellt gewesen. Der Krieg hatte vieles verhindert.

Dann waren kaum noch Nachrichten aus Middle Chestnut gekommen. Sein Vater hatte, nachdem seine Frau gestorben war, in einem Heim untergebracht werden müssen. Die schwere Arbeit im Gemüseladen hatte sich nun doch bemerkbar gemacht.

Beanstock überwies jeden Monat Geld an das Heim, um seinem Vater ein angenehmes Leben zu ermöglichen.

Von seiner Schwester hatte er seit dem Krieg nichts mehr gehört. Die letzten Nachrichten von seiner kleinen süßen Emily waren nicht sehr schön gewesen. Seine Mutter hatte ihm damals geschrieben, dass sie das Haus auf Nimmerwiedersehen verlassen hätte und man nicht wissen würde, wo sie abgeblieben war. Es hatte Streit gegeben. Als Beanstock bei den Eltern angerufen hatte, hatte sich die Mutter in Schweigen gehüllt.

Umso mehr brannte nun der Brief in seiner Tasche. Er war am Morgen gekommen. Der neue Postbote

Jasper Bing hatte ihn zusammen mit der Post für die Herrschaften auf den Küchentisch im Dienstbotenbereich gelegt. Auf dem Absender stand Emily Beanstock.

Es hatte gedauert, bis er den Brief endlich zur Hand genommen hatte. Nun machte er sich doch Vorwürfe. Vielleicht war auch ein bisschen Trotz dabei. Er hatte, solange er von zu Hause fort gewesen war, seiner kleinen Emily in jeder Woche einen Brief, eine Karte oder ein kleines Geschenk nach Hause geschickt und niemals in all den Jahren war ein Brief von ihr zurückgekommen. Warum also jetzt?

In der ersten Zeit war er traurig gewesen, das hatte sich in Wut verwandelt. Vor allem ärgerte ihn, dass seine Schwester sich nicht um die Eltern gekümmert und sich niemals gemeldet hatte. Sie war einfach verschwunden.

Beanstock beendete seine abendliche Runde im Haus, kontrollierte die Türen, sah nach dem Herd in der Küche und ging dann hinauf in sein Zimmer. Vorher ein kurzer Blick in das Zimmer seines Patenkindes Luci. Es schlief ruhig und zufrieden.

Das war ihm zur Gewohnheit geworden. Ansonsten könnte er keine ruhige Nacht verbringen.

Er zog sein Jackett aus und hängte es sorgsam über einem Bügel an seinen Schrank. Er nahm den Brief aus der Tasche und setzte sich auf den bequemen Sessel am Fenster. Er atmete tief ein. Dann öffnete er betont langsam das Kuvert. Mehrere eng beschriebene Seiten mit einer schnörkeligen Handschrift kamen zum Vorschein.

Da er niemals Post von seiner Schwester bekommen hatte, erkannte er die Schrift auch nicht sofort. Nach dem ersten Blatt legte er die Seiten kurz auf den Schoß und schloss die Augen. Das hatte er nicht erwartet. Dann sah er sich den Briefkopf genauer an.

Gefängnis für weibliche Straftäter, Dartmoor, stand dort gedruckt.

Eine Reise ins Ungewisse

Der Bahnhof Paddington war, wie an jedem Tag der Woche, voller hastender Menschen, die mit oder ohne Gepäck zu einem der Bahnsteige eilten. Greinende Kinder, die an der festen Hand ihrer Mütter viel zu schnell laufen mussten.

Geschäftsreisende, die die Augen stur auf die langen Reihen der Kursentwicklung in der Börsenzeitung gerichtet und keinen Blick übrig hatten für die Probleme anderer Menschen. Paare, die sich verabschiedeten, mit einem weinenden und einem lachenden Auge. Zugbegleiter, die penetrant schrille Trillerpfeife zwischen den Lippen und mit erhobener Kelle.

Inmitten dieses Reigens stand Beanstock mit seinem kleinen Koffer wie ein Fels in der Brandung und sah sich das Treiben ringsum an. In der Tasche seines Mantels wartete der Roman seiner Lieblingsautorin Agatha Christie: *Der Wachsblumenstrauß.*

Beanstock sah auf die Bahnhofsuhr und dann auf seine Taschenuhr, als würde er der offiziellen Uhr ihrer Majestät keinen Glauben schenken. Mit einem Nicken bestätigte er die korrekte Zeit. Sein Zug stand sicher schon bereit und würde in zehn Minuten abfahren. Er sah auf seine Fahrkarte und ging zum Gate vier. Der Zug war nicht überfüllt und Beanstock fand schnell einen Platz in einem der Abteile. Er war allein. Der Zug ruckte an und nach ein paar Minuten verließ er den Bahnhof Paddington in Richtung Torquay. Von dort würde er einen Bus nach Middle Chestnut nehmen.

Bevor der Zug langsam aus London hinausfuhr, kamen ihm etliche Personenzüge entgegen. Beanstock blickte in die Abteile der Gegenzüge. Das war interessant. In einem brüllte ein Baby und die Mutter schien vollkommen überfordert zu sein mit der Situation. Ziellos durchwühlte sie mit hochrotem Kopf die Tasche neben sich. Dann kam schon das nächste Abteil. Ein junges Paar eng umschlungen. Beanstock sah schnell weg. Die jungen Leute waren aber so mit sich beschäftigt, dass sie den Butler gar nicht bemerkten.

Dann kam ein leeres Abteil. Aber nein, es war gar nicht leer. Soeben erschien der verwuschelte Kopf eines Herrn, der irgendetwas auf dem Boden verloren und gefunden hatte. Glücklich lächelnd zeigte er, in dieser kurzen Sekunde, Beanstock einen Füllfederhalter.

Dann passierte lange nichts Besonderes. Viele Fahrgäste schliefen oder stierten zornig geradeaus, als würde ihnen dort die Lösung ihres Problems winken.

Was wäre eigentlich, überlegte Beanstock, wenn er in diesem Moment in einem der Abteile einen Mord beobachten würde? Wie sollte er das dem Schaffner erklären? Der Zug mit dem mörderischen Abteil wäre schon viele Kilometer entfernt, bevor man etwas tun könnte. Sehr schwierig. Nun, diese fiktive Vorstellung überließ man vielleicht lieber den Schriftstellern und ihrer Fantasie. Beanstock lächelte.

Er griff zu seinem Roman und vertiefte sich in den Fall des *Wachsblumenstraußes*. Der Zug brauchte mehr als drei Stunden bis Torquay. Viel Zeit zum Lesen.

Gegen Mittag legte Beanstock sein Buch zur Seite und öffnete den kleinen Koffer. Er nahm das sorgfältig in Butterbrotpapier eingeschlagene Paket heraus und öffnete es. Mrs Porkpie hatte ihm heute in aller Frühe Brote mit saftigem kalten Braten und Schinken belegt, ein gekochtes Ei und einen Apfel dazugelegt. Ein Stück Heimat, sorgsam für ihn verpackt. Daneben lag in buntem Papier ein Himbeerbonbon. Das kam von Luci. Sie hatte es ihm am Morgen gähnend und noch im Nachthemd in die Hand gedrückt und ihn umarmt. Er lächelte. Er hatte den Zug um sechs Uhr nach London genommen, um den Anschluss um zehn Uhr nach Torquay vom Bahnhof Paddington zu erreichen.

Mrs Argyle hatte am Morgen mit ihm am Tisch gesessen und ihn abschätzend angesehen.

Beanstock hatte seinen Tee getrunken und sein Porridge gegessen. Mrs Porkpie war in der Küche beschäftigt gewesen und hatte für ihn das Lunchpaket vorbereitet.

„Sie wollen mir also nicht sagen, warum Sie so überstürzt abreisen müssen?", hatte sie ihren Freund gefragt, was er ja mittlerweile nun einmal war.

„Es ist eine Familiensache, Mrs Argyle. Ich werde in ein paar Tagen zurück und pünktlich anwesend sein, wenn die Baronets ihre Reise nach Schottland antreten. Sie haben meine Instruktionen für die kommenden Tage", hatte er zurückhaltend erklärt. Aus der Küche war ein tiefer Seufzer zu hören gewesen.

„Bitte, man soll sich keine Sorgen machen. Ich

werde schnell wieder hier sein. Es ist nichts", hatte Beanstock gesagt.

Mrs Argyle hatte sich erhoben und war kopfschüttelnd in die Garage gegangen, um Gonzales zu sagen, dass Mr Beanstock bereit war, zum Bahnhof gebracht zu werden.

„Er rückt nicht mit der Sprache heraus, Gonzales", hatte sie zu dem Chauffeur gesagt. „Ich mache mir wirklich Sorgen. Dieser Brief hat ihn sehr mitgenommen. Vielleicht ist etwas mit seinem Vater. Er wohnt in der Nähe von Middle Chestnut in einem Heim. Wissen Sie etwas Genaueres?"

Gonzales hatte auch nicht mehr als die Hausdame gewusst.

„Er wird mir auch nichts sagen, Señora Argyle, Sie wissen doch, wie verschwiegen er sein kann. Vor allem, wenn es ihn persönlich betrifft. Sie bekommen aus Mortecai mehr heraus als aus diesem Mann."

Gonzales hatte den *Defender* genommen und den Butler zum Bahnhof gebracht. Trotz seines Protestes hatte Gonzales gewartet, bis der Zug den Bahnhof verlassen hatte.

Die Abteiltür wurde geöffnet, ein fröhlich wirkender junger Mann mit einem Korb am Arm betrat das Abteil und riss Beanstock aus seinen Gedanken.

„Möchten Sie gern Tee trinken? Ich habe schwarzen Tee und Pfefferminztee und ..." Er unterbrach kurz seine Rede und sah nachdenklich in seinen großen Korb. „Ach ja, ich habe auch noch Kamillentee."

„Welche Sorte umfasst Ihr Sortiment an Schwarztees, Sir?", fragte Beanstock.

Einen Moment war der junge Mann sprachlos.

„Nun, eben schwarzen Tee. Mein Vater hat mir nicht gesagt, welche Sorte es ist, Sir. Aber er schmeckt, das kann ich sagen", erklärte der Mann fröhlich.

„Geben Sie mir eine Tasse bitte", sagte Beanstock seufzend. Was erwartete er eigentlich in einem Zug?

Er bezahlte und stellte den dickwandigen Becher auf den kleinen Tisch am Fenster. Der junge Mann reichte ihm ein eingepacktes Stück Würfelzucker und stand dann abwartend in der Tür.

„Milch, Sir?"

„Ja gern, wenn es nur eine Winzigkeit sein dürfte?", erklärte Beanstock.

Der Teeverkäufer nahm eine Flasche aus dem Korb und goss einen ordentlichen Schluck in die Tasse des Butlers. Beanstock fragte sich, ob er nicht lieber nur Milch hätte nehmen sollen. Das Ergebnis wäre ähnlich.

Nachdem der Mann gegangen war und im nächsten Abteil fröhlich nach den Wünschen fragte, nippte Beanstock an dem Tee. *Es scheint sich um eine dünne Form von Darjeeling zu handeln,* dachte er.

Wieder allein im Abteil vertiefte er sich erneut in seine Lektüre. Vor dem Fenster flog die Landschaft von Somerset vorbei. Noch eine Stunde und er kam in Torquay an. Von dort sollte gegen vierzehn Uhr ein Bus in Richtung Middle Chestnut fahren. Genug Zeit, um einen kurzen Blick auf den Geburtsort seiner Lieblingsautorin Agatha Christie zu werfen.

Der Bus hielt in Middle Chestnut an dem kreisrunden Platz mit dem Denkmal in der Mitte. Es sah noch ganz genauso aus, wie Beanstock es in Erinnerung hatte. Etwas verfallener vielleicht, aber man erkannte den

Korb mit den Äpfeln noch, der auf einer Säule stand und aus grauem Granit gearbeitet worden war. Niemand im Ort wusste, warum ein Korb mit Äpfeln irgendjemanden dazu gebracht haben mochte, dieses Denkmal bauen zu lassen. Es stand weit und breit kein einziger Apfelbaum.

Gegenüber schwang das Schild zum Pub *Appelpie* im aufkommenden Wind. Auch hier wieder dieser seltsame Hinweis auf die Äpfel. Es gab den Pub also noch.

Beanstock griff seinen kleinen Koffer fester und ging langsam auf der schräg nach unten abfallenden Dorfstraße in Richtung Norden weiter. Da war das Haus seiner Freunde Commodore Newport und dessen Butler Gordon. Die Fenster waren dunkel. Der Fahnenmast vor der Tür stand ohne Fahne da. Sein Freund, der Commodore, hatte an jedem Tag den Union Jack hinaufgezogen, dabei salutiert und am Abend wieder eingeholt.

Beanstock ging langsam weiter. Die Straßen sahen unbelebt aus. Keine Menschenseele war zu sehen. Es war ihm recht. Man würde ihn wahrscheinlich gar nicht erkennen. Er hatte seinen Heimatort Middle Chestnut vor so ewig langer Zeit verlassen.

„Wenn das nicht der junge Arthur ist!", rief ihm jemand hinterher. Beanstock drehte sich schnell um.

„Constable Blackberry? Sind Sie es wirklich?", fragte Beanstock und ging ein paar Schritte zu dem Mann zurück. Er stellte seinen Koffer ab und reichte dem Constable die Hand. Im Grunde seines Herzens war er nun doch froh, dass er einen vertrauten Menschen getroffen hatte. Der Constable hatte sich kaum verändert, seit Beanstock hier als kleiner Junge mit seinen Eltern gelebt hatte. Nur das Haar war nicht mehr dunkel, sondern grauer geworden.

„Es ist so schön, Sie zu sehen, Constable. Wo ist Marty?", fragte Beanstock und sah zu dem Hund, der sich zu Füßen des Polizisten niedergelassen hatte. Marty war das nicht. Beanstock erinnerte sich genau an sein schwarzes und weißes Ohr. Dieser Collie hier hatte zwei schwarze Ohren.

„Gut beobachtet. Das ist Junior Marty. Er heißt Spike. Marty geht nur noch ungern aus der warmen Dienststube. Er hat sich seinen Feierabend redlich verdient. Was führt dich hierher? Oder muss ich jetzt Sie sagen?"

Beanstock lächelte.

„Natürlich nicht. Es geht um meine Schwester", erklärte er und wurde ernst.

Constable Blackberry senkte den Kopf.

„Eine ganz dumme Sache ist das. Willst du zu deiner Schwester ins Dartmoorgefängnis? Brauchst du Hilfe?"

„Wenn Sie mich so fragen. Kennen Sie sich mit dem Fall aus? Ich konnte kaum etwas Näheres erfahren. Wie kam es zu dem Tod des Mannes, der meiner Schwester angekreidet wird?"

„Warum gehen wir nicht auf die Wache, trinken eine gute Tasse Tee und reden darüber? Du hattest eine lange Reise", sagte Blackberry.

So machten sich die beiden Männer auf den Weg. Das Haus, in dem sich die winzige Polizeiwache von Middle Chestnut befand, sah von außen eher wie ein gemütliches Cottage aus.

Würde über dem Eingang nicht die eckige Laterne mit dem Aufdruck Police hängen, könnte es ein Fremder schnell übersehen. Blackberry kümmerte sich seit vielen Jahren um die großen und kleinen Vergehen im Ort und es machte ihn glücklich. Eine Frau hatte er leider nicht gefunden. Er hatte einmal für ein junges Mädchen im Ort geschwärmt, die sich am Ende aber leider als Mehrfachmörderin erwiesen hatte und irgendwie hatte er wohl den Spaß an einer Liebesbeziehung verloren.

Der junge Beanstock hatte damals dazu beigetragen, die junge Frau zur Strecke zu bringen. Eine weiße Feder die seinem Freund, dem Commodore in einem anonymen Brief zugesandt worden war, hatte eine große Rolle gespielt.

Nun kam mehrmals in der Woche eine ältere Dame in die Wache, brachte die Wohnung in Ordnung, kehrte das Büro und versorgte den guten Constable auch oft mit leckerem Gebäck oder einem guten Roastbeef. Mrs Chilicully war eine wahre Perle.

Als Blackberry die Tür öffnete, kam Marty ihm schwänzelnd entgegen. Er beschnupperte seinen Sohn Spike ausgiebig, setzte sich dann vor Beanstock hin und sah ihn aufmerksam an.

„Er kennt dich noch, sonst hätte er gebellt. Seit er etwas ältlich ist, verbellt er Fremde."

Beanstock strich dem Border Collie über den weichen Kopf. Er stellte seinen Koffer ab und folgte dem Constable in den hinteren Bereich. Hier war ein Wohnzimmer mit einem Kamin und dahinter Schlafzimmer und Bad. Im vorderen Bereich gab es eine Küche neben dem Büro. Mehr benötigte Blackberry nicht.

Überall stapelten sich Bücher und das Regal neben dem Kamin war vollgestellt. Der Constable las gern abends bei einem kühlen Bier am prasselnden Kamin.

18

Allerdings teilte er nicht Beanstocks Faible für Krimis, bei ihm mussten es romantische Geschichten sein. Am liebsten las er Liebesromane.

„Setz dich, Arthur."

„Mrs Chilicully!", rief er danach laut in Richtung Küche.

„Ja", rief jemand zurück.

„Können Sie uns Tee machen, bitte?"

Beanstock sprang sofort auf.

„Den Tee kann ich auch zubereiten", sagte er.

„Alte Gewohnheit, was? Nein, hier bist du nicht der Butler, mein Freund. Übrigens, Commodore Newport und sein Butler Gordon leben noch hier. Sie sind in London im Moment. Der Commodore sitzt leider seit einiger Zeit im Rollstuhl. Er hat ja auch schon einige Jahre auf dem Buckel. Zum Glück hat er Gordon. Du hast sie verpasst. Da werden die beiden traurig sein. Du bist seit ewigen Zeiten das Hauptgesprächsthema bei ihnen. Ich glaube, Gordon ist mächtig stolz, dass du Butler geworden bist", erklärte Blackberry lächelnd.

Er griff zu einem dünnen Hefter, der neben dem Sessel auf einem niedrigen Tisch lag. Er war abgegriffen, so wie es passierte, wenn man ständig darin herumblätterte.

„Das ist eine Kopie der Akte deiner Schwester. Ich habe sie mir aus Plymouth schicken lassen. Dort ist es passiert. Lies in Ruhe. Ich schaue nach Mrs Chilicully."

Beanstock öffnete die Akte und blickte in das Gesicht seiner Schwester. Einer sehr viel älteren Emily. Aber in ihren Augen sah er noch das liebenswerte Kind. Sie sah unglaublich ängstlich aus. Beanstock gab es einen Stich ins Herz, als er ihr Gesicht sah.

19

Auf der nächsten Seite lagen Tatortfotos. Ein Mann lag mit verdrehten Gliedmaßen auf der Seite und neben ihm standen Polizisten. Beanstock las den Bericht des Rechtsmediziners.

Im Januar dieses Jahres war der Mann ermordet aufgefunden worden. Ein Foto des Toten lag im Hefter. Bradford Fitzwilliam Hardgrove, 35 Jahre alt, wohnhaft in Plymouth, Eddy Lane 7, ein Beruf war nicht bekannt, was Beanstock schon etwas seltsam erschien. Womit hatte der Mann seinen Lebensunterhalt bestrichen?

Die Obduktion hatte massive Gewalt auf den oberen Thorax und den Kopf festgestellt. Das Gesicht war kaum zu identifizieren gewesen. Gestorben war der Mann aber an einem Messerstich direkt ins Herz. Dafür brauchte man Kraft. Beanstock hatte seine Schwester als nicht sehr kräftig in Erinnerung. Im Gegenteil, sie hatte im Alter von zehn Jahren eine schwere Lungenentzündung durchgemacht und war seitdem eher schwach. Die Tatwaffe war gefunden worden und war übersät mit Fingerabdrücken von Emily.

Zeugen hatten von einem Streit und Gepolter im Nachbarhaus berichtet. Als die Polizei eingetroffen war, hatte Emily neben dem Toten auf dem Boden gelegen und die Tatwaffe in der Hand gehalten. Sie war erst im Krankenhaus wieder zu sich gekommen und hatte zu Protokoll gegeben, dass sie nach einem Streit mit ihrem Verlobten von ihm niedergeschlagen worden war und sich an nichts erinnern könnte. Ein anderer Zeuge, der Wirt des in der Nähe befindlichen Pubs, hatte zu Protokoll gegeben, dass Hardgrove der netteste Mann auf Erden gewesen wäre, immer sehr lieb zu seiner Verlobten und man könne sich nicht vorstellen, warum sie auf ihn losgegangen sein könnte. Aber man habe schon längere Zeit bemerkt, dass die Dame instabil und leicht verrückt wirkte. Außerdem trank sie.

Beanstock schüttelte den Kopf. Das war nicht seine Emily. Was war hier nur passiert?

Blackberry setzte sich neben Beanstock und nahm ihm die Akte aus der Hand.

„Das kann unmöglich sein. Emily hat diesen Mann nicht umgebracht", sagte Beanstock.

Der Constable reichte ihm eine Tasse Tee und durch die Tür kam Mrs Chilicully und stellte mit einem Lächeln einen Teller Sandwiches auf den Tisch.

„Emily ist vor vielen Jahren aus Middle Chestnut verschwunden. Es hatte einen riesigen Streit mit deiner Mutter gegeben, Arthur. Sie sollte auf eine Schule in Bristol gehen und Hauswirtschaft lernen. Das war nicht nach ihrem Geschmack. Sie interessierte sich für Fotografie und wollte sich künstlerisch betätigen. Schließlich ist sie bei Nacht und Nebel verschwunden. Es kam noch eine einzige Karte von ihr nach ungefähr drei Wochen. Sie war in London und gab keine Adresse an. Danach kam nichts mehr."

„Wer ist dieser Mann gewesen, dieser Hardgrove?", fragte Beanstock.

„Ein windiger Kerl, wenn du mich fragst. Ich habe mal ein bisschen selbst nachgeforscht. Er ging in dem Pub, *The Ghost Merchant*, aus und ein. Dieser Wirt ist nicht gerade eine vertrauenswürdige Person. Er ist bereits in den Polizeiakten als Hehler und Betrüger bekannt. Wie man so einen Mann als Zeugen anerkannt hat, ist mir unverständlich", erklärte Blackberry und goss Tee nach. Marty kam hereingewackelt und legte

21

seinen Fellkopf schnaufend auf Beanstocks Schoß. Er sah ihn aus tränenden Augen an.

„Der alte Marty spürt immer, wenn jemand Zuspruch braucht. Er ist ein toller Hund", sagte der Constable.

„Vielleicht hat er aber auch unseren Junior erschnüffelt. Das ist der Beagle meiner Herrschaft", erklärte Beanstock und strich dem alten Hund über den grauen Kopf.

„Was wissen Sie noch über diesen Hardgrove?", fragte Beanstock.

„Er stammt ursprünglich aus London. Vielleicht hat Emily ihn dort kennengelernt. Auch in London war nicht bekannt, welcher Tätigkeit er nachgegangen war. Aber es gab eine Anzeige, die seltsam scheint. Eine begüterte Dame meinte, von ihm bestohlen worden zu sein, nachdem er ihr versprochen hätte, ihr Haus auf dem Lande zu verkaufen. Er gab sich als Makler aus, hatte die tollsten Referenzen, bis hin zu Bekanntschaften aus Kreisen des Adels und ging der Dame wohl gewaltig um den Bart. Natürlich wollte er eine gewisse Geldsumme im Vorfeld haben, damit man den Verkauf ordentlich ankurbeln könnte. Mit diesem Geld verschwand er. Aber nach einer Woche verlief die Suche nach dem Kerl im Sand. Jetzt wissen wir, dass er in Plymouth untergetaucht war. Was hast du vor, Arthur? Du wirst doch keine Dummheiten machen?", fragte der Constable.

Beanstock nippte gedankenverloren an seinem Tee. „Guter Tee, Constable, sehr guter Tee", flüsterte Beanstock.

„Arthur Reginald Beanstock! Was hast du vor zu tun?", rief Blackberry.

„Keine Angst, nichts Ungesetzliches. Ich werde zuerst in das Heim zu meinem Vater fahren und mit ihm reden. Dann in das Gefängnis von Dartmoor. Können Sie mir einen Besuchstermin verschaffen? Ich wäre Ihnen sehr verbunden."

„Was du dir für eine gestelzte Sprache zugelegt hast! Aber klar helfe ich dir, mein Junge."

Beanstock erhob sich, verabschiedete sich, dankte ihm und ging mit seinem kleinen Koffer in Richtung seines Elternhauses davon. Es lag im Abendsonnenschein, als ob keine Zeit vergangen wäre. Die Fenster des Gemüseladens waren mit Vorhängen verschlossen und wo früher sein Vater immer die Kisten mit dem frischen Gemüse ausgestellt hatte, war nur noch das verwitterte Holzgestell zu sehen.

Er griff in seiner Manteltasche nach dem Schlüssel, den er so lange schon nicht mehr benutzt hatte, und schloss die Tür auf. Ein Geruch nach alten Möbeln und vielleicht auch Mäusefamilien drang in seine Nase. Nachdem er die Tür hinter sich abgeschlossen hatte, wie es seine Gewohnheit war, stellte er den Koffer ab, zog seinen Mantel aus und ging zuerst in die Küche neben dem Flur. Hier hatte sich fast das gesamte Leben seiner Familie abgespielt. Da seine Eltern den lieben langen Tag schwer beschäftigt mit dem Geschäft gewesen waren, war kaum Zeit geblieben, das hübsche Wohnzimmer zu benutzen. Nur an Feiertagen und am Sonntag hatte sein Vater dort vor dem Radio gesessen und sich köstlich über die Hörspiele der BBC amüsiert.

Es war wie immer blitzsauber in der Küche. Seine Mutter hatte alles ordentlich hinterlassen. Es sah aus, als habe sein Vater nach ihrem Tod die Küche kaum noch benutzt.

Beanstock ging ins Wohnzimmer. Draußen wurde es jetzt bereits kühler. Die ersten Vorboten des kommenden Herbstes waren zu spüren. Vor dem Kamin lag noch etwas Holz. Er machte Feuer und nahm die weißen Laken von Sofa und Sessel. Irgendjemand hatte sich die Mühe gemacht, alles tadellos zu hinterlassen. Er vermutete den Constable.

Lange Minuten stand er vor der steilen Treppe in das Obergeschoss. Dort waren die Schlafzimmer. Er musste sich einen Ruck geben, um die Treppe hinaufzusteigen.

Sein altes Kinderzimmer. Es war alles noch da, als ob er nie weg gewesen wäre. Auf seinem winzigen Schreibtisch am Fenster lag sogar noch sein Notizbuch. Er schlug es auf und blätterte darin. Was er sich alles notiert hatte? Wer im Ort wann mit wem und warum unterwegs gewesen war. Eine Liste mit frisch Hinzugezogenen und eine Liste mit Namen von Fremden, die einmal hier den Ort besucht hatten.

Dann öffnete er die Tür zu Emilys Zimmer. Das Bett war ordentlich gemacht und mit einem weißen Laken abgedeckt. Guter Blackberry. Im Regal standen ihre Märchenbücher und auf ihrem Sessel saß der alte Teddy *Pompon*. Sie hatte ihn geliebt. Beanstock nahm ihn und versuchte herauszubekommen, ob er immer noch nach seiner kleinen Schwester duftete.

Kurz sah er sich im Schrank und der Holzkommode um. In dem untersten Schubfach der Kommode stand eine Schatulle. Er erinnerte sich an dieses hübsche Ding. Es war ein Geschenk von ihm zu Emilys 14. Geburtstag gewesen.

Beanstock nahm es mit hinunter in das Wohnzimmer,

das sich langsam etwas erwärmte, setzte sich in den alten Sessel vor dem Kamin und öffnete die Schatulle.

Emily hatte alle Dinge, die sie einmal für unglaublich wichtig erachtet hatte, hineingelegt; ein Medaillon mit dem Bild der Eltern, eine Karte aus Amerika, ein paar Muscheln von einem Urlaub in Bath, eine winzige Ballerina mit rosa Tutu, der ein Bein fehlte, und ein Foto von ihr und ihrem Bruder. Sie mussten damals etwa zehn und fünf Jahre alt gewesen sein. Auf der Rückseite stand in krakeliger Kinderschrift *mein Arzor*, sie hatte damals Arthur nicht aussprechen können. Auf der Vorderseite sah man im Hintergrund das nebelige Dartmoor. Beanstock konnte sich nicht an dieses Foto erinnern. Vielleicht hatte es der Commodore gemacht während eines Ausflugs. Sie waren als Kinder immer gern bei dem Commodore und seinem Butler gewesen. Er steckte das Foto in seine Jackettasche. Dabei fühlte er einen harten Gegenstand in der Tasche.

Er nahm ihn heraus und sah, dass er den goldfarbenen Schlüssel seines Grammophons mitgenommen hatte. Er drehte ihn zwischen seinen Fingern und dachte an seine zweite Familie im weit entfernten Parsley Field.

Dartmoor

Das Eingangstor zum Gefängnis Dartmoor war bereits im Vorfeld beängstigend. Breite Granitsteine, grau und kalt, waren zu einem Torbogen zusammengesetzt worden. Dahinter zog sich ein einfacher Kiesweg bis zu einem weiteren Tor. Über dem Tor hing, wie eine Mahnung an die Menschen draußen, eine Glocke unter einem gemauerten Bogen. Wer hier durchgehen musste, verzichtete auf lange Zeit nicht nur auf Hoffnung, sondern auch auf das Sonnenlicht. Das Dartmoor war an sich schon ein nebliger und geheimnisvoller Ort, aber dieses Gefängnis war schlimmer.

Beanstock klingelte und nach ein paar Minuten öffnete sich ein Fenster im Tor. Ein grimmig wirkender Mann, die Mütze tief in die Stirn geschoben, sah ihn an.

„Was gibts?", fragte er.

Beanstock reichte ihm ein Schreiben durch das Fenster, das ihm der Constable ausgestellt hatte. Blackberry hatte seinen Einfluss geltend gemacht und eine alte Schuld eingetrieben. Er kannte den Gefängnisdirektor aus der Schulzeit. Warum dieser Direktor in seiner Schuld stand, hatte Blackberry nicht verraten. Er hatte nur milde gelächelt und sinnend in eine ferne Ver-

26

gangenheit geblickt.

Beanstock ging durch breite Gänge, dann durch enge Gänge, Gittertüren gingen auf und zu, Stahltüren mussten mit Spezialschlüsseln geöffnet und nach dem Besucher sofort wieder verschlossen werden. Dann endlich, nachdem er sich nochmals hatte ausweisen müssen, saß er in einem winzigen schummrigen Raum mit einem Fenster, das sich eigentlich nicht Fenster nennen dürfte, und wartete. Sein Herz klopfte wild. Er war aufgeregt.

Nach einer Weile wurde die Tür geöffnet und eine Justizangestellte schob Emily durch die Tür.

Als sie ihren Bruder sah, wollte sie zu ihm laufen, aber die Aufseherin pfiff sie natürlich zurück.

„Hinsetzen, keine Umarmungen, keine Übergabe von Lebensmitteln oder ähnlichen Dingen und keine geflüsterten Botschaften! 15 Minuten!", brüllte die Dame mit dem kalten Gesichtsausdruck im Befehlston in den Raum, ohne irgendjemanden speziell anzusehen. Dann setzte sie sich etwas abseits kerzengrade auf einen Stuhl.

Beanstock räusperte sich.

Emily setzte sich ihm gegenüber.

Sie sah verändert aus. Ob das an dem Ort und der Zeit lag oder ob sie zu viel durchgemacht hatte, konnte Beanstock nicht mehr nachempfinden. Sie war blass und ihr schönes langes dunkles Haar war kurz geschnitten und sah schmutzig und vernachlässigt aus. Im Gesicht leuchtete in allen Farben des Regenbogens ein Fleck auf ihrer Wange.

„Arzor", hauchte sie und sah ihren Bruder glücklich an. Dabei liefen heiße Tränen über ihr Gesicht.

„Emily, wir haben leider nicht sehr viel Zeit. Erzähle

mir, so viel du kannst, über den Tag, an dem der Mann ermordet wurde. Ich werde dir helfen, versprochen", sagte Beanstock und widerstand dem Impuls, ein Taschentuch zu seiner Schwester hinüberzureichen.

Emily holte tief Luft und begann zu berichten.

„Es war vor ein paar Jahren. Ich war fort von zu Hause und auf dem Weg nach London. Dort hatte ich vor, eine Stelle bei einem Fotografen als Lehrling zu finden und vielleicht später zu studieren. Im Zug lernte ich Bradford kennen. Er war sehr charmant und ich ein unerfahrenes Ding vom Lande. Ich habe ihm alles geglaubt. Es kam mir wie ein Traum vor. In London trennten sich unsere Wege, aber er hatte mir seine Adresse gegeben. Zuerst wohnte ich in einer Pension am Stadtrand. Nichts Besonderes. Dann fand ich tatsächlich eine Anstellung, allerdings nicht in einem Fotoshop, sondern erst einmal als Hilfskellnerin in einem Restaurant. Ich hatte ihn mehrmals getroffen, wir verstanden uns gut und eines Tages machte er mir das Angebot, zu ihm zu ziehen. Er hätte ein großes Haus und er würde mir helfen, einen besseren Job zu finden."

Kurz unterbrach sie ihre Rede. Sie sah ihren Bruder entschuldigend an.

„Ich weiß, du wirst mich verurteilen. Ich bin zu ihm gezogen. Allerdings stellte sich das große Haus als heruntergekommenes Mehrfamilienhaus heraus. Aber ich war blind. Immer einmal verschwand Bradford für ein paar Tage. Es machte mir nichts aus. Ich war verliebt. Dann, eines Tages, kam er nach Hause, packte im Eiltempo die Koffer und wir fuhren, ich würde fast sagen, wir flüchteten, nach Plymouth. Auch das hat mich nicht zum Nachdenken gebracht. Wir bezogen dieses Haus in der Eddy Lane und ich ging wieder auf Jobsuche."

„Ist dir nicht ein einziges Mal eingefallen, mich um Hilfe zu bitten?", fragte Beanstock. Er verstand nicht, was seine Schwester angetrieben hatte.

„Dich? Du hast mich allein gelassen! Du hast dich nicht mehr gemeldet! Was denkst du, wie ich mich gefühlt habe?", rief Emily und bekam dafür ein lautes Zischen von der Aufseherin.

„Wieso habe ich dich verlassen? Ich habe eine Ausbildung gemacht und eine Stellung angenommen. Dann war ich im Krieg und danach wieder sofort in Stellung. Ich habe dir jede Woche geschrieben und niemals eine Antwort von dir bekommen."

Emily sah ihn entsetzt an.

„Ich habe keine Briefe bekommen, Arzor", flüsterte sie und sah zu Boden.

„Wie kann das sein? Wo soll denn deine Post abgeblieben sein? Mutter hat immer auf meine Briefe geantwortet."

Emily sah ihren Bruder seltsam an.

„Du warst nicht bei uns, als es losging."

„Ja, ich weiß", murmelte Beanstock.

„Mutter. Sie wurde seltsam. Ich schwöre dir, ich habe keine Briefe bekommen. Vielleicht hat Mutter sie versteckt, um mich nicht auch noch an London zu verlieren. Ich weiß es nicht. Ich hätte es besser wissen sollen an jenem Abend. Ich hatte einen furchtbaren Streit mit ihr. Vater war noch im Geschäft. Es ging um meine Ausbildung und ich war einfach zu jung, um sie zu verstehen. Ich lief in dieser Nacht davon."

„Und dann war Mutter gestorben", sagte Beanstock

und sah seine Schwester an. „Sie war einfach fort. Die Ärzte meinten, es war ein langer Prozess und sie war am Ende nicht mehr bei sich. Vater hat das nicht verkraftet. Ich habe ihn im Heim besucht vor ein paar Stunden. Er war auf einmal so klein geworden. Er war doch immer ein fröhlicher, kräftiger Mensch."

„Die Zeit verändert nicht nur die Welt um uns herum, sondern auch uns Menschen, Arzor", sagte Emily.

„Nun gut. Wie ging es weiter mit deinem Freund?", fragte Beanstock und betonte das Wort Freund besonders.

„Er hatte sich verändert, war aggressiver, fordernder geworden. Ich kam vom Einkaufen zurück. An jenem Abend wollte ich ihm klarmachen, dass ich ihn verlassen würde. Aber dazu kam es gar nicht. Von diesem Moment an weiß ich nichts mehr. Mir wurde urplötzlich schwarz vor Augen."

„Hast du irgendeine Idee, wer hinter dem Mord stecken könnte?"

„Noch fünf Minuten!", brüllte die Aufseherin aus dem Hintergrund.

„Er war sehr oft in diesem Pub. Meistens durfte ich nicht mitkommen. Manchmal kamen auch solche Leute zu uns ins Haus. Dann hat er mich weggeschickt, spazieren gehen oder einkaufen. Das war schon sehr seltsam."

„Ich werde mich in Plymouth umsehen. Ich habe dir einen guten Anwalt besorgt. Er wird morgen zu dir kommen und die Verteidigung besprechen. Mach dir keine Gedanken, wir bekommen dich hier heraus."

„Es tut mir leid, Arzor", sagte Emily kläglich, als die

30

Aufseherin sie durch die Tür hinausführte.

Am Abend dieses ereignisreichen Tages stieg Beanstock
in Plymouth aus dem Zug und sah sich nach einem Taxi
um. Es roch nach Meer und Fisch. Der Fischmarkt
musste ganz in der Nähe sein. Beanstock sah in einiger
Entfernung Schiffsmasten leuchten. Von hier aus waren
vor vielen Jahrhunderten die Pilgerväter mit der *May-
flower* in Richtung Amerika in See gestochen. Aber für
diese Dinge hatte Beanstock im Moment keinen
Gedanken übrig. Er musste sich beeilen, wenn er seiner
Schwester den Strick ersparen wollte.

Blackberry hatte ihm abgeraten, aber er musste
seiner Schwester helfen. Kurz hatte er noch auf Parsley
Manor angerufen und Mrs Argyle gebeten, sich noch ein
paar Tage länger zu gedulden. Dort war zum Glück alles
in Ordnung, sodass er sich nicht sorgen musste.

Er mietete ein Zimmer in einer kleinen Pension und
machte sich am selben Abend auf den Weg in den Pub.
Beanstock wollte versuchen, einen etwas legereren Eindruck zu hinterlassen. Also hatte er eine braune Stoff-
hose und einen Pullover von seinem Vater angezogen.
Er fühlte sich überhaupt nicht wohl.

Nach zwei Abenden in dem Pub hatte sich immer
noch nichts ergeben. Beanstock beobachtete die hereinkommenden Leute, machte sich Notizen in seinem
Büchlein und trank das unangenehm schale Ale. Er
wollte nicht auffallen und keinen Tee bestellen. Tagsüber patrouillierte er vor dem Pub und beobachtete die
Aktivitäten rundum.

Der Wirt hatte ihn abends seinerseits beobachtet.
Aber als Beanstock am zweiten Abend wieder erschie-

nen war, hatte sich der Wirt wohl mit dem neuen Gast arrangiert und ihn nicht mehr beachtet. Außerdem hatte Beanstock bei seiner Bierbestellung am Tresen versucht, den Eindruck zu hinterlassen, dass er ein einfacher Hafenarbeiter sei, der einfach nach einem schweren Tag sein Ale genießen wollte. Dazu hatte er sich ein paar Wortfetzen zurechtgelegt, die er am Hafen aufgeschnappt hatte. Wenn nun der Wirt ihm sein Ale auf den Tresen stellte, kommentierte er es mit einem kurzen *Aye* oder mit den Worten: „Regnet draußen Katzen und Hunde, her mit dem Ale, Meister!" Beanstock fühlte sich furchtbar bei dieser Ansprache. Gonzales wäre mit dieser Sprache sicher besser zurechtgekommen. Beanstock vermisste tatsächlich die leichte Art des Spaniers.

Als er an diesem Abend die Tür zum Pub *The Ghost Merchant* öffnete, schlug ihm der schon bekannte Geruch nach Pfeifentabak und billigem Fusel entgegen. Ein bunter Haufen zwielichtiger Gestalten machte sich am Tresen und an den Tischen breit. Es war laut und die Luft schien voller Nebelschwaden.

Er ging zum Tresen und bestellte sein Ale. Der Wirt sah ihn abschätzend an, war aber zufrieden, als das Geld auf dem Tresen lag.

Fast eine Stunde hielt sich Beanstock schon im Pub auf, als die Tür geöffnet wurde und ein Mann hereinkam, der sich vorsichtig umsah. Er nickte dem Wirt zu und ging sofort zu einem Tisch in einer der Nischen im Hintergrund. Beanstock stand kurz auf und sah sich nach dem Wirt um. Der war in ein Gespräch mit zwei Männern vertieft und beachtete ihn nicht. Beanstock nahm sein Ale und setzte sich an einen der Tische in der Nähe der Nische. Der Mann kam ihm bekannt vor. Wo hatte er ihn schon einmal gesehen? Die Gespräche drehten sich um eine Reise, so viel konnte Beanstock verstehen. Man wollte in den nächsten Tagen die Stadt in Richtung Frankreich verlassen und dann weiter nach Irland. Nach einer Urlaubsreise klang das allerdings nicht. Immer wieder sahen sich die Männer prüfend um. Als ob sie sich versichern wollten, dass sie niemand beobachtete.

Dann plötzlich wurde es Beanstock klar.

Er kannte den Mann sogar ganz genau. Er hatte sein Gesicht in Emilys Polizeiakte gesehen. Er griff in seine Jackentasche und zog das Foto des angeblichen Toten heraus. Constable Blackberry würde zornig sein, wenn er wüsste, dass Beanstock das Foto aus der Polizeiakte genommen hatte.

Das war Bradford Fitzwilliam Hardgrove. Der lange Bart und die tief ins Gesicht gezogene Mütze reichten nicht aus. Beanstock erkannte ihn trotzdem. Er lebte und freute sich seines Lebens, während seine Schwester auf den Strick wartete. Beanstock musste etwas unternehmen. Sonst war alles vergebens.

Aber wer war dann der Tote in Emilys Haus?

Interessant wäre zu erfahren, wer ihn als Hardgrove in der Rechtsmedizin identifiziert haben wollte.

Beanstock verließ den Pub und ging zur nächsten Telefonzelle. Die Polizei in Plymouth zu informieren, würde nicht viel bringen. Man würde ihm nicht glauben. Also rief er Constable Blackberry in Middle Chestnut an und erzählte ihm im Eiltempo die Geschichte. Der Constable würde sich sofort darum kümmern und bat Beanstock, vor dem Pub zu warten. Vielleicht verließen die Männer das Lokal, bevor die Polizei eintraf, dann müsste er ihnen folgen.

„Bitte sei vorsichtig, ich bin gespannt, was noch alles herauskommt. Ich werde mal nachhaken in der Rechtsmedizin, wer den Toten damals als Bradford Fitzwilliam Hardgrove erkannt haben will", sagte er am anderen Ende der Leitung.

„Ich tippe auf den Wirt dieses Pubs hier. Die beiden schienen sehr vertraut miteinander zu sein", erklärte Beanstock.

Nachdem er aufgelegt hatte, wartete er noch dreißig Minuten. Aber dann waren die Polizeiautos nicht mehr zu überhören. Mit lautem Klingeln fuhren drei Fahrzeuge vor den Pub. Sofort drangen Polizisten in den Pub ein und es gab Krawall im Raum. Leute liefen kreuz und quer, der Wirt versuchte, durch die Hintertür zu schlüpfen, wurde dort aber schon von einem Polizisten empfangen. Beanstock ging zu dem leitenden Beamten und stellte sich vor.

„Na, Sie haben ja Nerven. Einfach auf eigene Faust zu recherchieren. Gestatten, DCI Jones. Sie müssen uns ebenfalls auf das Revier begleiten, damit wir Ihre Aussage aufnehmen können. Und danach werde ich mal ein Wörtchen mit Constable Blackberry in Middle Chestnut wechseln, wie er dazu kommt, einem Zivilisten eine Ermittlungsakte zu zeigen. Sie können froh sein, dass er ein alter Freund ist. Gut, es rettet vielleicht Ihre Schwester, aber es war nicht in Ordnung", sagte der Polizeibeamte und wies Beanstock zu seinem Wagen.

Die meisten Gäste des Pubs durften im Verlaufe des Abends wieder gehen. Es blieben der Wirt, die drei Männer neben Hardgrove und der einst tote Hardgrove selbst. Er hatte nicht die Absicht zu reden und zeigte sich bockig.

Viel redseliger war der Wirt des Pubs. Er sang wie ein Vögelchen. Das waren die Worte von DCI Jones, nicht Beanstocks.

Es war so abgelaufen.

An jenem Abend hatte man im Haus, wo auch Emily wohnte, ein größeres Geschäft besprochen, das am Monatsende in Irland laufen sollte.

Einer der Gauner wollte abspringen, verlangte im Vorfeld Bezahlung und wurde zunehmend aggressiv. Die Situation eskalierte und in deren Verlauf wurde ordentlich auf dem Kopf des Mannes herumgeklopft. Dann war da plötzlich ein Messer, das seltsamerweise den Weg in die Brust des Mannes fand. Es war angeblich ein Zufall, den der Wirt mit den Worten, das müssen Sie mir glauben, zu untermauern suchte. DCI Jones glaubte das nicht.

Emily war, wie immer von Hardgrove angeordnet, außer Haus gewesen. Als sie zu früh zurückkam, schlug Hardgrove sie nieder und die Männer kamen auf den genialen Plan, die junge Frau zum Sündenbock zu machen. Da das Messer aus Emilys Küche stammte, waren genug Fingerabdrücke von ihr darauf. Man drapierte sie neben dem Toten, dessen Gesicht man vorher noch so zugerichtet hatte, dass man ihn kaum noch erkennen konnte. Er hatte das ungefähr passende Alter, Größe und Haarfarbe passten auch. Der Wirt musste den Toten identifizieren und allen war geholfen.

Beanstock unterschrieb seine Aussage und machte sich noch in der Nacht auf den Weg zurück nach Middle Chestnut.

Am Abend saß er vor dem Kamin im Haus seiner

Eltern, hatte endlich wieder seinen gewohnten Anzug angezogen und trank Tee. Auf dem Tisch vor ihm lag ein Stapel Briefe. Sie waren etwas vergilbt und man sah, dass sie mehrmals gelesen worden waren, aber sie waren noch da. Beanstock hatte sie in einem Schuhkarton unter dem Bett seiner Mutter gefunden. Emily hatte die Wahrheit gesagt. Seine Mutter hatte ihr all die Briefe vorenthalten. Warum sie das getan hatte, konnte nur sie wissen. Beanstock verstand es nicht.

Nach zwei langen Tagen war es endlich soweit.

Beanstock konnte seine Schwester aus dem Dartmoorgefängnis für weibliche Insassen abholen. Der Anwalt hatte gute Arbeit geleistet und eine sofortige Entlassung durchgesetzt. Emily war frei.

Als er mit dem Taxi vorfuhr, stand die kleine Gestalt seiner Schwester vor dem Gefängnistor, den Koffer in der Hand. Sie lief auf Beanstock zu und die beiden Geschwister lagen sich endlich in den Armen.

„Ich habe mir gedacht, dass du erst einmal eine Zeit lang in Middle Chestnut bleibst und dich erholst. Was meinst du dazu?", fragte Beanstock unterwegs.

Emily nickte und hielt sich dicht an ihrem Bruder fest. Dann konnte er ihr endlich ein Taschentuch reichen, ohne dass jemand herumbrüllte.

Im Dorf angekommen, stand Constable Blackberry mit Spike vor dem alten Gemüseladen der Eltern und wartete auf die beiden.

„Mrs Chilicully und dein Bruder haben das Haus

etwas auf Vordermann gebracht. Ich habe den Kühlschrank wieder aufgefüllt und den Strom anschalten lassen. Hinter dem Haus liegt genug Holz für den Kamin. Ich hoffe, du fühlst dich wieder heimisch bei uns, Emily. Willkommen zurück", sagte Blackberry und knetete seine Mütze in den Händen fast kaputt.

Emily konnte schon wieder lächeln und stellte sich vor dem Constable auf die Zehenspitzen. Dann hauchte sie ihm einen Kuss auf die Wange. Blackberry bekam rötliche Wangen, pfiff seinem Hund und lief beschwingten Schrittes davon.

Es duftete im Haus nach frischem Kuchen und nach frisch gebohnerten Fußböden. Viel angenehmer, stellte Beanstock fest. Sie hatten in den zwei Tagen, während denen sie auf die Entlassung Emilys warten mussten, ein kleines Wunder vollbracht. Das Haus sah wieder bewohnt und gemütlich aus. Sogar Blumen standen auf dem Küchentisch.

Beanstock griff nach Emilys Hand und zog sie durch die offene Tür in den alten Gemüseladen ihrer Eltern.

„Was wollen wir denn hier? Es sieht bestimmt grauenhaft im alten Laden aus", sagte Emily. Aber sie ließ sich darauf ein.

„Ich habe verschiedene Dinge für dich kommen lassen, die dir vielleicht helfen, wieder auf die Beine zu kommen. Außerdem habe ich ein Konto für dich angelegt, um dich etwas zu unterstützen, es ist nicht viel, aber du hast einen Anfang", sagte Beanstock.

Er ging zu dem großen Schaufenster und zog die Vorhänge zurück, damit Licht hereinkam. Der alte Tresen stand noch an Ort und Stelle, aber die Kisten und Gemüseregale waren fort. Auf einem Holztisch in der

Mitte lag eine etwas in die Jahre gekommene Fotoausrüstung.

Emily sagte kein Wort. Gefiel es ihr nicht? Beanstock war plötzlich unsicher, ob er sie nicht zu sehr unter Druck setzte, hier im Ort zu bleiben.

„Es ist nichts Besonderes. Sicher brauchst du noch eine Menge andere Dinge. Aber ich dachte, für den Anfang genügt diese Ausrüstung. Ich habe sie günstig erstanden. Soviel ich weiß, gibt es in Torquay einen guten Fotografen. Ich habe mich erkundigt. Du könntest bei ihm anfangen und dort das Handwerk erlernen. Busse fahren mehrmals am Tag von hier nach Torquay. Später könntest du einen eigenen Fotoshop aufbauen", versuchte Beanstock ihr seine Ideen schmackhafter zu machen. Er war nervös.

Sie umarmte ihren Bruder und tanzte mit ihm ausgelassen durch den Raum.

„Arzor, mein Arzor!", rief sie und da war sie wieder, seine Emily.

Parsley Manor

Als Beanstock am Bahnhof Parsley Field aus dem Zug stieg, sah er sich einer wartenden Gruppe gegenüber, die er nicht erwartet hatte. Er hatte am Morgen auf Parsley Manor angerufen und Mrs Argyle darüber informiert, dass er am Abend zurück sein würde. Mehr zu sagen, hatte er nicht für nötig gehalten und nun dieses Begrüßungskomitee. Er fühlte sich nicht wohl im Mittelpunkt.

Neben dem Chauffeur Gonzales, der grinsend über das ganze Gesicht und sogar in seiner guten Uniform am Bahnsteig wartete, stand Luci mit einem Blumenstrauß und sprang aufgeregt auf und ab. Daneben standen die Hausdame Mrs Argyle, Mrs Porkpie, Phillis und zu allem Überfluss der Bahnhofsvorsteher Mr Templar.

Beanstock hätte es nicht verwunderlich gefunden, wenn noch Mortecai und Junior dabei gewesen wären. Wie auf einen geheimen Befehl strich der graue Kater im Hintergrund durch die Büsche neben dem Bahnhof. Das war Zufall. Der graue Stubentiger kam auf seiner täglichen Runde auch am Abend noch einmal zum Bahnhof und holte sich eine kleine Aufmerksamkeit von Mr Templar ab.

Beanstock nahm seinen Koffer und stieg aus. Er

räusperte sich.

„Das wäre wirklich nicht nötig gewesen, Mrs Argyle. Wieso ist die Köchin hier? Und das Küchenmädchen?", fragte er. Luci war ihm da bereits entgegengehüpft und umarmte ihn.

Gonzales griff nach seinem Koffer und brachte ihn zum Wagen, der auf dem Platz vor dem Bahnhof parkte.

„Oh, das verstehen Sie falsch, Mr Beanstock. Phillis und ich werden mit dem Zug nach Pilpots fahren und meine Freundin Carol Hasting besuchen", erklärte Mrs Porkpie und stieg mit Phillis in den Zug.

„Ich bin als Lucis Begleitung hier. Das Kind hat mich darum gebeten. Ist es nicht so, Luci?", sagte Mrs Argyle und sah Luci mit weit geöffneten Augen an.

„Ja, das ist richtig", sagte das Mädchen und umarmte ihren Pflegevater noch umso fester.

„Schön, dass Sie wieder bei uns sind, Mr Beanstock", sagte die Hausdame.

„Ich bin auch sehr froh", sagte Beanstock und streichelte Luci über das Haar. Dann sah er auf seine Taschenuhr.

„Sollte in diesem Moment nicht das Dinner serviert werden, Mrs Argyle?", fragte er auf dem Weg zum Wagen. Er war wirklich wieder zurück.

„Die Baronets machen heute einen längeren Ausflug mit Lord Southcoffelton und seiner Gattin. Sie werden erst zum späten Abend zurückerwartet."

Gonzales stand neben dem Defender und rauchte eine seiner braunen Zigarillos, die er so liebte.

„Haben Sie alle Dinge erledigt, die ein Señor Beanstock zu erledigen hatte?", fragte er und öffnete für Mrs Argyle die Autotür.

„Es ist alles zu meiner Zufriedenheit gelöst worden. Danke. Nach Hause, Gonzales."

Er war wieder dort, wo er sein wollte und wo er sich wohl fühlte. Zu Hause.

Nach dem Dinner im Essraum der dienstbaren Geister des Herrenhauses bat er Mrs Argyle in sein Büro. Er zeigte auf einen Stuhl und holte dann aus dem Schrank eine Flasche Sherry und zwei Gläser.

Nachdem er eingeschenkt hatte, setzte er sich dazu und begann zu erzählen.

Die ganze Geschichte um seine Schwester, die Anklage, das Dartmoorgefängnis und die Suche nach dem wahren Mörder. Er hatte danach das gute Gefühl, einen Stein aus seinem Herzen geholt und fortgeworfen zu haben. Er hatte es sich nicht eingestehen wollen, aber es hatte ihn sehr mitgenommen. So lange er auf der Jagd nach dem Mörder gewesen war, hatte er nicht darüber nachgedacht, aber auf der Rückfahrt war es ihm schwergefallen, die ganze unsägliche Geschichte zu verarbeiten.

Kurz hatte er daran gedacht, mit Gonzales zu reden, aber Mrs Argyle war doch für diesen Zweck die geeignetere Ansprechpartnerin. Sie beide waren über die Jahre vertraut miteinander geworden.

Als er geendet hatte, goss er nochmals goldgelben Sherry in die Gläser und stieß mit der Hausdame an.

„Das war bestimmt sehr schwierig, Mr Beanstock. Ich hoffe, Ihre Schwester wird sich wieder fangen und ihr Glück finden. Sie können sich glücklich schätzen, dass Constable Blackberry ein Auge auf sie haben wird", sagte sie und stand auf.

Beanstock nickte.

„Ich denke, er wird zwei Augen auf sie haben. Und ich bin sehr froh darüber."

„Warum nennt Ihre Schwester Sie Arzor, wenn ich fragen darf?"

„Sie konnte früher einfach Arthur nicht aussprechen. Da wurde Arzor daraus und sie hat es irgendwie beibehalten. Mir fiel das gar nicht mehr auf, weil ich es ja von ihr schon kannte."

Die nächsten Wochen vergingen mit den Vorbereitungen für die Reise der Baronets. Man wollte im Herbst, wenn sich die Blätter an den Bäumen bunt färbten, die Reise zum Loch Ness antreten. Vorher würde man in Edinburgh die Freunde Colonel Morris und seine Gattin Gladis besuchen. Die Festlegung eines Termins war etwas komplizierter, da der gute Freund Sir Percivals, Professor Ian McGregor, der sie begleiten wollte, im Sommer keine Zeit hatte. Darum hatte man letztendlich die Reise auf den frühen Herbst gelegt.

Es gab sehr viel zu bedenken. Das Hotel war schnell gebucht. Beanstock hatte eine wunderbare Unterkunft ganz in der Nähe des Sees gefunden. Es handelte sich um ein großes altes Herrenhaus aus dem neunzehnten Jahrhundert, das man zu einem Hotel umgebaut hatte. Das *Cluaran-Hotel* lag zehn Meilen südwestlich von Inverness und nur gut fünf Gehminuten vom See entfernt.

Der gelieferte Prospekt versprach einen außergewöhnlichen Blick von allen Fenstern aus, was an sich schon unmöglich schien, auf das *Urquhart Castle*, einer

Burgruine direkt am Loch Ness. Nun, das galt es abzu-
warten. Beanstock wusste von früheren Reisen, wie
gern in den Werbeprospekten für ein Hotel übertrieben
wurde. Da war schon einmal eine Burgruine in der Nähe
einfach ein Haufen Steine oder der außergewöhnliche
Blick auf eine Bucht entpuppte sich als Blick auf eine
Parkbucht.

Dann war da noch sein Patenkind Luci. Er wollte
sich etwas für das Mädchen einfallen lassen. Schon
mehrmals hatte er bemerkt, wie sehr sie trauerte, wenn
er wieder einmal mit den Baronets eine Reise unter-
nahm. Natürlich sollte sie sich daran nun langsam
gewöhnt haben, aber Beanstock sah die traurigen Augen
beim Abschied noch tagelang vor sich.

Seit einiger Zeit hatte Luci darum gebeten, einmal
eine Nacht bei Bronté, ihrer besten Freundin, verbringen
zu dürfen. Bronté Pitsch hatte ihr in den schillerndsten
Farben ausgemalt, wie toll eine Nacht auf dem Heuboden sein würde. Also hatte Beanstock heute Morgen
mit Mrs Pitsch gesprochen und die Bauersfrau hatte
dem Vorschlag gern zugestimmt. Sie hatte versprochen,
dass ihr Sohn Sammy ein Auge auf die beiden Mädchen
haben würde. Wenn es die Witterung noch zuließ, könnten die Kinder gern auf dem Heuboden nächtigen.

Aber sie hatte dem Butler auch verraten, dass gerade,
wenn es in den Herbst ging, gern einmal ein paar Nager
mehr die Scheune bevölkerten. Man würde sehen, ob
die Mädchen das verkraften würden. Im Bauernhaus
war genügend Platz, um eventuelle nächtliche Flücht-
linge aufzunehmen, erklärte sie lachend dem Butler.

Beanstock berichtete Luci am Abend in ihrem
Zimmer von seiner Idee und kam dadurch in den

Genuss einer weiteren langen Umarmung. Luci begann sofort Pläne zu schmieden.

„Ich kann mich doch auf dich verlassen, dass ihr keinen Unsinn anstellt?", fragte er sein Pflegekind.

„Wir werden ganz artig sein, versprochen, Mr Beanstock", antwortete sie mit einem braven Augenaufschlag.

So genau wie Beanstock wusste, dass die Sonne wieder aufging am nächsten Tag, so genau wusste er, dass die Mädchen wieder etwas aushecken würden. Aber sie waren schließlich Kinder. Wenn er an seine Kindheit in Middle Chestnut zurückdachte, war es ja nicht anders gewesen. Er dachte an Emily und lächelte milde.

„Nun aber, ab ins Bett. Morgen ist wieder Schule und du willst doch sicher mit Bronté über euer Heubodenabenteuer reden", sagte Beanstock und verließ Lucis Zimmer.

An einem wunderschönen sonnigen Herbsttag machten sich die Baronets mit Beanstock und Gonzales auf den Weg. In London erwartete sie der Professor.

Filomena, Lady Fedoras Zofe, würde sie nicht begleiten. In der letzten Zeit waren die alten Unzulänglichkeiten der Zofe wieder zurück. Sie vergaß ständig etwas, kam nicht ordnungsgemäß gekleidet zum Dienst und hatte versäumt, Aufträge zu erledigen.

Beanstock hatte sich mit Mrs Argyle unterhalten. Man sollte eventuell eine andere Zofe einstellen. Die Situation war schwierig. So lange Lady Fedora ihre

Zofe weiterhin in Schutz nahm, waren ihnen natürlich die Hände gebunden.

Filomena Arbuckle war schon in jungen Jahren zu Lady Fedora gekommen, zuerst als Hausmädchen im Haus der Eltern Lady Fedoras. Später dann, als My Lady geheiratet hatte, war ihr Filomena nach Parsley Manor gefolgt. Dort war sie zur Zofe geworden und hatte auch zu Anfang vorschriftsmäßig gearbeitet. Sie war viel mehr eine gute Freundin für My Lady als ausschließlich eine Zofe. Aber in den letzten Jahren war Filomena zunehmend unzuverlässig geworden. Sie war nun 55 Jahre alt. Am Alter konnte es also nicht liegen.

Darum hatte Beanstock empfohlen, die Zofe auf Parsley Manor zu lassen. Sie sollte sich erholen und hatte auch einen Termin bei einem guten Psychiater in London. Mrs Argyle hatte auf diesem Termin bestanden und Filomena hatte sich gefügt.

Um allen Problemen aus dem Weg zu gehen, hatte Beanstock der Hausdame empfohlen, das Gepäck My Ladys zu überprüfen. Es sollten neben einigen festlichen Roben auch genügend festes Schuhwerk und warme Kleidung dabei sein. Schließlich war man in Schottland an einem See. Da konnte es kühl werden. Diese Idee des Butlers stellte sich im Nachhinein als sehr vorausschauend heraus.

Mrs Argyle hatte ein dünnes Sommerkleid, einen alten Reiterhelm und zu allem Überfluss noch das lange Brokatkleid, das Lady Fedora in London zur Oper getragen hatte, im Koffer gefunden. Dieser Opernbesuch war aber bereits über zehn Jahre her. Das Kleid passte ihr gar nicht mehr und war vollkommen aus der Mode.

Mrs Argyle hatte die Initiative ergriffen, mit Filomena zusammen den Kleiderschrank My Ladys aufgeräumt und die Reisekoffer vorschriftsmäßig gepackt. Was war nur mit Filomena los, dass sie so zerstreut war? Erst am Morgen hatte sie aus dem Haar der Zofe graue Flusen gesammelt, die beim Frühstück auf ihren Teller herabgefallen waren.

Auf ihre Nachfrage hin meinte die Zofe, sie hätte etwas verloren und war in ihrem Zimmer überall herumgekrochen. Daraufhin hatte das Hausmädchen Lizzy einen strengen Blick und den Auftrag bekommen, die Dienstbotenzimmer zu inspizieren. Lizzy war sich keiner Verfehlung bewusst und erklärte, sie hätte erst am Tag vorher sämtliche Zimmer gewischt. Daraufhin hatte Filomena unkontrolliert zu kichern angefangen.

„Ja richtig, ich war doch nicht im Zimmer, sondern oben auf dem Speicher. Ich hatte gestern vergessen, die Hutschachteln My Ladys abzustauben, und habe sie heute früh heruntergeholt."

Mrs Argyle hatte über dieses Versehen nicht lachen können und setzte ihre Hoffnung auf den Psychiater.

Beanstock hatte kurz die Augen geschlossen.

Der Bentley stand zur Abfahrt bereit vor dem Haus. Gonzales trug seine gute Chauffeuruniform mit den glänzenden Knöpfen, auf die er sehr stolz war. Beanstock verstaute zuletzt seinen Koffer und einen Kleidersack mit seinem Frack im Kofferraum und hielt dann für Lady Fedora die Wagentür auf.

Sir Percival verabschiedete sich von der Dienstbotenfamilie. Beanstock nickte Mrs Argyle noch einmal zu, sie würde zurechtkommen, so wie immer, wenn die Baronets nicht im Haus weilten.

Luci war am Vortag von Beanstock zum Bauernhof gebracht worden, im Gepäck ein gut gefüllter Picknickkorb von Mrs Porkpie. Der Nacht auf dem Heuboden war nichts mehr im Wege gestanden. Beim Abschied hatte Luci Beanstock gebeten, unbedingt nach Nessie Ausschau zu halten und ihr dann jede Kleinigkeit über das Tier zu berichten. Der Butler hatte nur nachsichtig gelächelt.

Der Bentley verließ Parsley Manor und fuhr nach kurzer Zeit auf die Straße in Richtung London. In den nächsten Jahren waren größere Autobahnen geplant und dann würde die Fahrt nach London sicher einfacher und kürzer werden.

Der erste Halt war die Roderick Road in London, nicht weit vom *Parliament Hill*. Dort wohnte Professor Ian McGregor in einem Reihenhaus mit einer hübschen weißen Fassade und einem winzigen Vorgarten. Der Professor konnte es kaum erwarten und stand bereits mit seinem Koffer vor der Tür seines Hauses bereit.

Die Themse musste nicht noch einmal überquert werden. Gonzales lenkte den Bentley auf den Londoner Ring und dann in Richtung Leicester nach Norden.

Die Fahrt würde mehrere Stunden in Anspruch nehmen, das kannten die Baronets bereits von ihrem Besuch bei Lady Samantha Eglington in der Nähe von Aberdeen im letzten Herbst.

Eine erste große Pause hatte Beanstock in Leeds geplant. Dort konnten sich die Baronets und ihr Gast bei einem Imbiss in einem Hotelrestaurant erholen. Gonzales machte den Butler in Leeds auf ein sehr seltsames Schild vor einem Café aufmerksam.

„Sehen Sie, Señor Beanstock, dort steht: Prinzes-

47

sinnen dürfen hier parken, alle anderen werden abgeschleppt. Meinen die Leute das ernst?"

„Ich kann Ihnen noch eine Vielzahl seltsamer Schilder nennen, die ich im Laufe meines Lebens schon gesehen habe. Zum Beispiel las ich an einem Pub einmal: Kinder, die unbeaufsichtigt herumlaufen, werden an Elfen verkauft. Und einmal stand an einem Café: Passen Sie auf, unsere Katze ist allergisch auf Kinder", sagte Beanstock.

„Unglaublich", erwiderte Gonzales und lachte.

Es waren von Leeds aus noch 163 Meilen, bis man Edinburghs Hügel sehen würde. Beanstock hatte genügend Erholungspausen eingeplant. Auch Gonzales sollte sich ab und zu die Beine vertreten können. Tee und Gebäck versüßten diese Haltepunkte. Es wurde eine entspannte Reise für die Herrschaften. Das war für Beanstock wichtig.

Lady Fedora war froh, dass ihr Gatte sie überredet hatte, den Professor mitzunehmen. Ian McGregor war ein Füllhorn von Legenden und lustigen Geschichten. Als sie Cumbria durchquerten, wies er auf die Green Fairy Hills Legenden hin. Demnach waren am Bassenthwaite Lake von mehreren Menschen Elfen gesichtet worden, kleine grün gekleidete Fabelwesen mit Flügeln. Dort, am Ufer des Sees, sollte es auch eine Feenburg geben.

„Wenn wir in Edinburgh sind, müssen wir unbedingt den alten *Greyfriars-Friedhof* besuchen. Es gibt da ein wunderbares uraltes Mausoleum. Ein ziemlich böser Mann, George Mackenzie, wurde dort im siebzehnten Jahrhundert begraben. Im Volksmund wurde er nur Bluidy George genannt, was eigentlich schon alles über den Herren aussagt. Er muss ein ziemlich fieser Zeitgenosse gewesen sein. Jedenfalls gilt es unter der Jugend von Edinburgh als Mutprobe, in der Halloweennacht auf den Friedhof zu schleichen und an der Tür des Mausoleums zu klopfen. Angeblich wurde Bluidy George schon gesichtet, angetan mit seiner lockigen Perücke und den Spitzenmanschetten am Aufschlag seines langen Mantels", erzählte der Professor und langte zwischendurch immer einmal in seine Bonbontüte.

„Ich denke, ich verzichte auf diese Begegnung", sagte My Lady.

„Wir werden keine Zeit haben, alter Freund. Morgen Vormittag sind wir schon auf dem Weg zum Loch Ness", erklärte Sir Percival, langte ebenfalls in die Bonbontüte und bekam ein Kopfschütteln von seiner Frau.

Als sie am späten Nachmittag endlich in Edinburgh ankamen, warteten ihre Freunde schon sehnlichst. Man wollte doch das Enkelkind so gern begutachten lassen.

Es war ein süßes Mädchen mit rötlichem Haar und dunklen Augen. Die kleine Mary lag quietschfidel auf dem Arm ihres Großvaters und freute sich scheinbar über die vielen Gesichter, die sich um sie geschart hatten.

Am Abend saß man beim festlichen Dinner im Speisezimmer und hörte sich die neuesten Babygeschichten an. Gladys Morris konnte nicht aufhören, über das Enkelkind zu schwärmen.

Lady Fedora konnte sie so gut verstehen. Ihr war es

leider nicht vergönnt gewesen, Großmutter zu werden. Aber sie gestand sich ein, dass, seit Lucinda im Haus war, alles viel leichter zu ertragen schien. Sie versuchte, das Mädchen etwas zu verwöhnen. Es machte ihr Freude.

Am Vormittag des nächsten Tages verabschiedeten sich die Baronets von ihren Freunden. Colonel Morris versprach, mit seiner Gattin bald wieder nach Parsley Field zu kommen. Dann winkten sie dem davonfahrenden Bentley nach.

Loch Ness

„Das Hochland von Schottland, die Highlands, werden in weiten Teilen von baumlosen Mooren geprägt. Die wenigen Bäume, die hier wachsen, bestehen aus Espen, Eiben, Wacholder und Eichen. Die sogenannte Scots Pine, die Waldkiefer, hat es in dem wechselhaften Klima Schottlands schwer. Lange Zeit haben intensive Schafzucht und die aggressive Politik der Landbesitzer das Land entwaldet. Es ist eine karge, aber wunderschöne Landschaft mit hohen Bergen und tiefen Seen. Vielleicht erkennen spätere Generationen, wie wichtig es ist, neue Bäume anzupflanzen und das Land wieder aufzuforsten", erklärte der Professor auf der Fahrt in Richtung Fort William.

Gonzales lenkte den Bentley am Ufer des Loch Lochy entlang weiter zum Fort Augustus. Dann lag Loch Ness vor ihnen, wild, dunkel und geheimnisvoll.

Gonzales fuhr auf der Ostseite des Sees, der General Wade´s Road. Diese Seeseite wurde weniger befahren und man entkam dem Verkehr auf der Westseite. Außerdem befand sich das Hotel auf dieser Seite des Sees. Die Straße war schmal und zog sich endlos an dem langen recht schmalen See entlang.

„37 Kilometer lang und an der tiefsten Stelle 230 Meter tief machen ihn zu einem Giganten unter den schottischen Seen", dozierte der Professor weiter.

Lady Fedora lächelte über den Eifer Ians.

„Und wo finden wir nun das Seemonster?", fragte Sir Percival mit einem Augenzwinkern.

„Es gibt keine wirklich guten Beweise dafür. Aber die Legende hilft der Region, Geld mit den Touristen zu verdienen. Vielleicht hat sich ein schottischer Witzbold diese Geschichte ausgedacht, um seine Waren an den Mann oder die Frau zu bringen", antwortete Ian.

„Vielleicht war es auch ein Pubwirt, der mehr Whisky verkaufen wollte. Eine ausreichende Whisky-menge macht unsterblich, hat mir mein Freund Sean in Parsley Field verraten", sagte Gonzales leise zu Bean-stock und seine Zunge leckte in Erwartung des guten schottischen Whiskys über seine Lippen.

Beanstock räusperte sich und sah ihn ernst an.

„Ist ja schon gut, Señor, ich kann warten", erklärte der Chauffeur lächelnd.

„Ich freue mich auf die wunderbare Musik der Schotten", sagte Lady Fedora. „Ich hoffe, wir werden in den Genuss dieser typischen Musik kommen."

Nach 20 Kilometern kam auf der Westseite des Sees das *Urquhart Castle* in Sicht. Leider war es nur noch eine Ruine, aber nicht minder imposant.

„*Grimmig hockt das Schloss auf einem schroffen Felsen über dem tiefen Wasser und stimmt einen Gesang von Kampf und Belagerung an*, schrieb der Reisejourna-list Henry Volham Morton 1920 über diese Burg", zitierte Sir Percival aus dem Reiseführer, der auf seinem Schoß aufgeschlagen lag.

Die Reisenden blickten zur Ruine hinüber und wie auf einen geheimen Befehl zog Nebel auf und umspielte mit seinen grauen Fingern die alte Burg.

„Was für ein geheimnisvoller Anblick", sagte Lady Fedora. „Mir wird ganz kalt, wenn ich an die vielen Kämpfe an diesem Ort denke und die vielen verlorenen Seelen, die hier ihr Leben gaben."

Sir Percival legte seine Hand beruhigend auf die Hand seiner Gattin. „Das ist zum Glück im Nebel der Geschichte, Darling."

„Wir erreichen gleich das Hotel, My Lady, ein Tee wird Ihnen jetzt guttun", erklärte Beanstock. Er fühlte, dass Lady Fedora etwas Ruhe benötigte.

Das altehrwürdige *Cluaran-Hotel* kam in das Blickfeld der Reisegesellschaft. Es wirkte von Weitem wie eine quadratische Trutzburg.

In der Mitte des Hotels lugte ein viereckiges Glasdach hervor. Daran schlossen sich ringsum vier Flügel an. Die Ecken wurden von vier gotischen Rundtürmen beherrscht, die einen Kegelhelm als Dach hatten.

Das Gebäude war von einem wild romantischen Park umgeben, der dringend Pflege bräuchte, bemerkte Beanstock.

Gonzales fuhr den Bentley auf den großen Kiesplatz vor dem Eingang und stieg aus. Er setzte seine Mütze auf, öffnete die Tür für Lady Fedora und half ihr, auszusteigen.

Beanstock öffnete die andere Autotür für die beiden Herren. Dann kümmerte er sich um das Gepäck.

Aus der zweiflügeligen Tür des Hotels kam ein nicht mehr ganz junger Mann im Eilschritt auf den Bentley zu. Er trug eine lange Schürze, darunter einen gepflegt wirkenden Anzug und auf Hochglanz polierte Schuhe. Er hatte eine stattliche Statur und graues Haar. Auf den Kopf setzte er sich im Laufen eine Schirmmütze mit einer golddurchwirkten Kordel rundum. Sein heiterer Gesichtsausdruck verbreitete Frohsinn.

Er verbeugte sich vor den neuen Gästen.

„Hallo, die Herrschaften, willkommen im *Cluaran*. Ich bin der Portier, Henry, und kümmere mich um das Gepäck", erklärte der Mann. Dann griff er sich ein paar der Koffer und lief im Laufschritt zurück in das Hotel. Beanstock fand das sehr angenehm. Scheinbar legte das Hotel großen Wert auf sehr gut ausgebildetes Personal.

Henry erschien erneut und brachte den nächsten Schwung Koffer und Taschen hinein. Gonzales parkte den Wagen und Beanstock half mit den Koffern. Dann erlebte Beanstock eine Überraschung.

Als sie an der Rezeption angekommen waren, einem langen glänzend polierten Tresen aus schimmerndem Mahagoniholz, stand niemand dort. Eine Klingel auf dem Tresen lud zum Läuten ein.

Beanstock betätigte sie und in diesem Moment erhob sich aus dem Untergrund des Tresens ein Mann. Henry hatte die Schürze abgelegt, den Portiershut abgesetzt und man sah nun den gepflegten dunklen Anzug.

„Willkommen im *Cluaran*. Ich bin Henry, der Rezeptionist, und heiße Sie herzlich willkommen in unserem traditionsreichen Haus. Auf welchen Namen haben Sie reserviert?", sagte der Mann und lächelte.

Beanstock räusperte sich und nannte die Namen der neuen Gäste. Daraufhin schob Henry ihm das Gästebuch zu. Beanstock übernahm die Einträge und Henry lief zu dem Schlüsselbrett im Hintergrund und kam mit vier

Schlüsseln zurück.

„Zimmer 202 für die Baronets Parsley mit einem wunderbaren Blick auf das *Urquhart Castle.* Zimmer 204 für Professor Ian McGregor. Und die Zimmer 305 und 306 in der obersten Etage für ..." Henry beugte sich über das Buch mit den Reservierungen und las. „Diese beiden Zimmer für den Butler Mr Beanstock und den Chauffeur Mr Gonzales. Dieses Mal ohne Aussicht. Das tut mir leid für die Herren. Wir sind sehr stolz auf unsere schönen Aussichten."

Beanstock griff nach den Schlüsseln.

Henry kam hinter dem Tresen hervor, setzte seine Portiersmütze auf und nahm sich der Koffer und Taschen erneut an.

Die Eingangshalle des Hotels war gleichzeitig der beste Platz für die tägliche Teestunde. Grüne Samtsessel, vergoldete, nicht zu helle Stehlampen, Plüsch und vergangen gewähnter Schick, wohin man sah. An der hinteren Wand erhob sich ein wunderbarer alter Kamin, in dem ein lustiges Feuer prasselte. Jetzt, zur nachmittäglichen Teestunde, war die Halle gut besucht. Denn es war und blieb für den Briten eine besondere Zeit des Tages.

Natürlich konzentrierten sich die Gäste nicht ausschließlich auf ihr leckeres Gebäck oder den schmackhaften Tee. Genauso wichtig, wenn nicht sogar wichtiger, waren eventuelle neue Gäste.

Immer wenn sich die breite Eingangstür des Hotels öffnete, hielten die Teetrinker inne und begutachteten den Neuankömmling eingehend.

Mr Robinson, der etwas runde Herr aus Zimmer 109, sah von seinem Strickzeug auf und blickte über seine goldene Halbbrille.

Die Witwe des Fregattenkapitäns, Commander zur See William Fleetstone, Mrs Fleetstone, Zimmer 211, hielt mitten in der Bewegung inne. Sie hatte gerade einen der Haferkekse in ihren Nachmittagsgin getaucht und hielt ihn dem Papagei an ihrer Seite hin. Da sein Frauchen mit der Begutachtung der neuankommenden Gäste beschäftigt war, musste sich der bunte Vogel immer weiter nach vorn beugen, um an den geliebten alkoholischen Keks heranzukommen. Dabei geriet er in eine gefährliche Schieflage. Mit einem zornigen „Verdammt und zugenäht, Landratte!", holte er sich sein Essen. Sein Frauchen sah ihn daraufhin mit erhobenem Zeigefinger strafend an.

„Du sollst nicht fluchen, Bartholomäus!"

Am nächsten Tisch saß, oder man könnte sogar sagen hatte sich Madame Rosier drapiert, Zimmer 114. Sie bastelte sich zu jeder Tages- oder Nachtzeit die tollsten Auftritte. Madame konnte nicht aus ihrer Theaterhaut. Sie trug ein grünes Cocktailkleid, einen breitkrempigen Hut mit einer Rose daran und wedelte sich mit einem Fächer Luft zu. Mit dem aufwendigen Make-up hatte sie etwas übertrieben, aber sie war mit ihren vierzig Jahren immer noch eine wunderschöne Frau.

Einige Tische weiter begutachtete ein Paar die hereinkommenden Gäste und unterhielt sich lautstark. Mr und Mrs Smith, Zimmer 219 und 220, kamen aus den USA und waren zum ersten Mal hier. Ihre Streitgespräche waren ein Füllhorn der interessantesten Schimpfwörter für den Papagei Bartholomäus.

Ein paar der Teatimegäste kamen aus dem nahen Ort, einem kleinen Städtchen mit netten Cottages und einem alten, halb verfallenen Herrenhaus. In dem Haus wohnte kein Mensch mehr und es war vor langer Zeit von einer Kolonie Mäuse übernommen worden.

Drei alte Damen mit Hut und Pelzstola, die sich an fast jedem Tag hier einfanden, kicherten und tratschten, während ihre aufmerksamen Augen jede Bewegung der illustren Gesellschaft ringsum genau beobachteten. Diesen Luxus gönnten sich die drei, so oft es ging.

Etwas weiter entfernt saß eng nebeneinander in einer der etwas ruhigeren Nischen ein junges Paar. Sie unterhielten sich leise und waren die einzigen Gäste, die sich um niemanden außer sich selbst kümmerten. Ab und zu hielt das junge Mädchen ein Taschentuch an die Augen. Das war auch der einzige Tisch, auf dem nur zwei Tassen mit Tee standen, nichts anderes. Die beiden hatten wahrscheinlich nicht die notwendigen Mittel, um hier in diesem feinen Hotel richtige britische Teatime zu zelebrieren.

Zwischen den Tischen lief eine Dame mit einem Silbertablett in der Hand. Silberne Teekannen, Etageren mit Törtchen und Sandwiches in perfekte Dreiecke zugeschnitten, silberne Sahnekännchen und ein wunderbares altes Royal-Albert Porzellan im Design Spring Meadow von 1920. Beanstock erkannte beim ersten Hinsehen diese wunderbare alte Traditionsmarke. Die Dame, einfühlsam und den Wunsch des Gastes voraussehend, bewegte sich routiniert zwischen den Tischen der Halle hindurch. Eine Frage da und ein Lächeln dort, jeder bekam etwas ab von ihrem Charme.

Sie hatte weiches rotbraunes Haar, perfekt in Löckchen gelegt und mit einer Schildpattspange an der Seite zusammengehalten.

Die Dame trug ein wadenlanges dunkelgrünes Kleid und eine weiße Spitzenschürze. Im Verlauf des Tages würde auch diese Dame Beanstock auffallen, da sie mehrere Aufgaben im Hotel innehatte. Sie war für den Nachmittagstee und das Frühstück zuständig, sie machte im Büro die Buchführung, arrangierte an jedem Tag die Blumen in den Vasen neu und letztendlich war Mrs Bears die Besitzerin des Hotels.

Zum Personal gehörten noch der Koch Mr Bears, Gatte der Hotelbesitzerin, und das Küchenmädchen Helen Hard. Das Hotel leistete sich zwei Zimmermädchen, anders wäre die Arbeit nicht zu schaffen. Virginia McDouglas, ein hübsches Mädchen mit einer lauten Aussprache und Prudence Walken, ein weniger hübsches Mädchen mit einer Piepsstimme. Die beiden ergänzten sich also perfekt.

Ab und zu, bei größeren Anlässen, wurden Aushilfskräfte eingestellt. Aber wenn Mrs Bears es irgendwie verhindern konnte, beließ sie es bei den wenigen Angestellten. Das *Cluaran* hatte schwere Zeiten durchmachen müssen. Die Gäste waren lange Zeit fast vollständig ausgeblieben. Die Finanzen erholten sich erst sehr langsam wieder.

Der Name des Hotels leitete sich von der Wappenblume der Schotten ab, der Distel oder in Gälisch ausgedrückt Cluaran.

Mrs Bears hatte das schlossähnliche Haus in den dreißiger Jahren von einem Onkel geerbt. Der Onkel hatte seinen letzten Cent in die damals halb verfallenen Mauern gesteckt und aus dem *Cluaran-House* ein Vorzeigehotel gemacht.

Der Krieg, der so viele Dinge durcheinandergebracht

hatte, hatte dem Hotel kaum Gäste und dem Onkel der Mrs Bears ein kaputtes Bein beschert, das ihn schon bald ins Grab befördert hatte.

Familie Bears war eingezogen und hatte in diesen schwierigen Zeiten die Bürde eines Hotels übernommen.

Sie hatten eine Tochter, ein hübsches Kind mit einem dicken Nackenzopf und niedlichen dunkelblonden Löckchen, die ihr Gesicht einrahmten. Levinya war das Ein und Alles der Bears, auch wenn sie ab und zu einmal zur Ordnung gerufen werden musste, weil das Kind in dem Schlosshotel einen großen wunderbaren Spielplatz sah. Kam dann auch noch ihre beste Freundin Maria aus dem Nebenort herüber, gab es für die beiden Mädchen kaum einen Platz im Haus, an dem sie nicht anzutreffen waren.

Beanstock, Gonzales und Henry trugen die Koffer, Taschen und Hutschachteln in die jeweiligen Zimmer. Henry bekam ein Trinkgeld und verbeugte sich.

Lady Fedora, Sir Percival und der Professor machten sich kurz frisch und begaben sich danach in die Halle zu einer ausgiebigen Teatime. In der Zwischenzeit kümmerte sich Beanstock um die Garderobe der drei Reisenden. Gonzales hatte von Beanstock die Anweisung bekommen, sich auszuruhen. Die Fahrt war anstrengend gewesen und morgen musste der Chauffeur wieder frisch und bereit zu einer Ausfahrt sein.

Die Zimmer waren ansprechend mit dem Charme der dreißiger Jahre. Gediegenes Holz, glänzende Armaturen und duftende Leinenbettwäsche. Die Aussicht vom Zimmer der Baronets war atemberaubend schön. Das Reisebüro in London hatte nicht übertrieben. Beanstock machte in seinem Notizbuch einen Vermerk, dass man diesem Reisebüro vertrauen könnte.

Aus dem großen halbrunden Fenster konnte man den gesamten See überblicken und am gegenüberliegenden Ufer die beeindruckende Ruine des Castle gerade noch erkennen.

Beanstock stand am offenen Fenster und atmete tief die würzige Luft der Highlands ein. Nach den Aufregungen in Middle Chestnut würden ihm ein paar ruhige Tage sehr guttun.

Er schloss das Fenster und begab sich nach unten in die Halle. Er fragte, ob die Baronets etwas benötigten, und nachdem Lady Fedora meinte, man wolle im Anschluss einen Spaziergang durch den Park unternehmen, holte Beanstock die warmen Mäntel aus den Zimmern. Dann ging er aus alter Gewohnheit in den Küchenbereich, um Tee zu trinken. In der Küche sah man ihn überrascht an.

„Sie sind doch aber Gast? Dann können Sie in der Halle Platz nehmen", sagte der Koch leicht irritiert. „Sie können hier nicht dazwischenfunken, wenn ich gerade meinen Sconesteig knete."

Beanstock räusperte sich.

Zum Glück kam in diesem Moment Mrs Bears.

Sie versuchte Beanstock zu verstehen.

„Ich würde Ihnen einen Tisch in unserer Halle ans Herz legen. Es ist nicht angebracht, dass Gäste in der Küche den Lunch oder den Tee einnehmen. Gehen Sie doch bitte voran, ich bringe Ihnen sofort Tee. Wie wäre es mit einem guten Earl Grey?", sagte sie.

„Danke, dann werde ich einen Tisch im Hintergrund aufsuchen", erklärte Beanstock, neigte kurz den Kopf und ging zurück in die Halle. Helen, das Küchenmädchen, kicherte leise und bekam einen bösen Blick von Mrs Bears.

Auf seinem Weg in die Halle stand plötzlich ein Mädchen vor dem Butler und sah ihn mit großen Augen an. „Sind Sie wirklich ein echter Butler? So einer, der in meinen Büchern steht, adlige Leute bedient und Ja Eure Hoheit und Nein Eure Hoheit sagt?", fragte das Kind. Sie war etwa im Alter Lucindas und trug ein blaues Trägerkleid mit einer hübschen blauen Strickjacke darüber.

„Nun ja, My Lady, wenn Sie es so nennen wollen? Meine Aufgaben sind aber sehr viel umfassender. Ein Butler ist der Vorstand eines herrschaftlichen Haushalts und muss sich um sehr viele Dinge kümmern", erklärte Beanstock lächelnd.

Das Mädchen kicherte.

„Ich bin doch keine My Lady. Aber ich würde gern eine Lady in einem schönen großen Schloss sein mit einer Zofe an meiner Seite, die mir am Morgen die Kleider herauslegt, und einem Butler, der mir das Frühstück ans Bett bringt."

„Wie lautet denn Ihr Name, My Lady? Wenn ich fragen darf?", fragte nun amüsiert der Butler. Langsam machte ihm das Gespräch Freude. Das Mädchen erinnerte ihn an Luci im fernen Parsley Field und er vermisste das Kind.

„Levinya Bears ist mein Name und wie heißen Sie, Mr Butler?"

„Beanstock, einfach nur Beanstock, Lady Levinya vom See", sagte der Butler. Das Mädchen lachte. Dann griff es die Hand des Butlers und führte ihn durch die

Halle an einen kleinen Tisch in einer netten Nische mit zwei bequemen grünen Plüschsesseln.

„Ich habe das Gespräch meiner Mutter mitangehört. Hier können Sie gemütlich Tee trinken, alle Leute beobachten, ohne dass Sie gesehen werden, und selbst dabei nicht auffallen", sagte Levinya.

„Vielen Dank. Das ist wohl sonst Ihr Platz, My Lady?"

Das Mädchen nickte und lief dann zurück in den hinteren Bereich. Ihre Mutter kam mit einem Tablett zum Tisch, sah dem Kind kopfschüttelnd nach und stellte dann Tasse, Teekanne, Zucker und Milchkännchen auf den Tisch.

„Wenn das Kind Sie gestört hat, möchte ich mich entschuldigen", sagte sie zu dem Butler.

„Wir haben uns bestens unterhalten. Ich habe ein Pflegekind in ihrem Alter. Die Fantasie der Kinder ist unerschöpflich und das ist eine Gabe, die wir Erwachsenen im Verlauf unseres Lebens oft verlieren."

„Wenn Levinyas beste Freundin Maria zum Spielen kommt, sprechen wir uns wieder. Die beiden hängen zusammen wie Pech und Schwefel und produzieren den ein oder anderen Unsinn. Neulich habe ich die beiden auf dem Speicher erwischt. Sie hatten es sich dort sehr gemütlich eingerichtet, alte Kleider aus einer Truhe angezogen und Teatime gespielt. Möchten Sie gern etwas von unserem Kuchenangebot probieren? Ich kann Ihnen die Blaubeertörtchen ans Herz legen. Die gibt es nur hier bei uns im *Cluaran*. Mein Gatte ist ein Meister am Backofen."

Der Butler verneinte und Mrs Bears ging zu einem anderen Tisch.

Durch die große Eingangstür trat ein Herr in einem dunklen Anzug, einen Bowler auf dem Kopf und einen Gehstock in der Hand. Henry, der Portier, kam hinter ihm durch die Tür mit einem großen und einem kleinen Koffer. Er stellte das Gepäck an der Rezeption ab und wurde zu Henry, dem Rezeptionisten.

Das Gepäck bestand aus hochwertigem Leder der Firma Pearce & Co. Beanstock sah das auf einen Blick. Es sah allerdings abgewetzt aus und musste schon lange im Besitz des Herrn sein.

Der Herr sah sich mit hochgezogenen Augenbrauen in der Halle um und schien die Einrichtung und die Gäste einer genauen Inspektion zu unterziehen. Dann schritt er, man musste es so nennen, zur Rezeption, nahm den Füllfederhalter und schrieb sich in das Gästebuch ein.

„My Lord, willkommen im *Cluaran*", sagte Henry.

Beanstock gefiel dieser Platz immer besser. Man konnte wirklich eine Menge hören und sehen, ohne selbst gesehen zu werden.

So konnte er auch beobachten, wie der rundliche Mr Robinson von seinem Strickzeug aufsah und den neu angekommenen Gast mit großen Augen verfolgte. Entweder kannte er den Herrn oder er hatte einfach eine Masche verloren. Danach notierte er sich etwas auf einem Notizblock.

Die drei älteren Damen aus dem Ort beobachteten den Lord ebenfalls. Eine der drei Damen sah sehr zornig aus, bekam einen hochroten Kopf und redete auf die Dame neben ihr ein. *Gibt es etwa Anlass zu streiten über seine Lordschaft?*, dachte Beanstock. *Das ist ja alles sehr interessant.*

63

Der Papagei der Witwe Fleetstone schrie in diesem Moment und für einen kurzen Moment schienen alle Gespräche zu stoppen.

„Verdammter Pirat!", schrie der Vogel.

„Bartholomäus! Sei still!", rief Mrs Fleetstone und hielt dem Vogel einen weiteren gingetränkten Keks an den Schnabel.

Henry nahm den Zimmerschlüssel und wurde zu dem Portier Henry. Er ging dem neuen Gast voran über die Treppe und verschwand mit ihm in der ersten Etage.

Die meisten Gäste des Hauses wohnten in der ersten Etage. Nur ein paar Zimmer in der Zweiten waren belegt. Dazu gehörten die Zimmer der Baronets, des Professors und des amerikanischen Paares Smith. John, Lord of Barbour, erhielt Zimmer Nummer 312. Sein angestammtes Zimmer, wie Beanstock später von Henry erfuhr.

Mr Robinson packte sein Strickzeug ein, erhob sich und lief mit weiten Schritten auf der Treppe nach oben. Es sah fast so aus, als würde er jemanden verfolgen, der ihm auf keinen Fall entkommen sollte.

Beanstock legte diese Tatsache ebenfalls in seinem Gedächtnis ab.

Nach dieser interessanten Einlage mit seiner Lordschaft brandeten die Gespräche erneut auf und die vorherige Stille wich einem munteren Geplauder über Wetterkapriolen, gelesene Bücher und weit entfernte Verwandte.

Aberdeen Polizeistation

„Inspector Duff, wie immer zu spät!", sagte Superintendent Hicks, der Leiter der Kriminalpolizei Aberdeen.

Detective Inspector Duff störte diese Standpauke nicht im Geringsten. Er war es gewöhnt. Deshalb kam er schon aus Prinzip fünf Minuten zu spät. Seine engste Mitarbeiterin, Sergeant Jamie Lamond, hatte ihn mehrmals darauf hingewiesen, dass es unnötig sei, den Oberlöwen zu reizen. Das würde nur lautes Gebrüll und Strafarbeiten nach sich ziehen. Duff hatte nur gelacht. Er mochte es, seinen Chef, Superintendent Hicks, zu reizen. Es war wie ein Spiel für ihn geworden. Wer hatte den längeren Atem?

Inspector Duff setzte sich neben seine Kollegin und grinste. Dann griff er in seine Manteltasche, holte die geliebte Pfeife heraus und begann sie mit viel Geduld zu stopfen. Der Duft nach Honig und Rauch erfüllte den Raum im Kommissariat Aberdeen.

„Wie ich gerade sagte, bevor ich gestört wurde ..." Ein böser Blick traf Duff. „Wir unterstützen mit dieser Aktion die Kollegen der Kriminalpolizei Inverness. Chief Inspector Fred Hornby von der Kripo Edinburgh wird uns informieren. Ich bitte um äußerste Aufmerksamkeit!" Hicks betonte den letzten Satz besonders und sah dabei Sergeant Lamond strafend an, die eine knisternde Tüte Bonbons, die sie eben aus der Tasche genommen hatte, wieder zurückbeförderte. Sie blickte zu Duff, der weiterhin breit grinste.

In einem Raum der Kriminalpolizei Aberdeen saßen an diesem Morgen sechs Männer und eine Frau um einen langen Tisch verteilt und hörten dem Mann zu, der vor einer Landkarte stand und einen Zeigestock in der Hand hielt.

Hornby war ein älterer Mann mit einer runden Brille auf der Nase, die im Minutentakt von ihm immer wieder nach oben geschoben wurde. Sie rutschte einfach ständig.

„Soll ich sie ihm festtackern?", fragte Jamie ihren Chef leise. Duff sagte nichts und zog an seiner Pfeife.

Hornby wies mit dem Zeigestock auf die Umgebung von Inverness.

„Es gab in den letzten sechs Monaten innerhalb Schottlands acht Überfälle auf Juweliergeschäfte. Die Herrschaften Gangster sind nicht wählerisch. Vier Einbrüche in Edinburgh, drei in Aberdeen und nun ein Überfall auf ein Juweliergeschäft in Fort William in der vergangenen Woche. Man arbeitet sich scheinbar durch Schottland hindurch, bevor man anderweitig arbeiten will. In Edinburgh haben wir verschiedene Anhaltspunkte verfolgt, die immer wieder nach Inverness führten. Sei es eine Autovermietung, ein Lieferant für spezielle Werkzeuge oder sogar ein Kostümverleih. Alle Wege treffen in Inverness zusammen. Es fiel auf, dass bei den Einbrüchen nur bestimmte Juwelen gestohlen wurden. Da sind die Herrschaften dann scheinbar doch wählerisch. Nur die besten Stücke werden mitgenommen, auch mal nur ein besonders Wertvolles, der Rest wird verschmäht. In Edinburgh wurde ein besonders aufwendig gearbeitetes Collier mit einem kostbaren Diamanten in der Mitte gestohlen. Fotos der Objekte liegen den Akten bei."

„Haben die Betreiber dieser Geschäfte mit der Einbruchsserie direkt zu tun? Vielleicht eine Versicherungssache?", fragte Jamie dazwischen.

„Sie sind?", fragte Hicks mit einem arroganten Unterton.

„Sergeant Jamie Lamond, Sir, ich arbeite mit Inspector Duff", antwortete sie.

„Nun, erst einmal, Sie arbeiten wahrscheinlich für Inspector Duff. Aber um die Frage zu beantworten, nein, diese Leute sind einfach nur Juweliere. Es gab keinerlei Verbindungen zur Unterwelt."

„Siehst du? Du arbeitest für mich, jetzt weißt du es ganz genau", sagte leise Duff zu Jamie, die sich wieder einmal der männlichen Überlegenheitsmasche gegenübersah. Sie verschränkte zornig ihre Arme.

„Folgende Idee haben wir. Um die Gangster nicht zu warnen, wollen wir Kollegen aus Aberdeen für die Überwachung bestimmter Punkte einsetzen, die wir ermitteln konnten. An diesen Punkten wurden gestohlene Autos verlassen aufgefunden. Viele Spuren waren nicht zu sichern, die Herren Einbrecher sind sehr vorsichtig. Profis eben. Wir scheuen keine Mittel und Wege, um diese Leute endlich zu fassen, bevor sie in Richtung Irland oder London weiterziehen. Die Verteilung der Aufgaben übernimmt DSI Hicks von der Polizei Aberdeen. Meine Herren, viel Erfolg!" Hornby setzte sich und schien mit seinem Vortrag sehr zufrieden.

„Dich hat er natürlich gar nicht genannt, aber mitarbeiten sollst du sicher trotzdem, Jamie, sonst wärst du nicht hier", flüsterte Duff.

Die Konferenz war beendet. Hornby zog sich mit DSI Hicks in dessen Büro zurück, Duff vermutete, für einen guten Tropfen Whisky.

Ein Constable kam mit einem Stapel Akten herein. Alle Anwesenden im Raum erhielten ein Schriftstück, auf dem bereits der Name des jeweiligen Polizisten stand. Es war also beschlossene Sache, wer wo eingesetzt wurde, und es gab keine Wahl.

Duff winkte seiner Kollegin, ihm in ihr gemeinsames Büro zu folgen.

„Dann sehen wir uns doch mal unseren Verbannungsort an." Duff schlug die Akte auf und vertiefte sich in die Schriftstücke. Immer wenn er mit einer Seite durch war, reichte er seiner Kollegin die Seite zum Lesen.

„Barbour Hill am Loch Ness?", rief fragend Jamie und sah ihren Chef erschrocken an. „Was soll denn in diesem winzigen Dorf zu finden sein? Das ist doch so langweilig wie meine Wohnung an einem Sonntagabend! Da wurde einmal ein verlassenes Mietauto sichergestellt. Das könnte auch nur ein Zufall gewesen sein. Keine Fingerabdrücke und keine Zeugen, die etwas gesehen haben", rief sie zornig.

„Die Langeweile hast du dir selbst zuzuschreiben. Sieh es aber mal so. Wann hatten wir das letzte Mal Urlaub? In dem Ort gibt es nur einen Pub. Da kann man nirgends übernachten. Also müssen wir uns in der

Gegend etwas suchen. Ganz in der Nähe ist das *Cluaran*. Da war ich schon einmal. Das Hotel ist gut, gutes Essen, ausschlafen, abends in die Bar, was denkst du? Das wird lustig. Natürlich passiert da nichts, aber die Polizei bezahlt uns den Aufenthalt!"

Jamie Lamond dachte einen Moment nach. Dann hellte sich ihre Miene auf.

„Ich ruf gleich mal da an und reserviere Zimmer. Bist du sicher, die bezahlen uns den Aufenthalt?", fragte Jamie zweifelnd.

„Der Mann aus Edinburgh hat gesagt, wir scheuen keine Mittel und Wege, um diese Bande zu kriegen. Und der Mann muss es wissen. Also bitte. Und du weißt sicher, dass DSI Hicks uns mit voller Absicht diesen langweiligen Ort zur Überwachung zugeteilt hat. Er kann mich nicht leiden, das wissen wir beide. Vielleicht solltest du dir einen anderen Vorgesetzten suchen."

Jamie griff in ihre Jackentasche und zu einem Bonbon in schimmerndem Silberpapier. Sie wickelte es betont langsam aus, steckte es in ihren Mund und schmatzte zufrieden.

„Da müsste ich ja verrückt sein. Mich wirst du so schnell nicht mehr los. Du bist hier der beste Inspector und eigentlich sollte Hicks das wissen. Aber der ist verbohrt und hat das Benehmen einer Bulldogge, der man den Knochen geklaut hat."

Ein ganz normaler Tag

Beanstock war, wie an jedem Tag, früh aufgestanden. Er hatte nicht besonders gut geschlafen, obwohl das Zimmer sehr komfortabel war. Es gab ein kleines Badezimmer, ein bequemes Bett und vor dem Fenster schimmerte etwas entfernt das geheimnisvolle Loch Ness. Das *Urquhart Castle* konnte man von diesem Zimmer aus nicht sehen. Ob sich wohl heute Nessie zeigen würde? Gestern Abend hatte sich der Professor bei einem guten Whisky in der Bar ausgiebig über das sogenannte Monster des Sees ausgelassen.

Nach einem schmackhaften englischen Frühstück mit Porridge, Frühstücksspeck und Eiern, gegrillter Tomate, Bohnen in süßer Tomatensauce, Würstchen, Toast und Marmelade wollte man Inverness besuchen. Beanstock hatte für Lady Fedora und Sir Percival am Morgen warme Kleidung herausgelegt. Der Tag schien regnerisch und kühl zu werden.

Lady Fedora nahm im Frühstückssalon des Hotels, wie sie es von zu Hause gewöhnt war, nur Toast, eine ausgezeichnete Orangenkonfitüre und Tee.

Ihr Gatte und der Professor versuchten sich an dem englischen Frühstück, gaben aber beide, bevor sie die

Würstchen probieren konnten, auf. Die beiden Herren gelobten, am nächsten Morgen zu Porridge und Toast zurückzukehren.

Beanstock hatte, nach zähen Verhandlungen mit Mrs Bears, für sich und Gonzales einen Platz im Esszimmer des Personals gegenüber der Küche erkämpft.

Dort saßen die beiden nun, nachdem die Baronets und Professor McGregor versorgt waren. Die Teestunde wollte Beanstock trotzdem lieber in der Hotelhalle verbringen. Es war zu interessant.

Gegenüber liefen Mr Bears und das Küchenmädchen geschäftig zwischen Herd und Spüle hin und her. Der Koch bereitete den Lunch vor. Helen putzte Möhren und Mr Bears rührte in einem Suppentopf.

Beanstock hatte sich vom Büfett im Salon Porridge genommen und Gonzales saß vergnügt vor einem Berg gegrillter Würstchen und Toast. Mrs Bears hatte darauf bestanden, dass sie sich das Essen vom Büfett des Hotels eigenständig holten. Sie hatte einfach keine Zeit, um auch noch im Essraum des Personals aufzutischen. War aber mit dem Arrangement am Ende zufrieden, da die beiden Herren sogar das schmutzige Geschirr zurück in die Küche brachten und in die Spüle stellten. So war letztendlich allen geholfen.

Inverness, die Stadt am River Ness, gab sich sonnig an jenem Morgen und Beanstock verstaute die dicken Wollmäntel der Herrschaften im Kofferraum des Bentley.

Nach der Besichtigung der Innenstadt ging es weiter

zum *Cawdor Castle*, in dem, wenn man Shakespeare glauben sollte, König Duncan von Macbeth ermordet worden war, was aber auch das *Inverness Castle* für sich beanspruchte. Bei Mord hörte der Spaß für die Schotten auf, jeder beanspruchte zumindest einen ermordeten Vorfahren in seinem Castle. Das war Pflicht.

Dafür war der prächtige Garten des *Cawdor Castle* besonders für Lady Fedora interessant.

Dann ging es zurück zum Hotel und einem kleinen Lunch. Lady Fedora wollte sich nach dem anstrengenden Vormittag etwas ausruhen und ging auf ihr Zimmer. Sir Percival und der Professor vertieften sich im Salon in die Tageszeitungen und ließen sich von Beanstock Tee servieren. Mrs Bears war es zwar etwas unangenehm, dass der Butler das übernahm, aber im Grunde froh, dass Beanstock half. Das Hotel war entsetzlich unterbesetzt.

Als die Teatime näher kam, setzte sich Beanstock mit seinem Tee in die Hotelhalle und beobachtete die Hereinkommenden. Er hatte sein Buch dabei, den Kriminalroman *Der Wachsblumenstrauß* seiner Lieblingsautorin. Aber zum Lesen sollte er auch dieses Mal nicht kommen.

Zuerst erschien Mrs Fleetstone, ihren Papagei auf der Schulter. Sie sah wirklich etwas wie ein Pirat aus, überlegte Beanstock schmunzelnd. Sie trug gern weite Kleider und Hüte mit einer breiten Krempe. Heute wackelte eine lange Feder auf ihrem Hut. Es fehlte nur noch die Augenklappe. Kaum ein Pirat wäre ohne Augenklappe oder Holzbein ein echter Pirat. Diese Erkenntnis hatte Beanstock von Luci, nachdem das Mädchen *Der rote Korsar* aus der Bibliothek Sir Percivals gelesen hatte.

Mrs Fleetstone setzte sich in die Halle auf ihren angestammten Platz. Dort stand eine Art Vogelbaum für den Papagei bereit. Als alte Stammkundin des Hotels wollte man ihr damit entgegenkommen. Sie setzte den Vogel darauf, nachdem sie ihn geherzt und geküsst hatte. Es schien dem Tier zu gefallen.

Dann sah sie sich nach Mrs Bears um, die auch schon mit einem Silbertablett erschien, auf dem eine Tasse, ein Glas und ein Teller standen. Mrs Fleetstone bestellte an jedem Tag Tee und das Übliche für den Papagei, Kekse und Gin. Wobei der Gin sicher nicht ausschließlich für den Vogel gedacht war. Mrs Bears stellte die gewünschten Dinge mit einem Lächeln auf den Tisch der Dame.

Die breite Eingangstür des Hotels ging auf und die drei Damen aus dem Nachbarort erschienen fröhlich schnatternd und kichernd. Als sie am Tisch von Mrs Fleetstone vorbeikamen, grüßten sie die Dame herzlich. Man kannte sich. Sie setzten sich exakt auf den Platz, auf dem sie am Tag vorher gesessen hatten.

Dann erschien Lord Barbour. Heute trug er einen Trenchcoat und stolzierte, anders konnte man es nicht nennen, durch die Halle in Richtung Ausgang. Als er an dem Papagei vorbeikam, schrie der Vogel wieder laut.

„Verdammte Piratenbrut!"

„Um Himmels willen, Bartholomäus! Lass das doch!", rief sein Frauchen und entschuldigte sich bei seiner Lordschaft vielmals. Aber seine Lordschaft hatte nur einen bösen Blick übrig und stolzierte weiter. Er verließ das Hotel und kurz danach sah Beanstock einen Sportwagen davonfahren.

Die drei Damen an ihrem Tisch hatten die Sache

interessiert beobachtet und unterhielten sich nun leise. Sie bestellten bei der Hausherrin das Übliche.

Über die Treppe zu den oberen Etagen kam Mr Robinson. Sein unvermeidliches Strickzeug in der Hand. Neben dem Papagei fiel ihm eines seiner dicken Wollknäuel aus der Hand. Als er sich danach bückte, schrie der Papagei.

„Alter Kugelfisch!"

„Oh, Bartholomäus, nun ist es aber mal gut!", rief sein Frauchen und lächelte Mr Robinson an. Der Mann ging ohne Worte zu erwidern weiter. Er setzte sich.

Das amerikanische Ehepaar kam kurz danach von einem Spaziergang zurück. Mrs Smith schien über irgendetwas unzufrieden zu sein und zischte ihrem Gatten mit zornigem Blick etwas ins Gesicht. Beanstock konnte nicht verstehen, was der Grund sein könnte. Als sie an dem Tisch der Mrs Fleetstone vorbeikamen, stieß Mrs Smith fast den Tisch um. Sie war hochrot und sehr wütend.

Nach einigen Minuten hatten alle Anwesenden ihren Tee oder, im Falle des Mr Smith, einen Martini. Endlich kamen die Teegäste zur Ruhe.

Levinya kam durch die Tür zur Küche hereingehüpft. Sie hatte einen Korb am Arm. Am Tisch von Mr Robinson stoppte sie kurz. Beanstock sah, dass sie etwas aus dem Korb nahm. Sie hielt es dem Mann lächelnd hin.

„Was soll das sein?", fragte Mr Robinson ungehalten.

„Sehen Sie doch, ich habe einen Schal gehäkelt. Sie häkeln doch auch. Ich wollte Ihnen das zeigen, weil es so wunderschöne bunte Wolle ist. Die hat meine Mutter aus Edinburgh schicken lassen", erklärte Levinya stolz.

„Erstens mal, ich stricke, ich häkele nicht! Und zweitens ist mir das ziemlich egal, mein Kind, und nun verschwinde!", sagte Mr Robinson.

Wie überaus unhöflich, dachte Beanstock. *Was hatte Henry gesagt? Mr Robinson ist Vertreter aus Inverness. Sehr seltsamer Mann.* Der Butler winkte dem Mädchen, zu ihm zu kommen.

Levinyas Augen sahen feucht aus. Sie schluckte den Ärger schnell hinunter und lächelte Beanstock schon wieder an. Er klopfte auf den Sessel neben sich. Levinya nahm Platz.

„Ich wollte doch nur nett sein. Warum ist er denn gleich so böse geworden?", fragte das Kind und suchte in ihrem Kleid nach einem Taschentuch. Das war für Beanstock das Signal. Er griff in seine Tasche und reichte dem Mädchen ein Tuch.

„Weißt du, Levinya, ich denke, er hat es sicher nicht so gemeint. Du solltest dich nicht ärgern. Erwachsene haben manchmal einfach nur schlechte Laune oder sind wegen irgendetwas frustriert. Leider lassen diese Leute ihren Frust dann an völlig unbeteiligten Menschen aus. Vergiss das ganz schnell", erklärte Beanstock. „Zeig mir doch bitte deinen Schal."

Levinya griff in den Korb und zog einen ellenlangen bunten Häkelschal heraus. Sie legte ihn vorsichtig auf den Tisch.

„Der ist aber wirklich gelungen, Lady Levinya, Respekt!"

„Wissen Sie, Mr Beanstock, ich glaube, Mr Robinson kann gar nicht stricken", sagte das Kind mit einem vorsichtigen Blick zu dem Mann, der mit den Stricknadeln klapperte und dabei den Papagei beobachtete.

Vielleicht hat er Angst vor Vögeln, dachte Beanstock, *das soll es geben.*

„Wie kommst du darauf?", fragte er Levinya.

„Der strickt immer an demselben Stück und kommt gar nicht voran und schön sieht das Ding auch nicht aus. Ich weiß gar nicht, was das werden soll", sagte sie leise.

Mrs Fleetstone, die Witwe des Fregattenkapitäns Commander Fleetstone, hielt ihrem Papagei einen gingetränkten Keks vor den Schnabel. Das Tier entzog sich dem Häppchen und begann unkontrolliert zu kreischen.

„Was hast du denn, Bartholomäus? Dann eben nicht, aber hör mit dem Lärm auf!", rief Mrs Fleetstone und steckte sich den Keks in den Mund. Dann nippte sie noch an dem Ginglas und vertiefte sich wieder in die Lektüre ihres Buches.

Die drei alten Damen aus dem Nachbarort Barbour Hill hatten ihren Tee ausgetrunken und erhoben sich bereits wieder. Sie strebten dem Ausgang entgegen.

Madame Rosier erschien und setzte sich in die Halle. Sie schien nervös zu sein, erkannte Beanstock. Sie knetete ununterbrochen ein Taschentuch in ihren Händen. Dabei sah sie sich lauernd um und schien auf jemanden zu warten. Mrs Bears fragte nach ihren Wünschen und erschreckte die Dame so sehr, dass Madame Rosier aufsprang und sich wieder setzte. Sie bestellte Tee.

Henry kam durch die offene Eingangstür. Er trug zwei Koffer, stellte sie ab und hielt die Tür für die drei alten Damen auf, die das Hotel nun laut kichernd verließen.

Es kamen also neue Gäste an.

Nun überstürzten sich die Ereignisse.

Mrs Fleetstone begann zu husten, stand auf, fasste

sich an ihren Hals und schien Probleme beim Atmen zu haben. Ihr Papagei krächzte ununterbrochen und flatterte mit den bunten Flügeln.

„Mörder an Bord!", schrie der Vogel.

Beanstock sprang auf. Hier stimmte etwas nicht.

„Du bleibst hier, Levinya!", rief er.

Er lief schnell zu Mrs Fleetstone. Die Dame fiel ihm in die Arme und röchelte mit weit aufgerissenen Augen. Dann trat Stille ein.

Mr Smith war ebenfalls schnell dazugekommen und kontrollierte den Puls der Dame.

„Warten Sie, ich bin Arzt! Oh Gott, ich kann gar nichts spüren. Ich fürchte, die Dame ist tot." Er sah Beanstock entgeistert an.

Beanstock schnüffelte. Es roch nach Bittermandel.

Dann beugten sich noch zwei Menschen über die Leiche am Boden und als sich Beanstock nach den beiden umsah, erlebte er eine Überraschung.

„Das glaubt mir in Aberdeen kein Mensch! Sie!", rief Inspector Duff aus und sah den Butler mit geweiteten Augen an.

Eine Stunde später saß Beanstock einem Polizisten aus Inverness gegenüber und machte seine Aussage.

Detective Sergeant Christian Mayor hatte sich davor über die tote Mrs Fleetstone gebeugt, den Kopf geschüttelt und gemeint: „Na, der Zug ist abgefahren. Was ist mit dem Federtier?" Dabei hatte er auf den ziemlich zerrupft aussehenden Bartholomäus auf seiner Stange gezeigt. Der Vogel hatte zum Glück nicht mehr so laut gekreischt. Als sein Frauchen zu Boden gefallen war, hatte er sich reihenweise Federn ausgerissen, war in einem weiten Kreis durch die Hotelhalle geflogen und hatte dabei laut gerufen: „Mörder, Mörder!"

Das hatte Mrs Bears zum Verzweifeln gebracht. Henry hatte die Initiative ergriffen und die Gäste aus der Hotelhalle in den angrenzenden Speisesaal gebeten. Aus dem Nachbarort Barbour Hill waren nur ein junges Paar und die drei Damen heute hier gewesen und die waren früh aufgebrochen. Sie würden das sicher niemals verwinden, dass sie diese aufregende Geschichte nicht miterlebt hatten.

Levinya fragte DS Mayor, ob sie den Vogel wegbringen dürfte. Aus vielen vorhergegangenen Besuchen der Witwe Fleetstone verstand sie sich gut mit Bartholomäus und der Vogel vertraute ihr. Also nahm sie das Tier unter ihre menschlichen Fittiche und verschwand in Richtung Küche. Der Papagei klang inzwischen vollkommen heiser.

Beanstock war froh, dass Levinya endlich den Tatort verließ. Die Spurensicherung war eingetroffen und machte ihre Arbeit. Das sollte das Kind nicht unbedingt miterleben.

Dr. Sagart, der Rechtsmediziner, nahm seinen Zylinder von dem roten lockigen Haar, beugte sich über die Tote und sprach wie immer ein leises Gebet. Dann untersuchte er sie. Schließlich konnte die Tote abtransportiert werden.

Mrs Bears wurde etwas ruhiger. Es ging ihr sehr nah. Sie hatte die Dame schon lange gekannt. Als der Fregattenkapitän Fleetstone noch gelebt hatte, waren die beiden fast in jedem Jahr mehrere Wochen hier am Loch

Ness gewesen.

DS Mayor war ein kräftiger Mann. Er hatte volles bräunliches Haar und liebte Sprüche. Inspector Duff hatte speziell ihn angefordert. Sie kannten sich und er wusste, dass er sich auf seinen Freund verlassen konnte.

Die beiden Polizisten, Duff und Lamond, die inkognito unterwegs waren, sollten bei der Ermittlung nicht einbezogen werden. Sie hatten ihre Aussage gemacht und dann ihre Hotelzimmer bezogen.

„Sie waren der Erste bei der Toten. Erzählen Sie mal, Duff meinte, Sie sind eine kleine Spürnase. Dann lassen Sie mal hören. Schmieden wir das Eisen, solange es heiß ist." DS Mayor lehnte sich auf seinem Stuhl zurück und sah den Butler erwartungsvoll an.

Beanstock berichtete zuallererst, wer sich an diesem Nachmittag in der Hotelhalle aufgehalten hatte, wo man gesessen hatte und wer zu welchem Zeitpunkt gegangen war.

„Aye? Duff hat also nicht übertrieben. Wie haben Sie sich das alles merken können? Ich dachte, Sie hatten erwähnt, dass Sie Butler sind? Haben Sie da nicht ein ganz anderes Aufgabenfeld?", fragte der Detective Sergeant lächelnd.

Beanstock räusperte sich und fuhr fort.

„Ich hatte mit Levinya Bears gesprochen, als ich bemerkte, dass der Papagei heute den gingetränkten Keks ablehnte. Daraufhin nahm Mrs Fleetstone den Keks zu sich, trank auch noch einen ordentlichen Schluck Gin und kurz danach bekam sie Atemnot. Als ich bei ihr eintraf, fiel sie mir in die Arme und verschied. Es roch nach Bittermandel. Ich folgere, dass es Blausäure war. Die Problematik mit dem Papagei haben

Sie ja sicher schon erkannt, Sir. Mr Smith war in diesem Moment bei mir und hatte versucht zu helfen. Er gab sich als Doktor zu erkennen. Das habe ich noch nicht nachprüfen können."

„Haben Sie nicht? Na sowas. Und Sie machen hier Urlaub?", fragte DS Mayor.

„Urlaub? Nein, ich bin Butler. Die Baronets von Parsley Field befinden sich auf einer Reise und ich begleite sie. Im Moment befindet sich Sir Percival gemeinsam mit seinem langjährigen Freund Professor Ian McGregor im Salon des Hotels. Lady Fedora ist auf ihrem Zimmer. Die Baronets und ihr Gast werden von unserem Chauffeur Gonzales gefahren, der sich ebenfalls auf seinem Zimmer befindet", erklärte Beanstock dem aufmerksamen DS Christian Mayor.

„Aye, natürlich, ich verstehe. Jeder will Nessie sehen. Da ist ein Baronet nicht ausgenommen. Die Zeit vergeht wie im Flug, wenn man Spaß hat. Ich werde mich nun mit Mrs Bears unterhalten. Danke, Sir. Ach, und diese Papageiproblematik. Wie meinen Sie das?"

„Nun, sicher haben Sie erkannt, dass jemand den Papagei ermorden wollte und in Kauf genommen hat, dass Mrs Fleetstone einem Gintropfen auch nicht abgeneigt war."

„Aye, natürlich, das habe ich sofort erkannt. *Fit as a fiddle*, der Vogel ist munter wie ein Fisch im Wasser. Schlechter Vergleich, ich weiß, aber er hatte dann wohl mehr Glück als Papageiverstand."

DS Mayor erhob sich und ging kopfschüttelnd in den hinteren Küchenbereich.

„Duff will mich doch auf den Arm nehmen. Na, dem erzähle ich was. Das kostet mindestens einen *Hot Toddy* bei Nikolai im *Raven*", murmelte er auf seinem Weg.

Am Abend in der Bar stand nun Henry der Barmann hinter dem Tresen. Er trug eine weiße Schürze mit dem Cluaranzeichen, einer Distel, auf der Vorderseite. Beanstock konnte kaum glauben, wie viele Posten Henry in diesem Hotel bekleidete. Es war unglaublich. Und trotz der vielen Aufgaben blieb er fröhlich und höflich und als Barmann durfte er auch einen Witz erzählen. Davon machte er am Abend gern Gebrauch, wenn es die Gäste erlaubten.

Als Lord Barbour in einem dunkelblauen Smoking die Bar betrat, leger die rechte Hand in seiner Hosentasche, verstummte Henry allerdings sofort und zog sich hinter seinen Tresen zurück. Er sah den Gast kaum an und polierte rasend schnell Gläser.

Beanstock bemerkte die Blicke, die Henry dem Lord zuwarf, wenn es niemand sah.

Seine Lordschaft setzte sich in einen der bequemen Ledersessel. Henry servierte ihm unaufgefordert Gin. Und seine Lordschaft sah nicht auf, sondern öffnete die Zeitschrift, die er unter dem Arm gehabt hatte.

Die Bar hatte dunkle Ledersessel mit hohen Lehnen und zwischen jeder Sesselgruppe stand ein kleiner Mahagonitisch. Der Bartresen zog sich an der rechten Seite fast durch den gesamten Raum. Schimmerndes Messing und dunkles Holz verbreiteten gediegene Atmosphäre. Über dem Tresen war ein Regal, in dem Henry die polierten Gläser aufbewahrte. Im Hintergrund reihte sich eine Flasche an die andere. Die Bar war gut ausgestattet, das war Sir Percival sofort angenehm aufgefallen.

Beanstock stand mit Gonzales neben dem Bartresen und beobachtete den Lord. Gonzales hatte sich eine seiner dunklen Zigarillos angezündet und genoss die Ruhe. Beanstock hatte die Herrschaften am späten Nachmittag auf den neuesten Stand der Geschehnisse gebracht. Lady Fedora hatte kurz die Augen geschlossen.

„Beanstock, um Himmels willen! Das ist doch nicht Ihr Ernst? Ich denke, Sie sollten demnächst zu Hause bleiben, wenn wir verreisen. Warum passiert Ihnen immer so etwas?", hatte sie gefragt und mit den Augen gerollt.

„Ihn zu Hause zu lassen, bringt gar nichts, Darling", hatte Sir Percival daraufhin gemeint. „Wenn er in Parsley Manor bleibt, stolpern wir dort über Leichen."

Gonzales dagegen war regelrecht beleidigt gewesen.

„Wieder einmal ermitteln Sie ohne Gonzales", hatte er gesagt und beleidigt die Arme verschränkt. Daraufhin hatte Beanstock ihn am Abend zu einem Whisky eingeladen.

Henry stellte den beiden Herren einen guten schottischen Whisky auf den Tresen.

„Der kommt von Professor McGregor. Lassen Sie ihn sich schmecken", sagte Henry und zwinkerte Beanstock zu.

„Sie haben wohl sehr verträgliche Herrschaften, wie ich feststelle? Die meisten Blaublüter, die hier absteigen, lassen nicht zu, dass sich das Personal abends in der Bar aufhält", setzte er flüsternd hinzu und warf einen bösen Blick zu Lord Barbour.

Gonzales schnupperte an dem Glas und hielt es dann zum Gruß in Richtung des Professors. Beanstock nickte kurz und dankte.

„Ist denn Lord Barbour ein Stammgast, Henry? Sie hatten den Gin fertig, bevor seine Lordschaft danach verlangte. Er bestellt also immer, wenn er sich hier aufhält, Gin?", fragte Beanstock. Gonzales hielt im Trinken inne und sah den Butler abschätzend an.

„Ihre Detektivnase wittert etwas, oder?", fragte er schmunzelnd.

„Aber nein, ich bin einfach etwas neugierig. Und nach diesem unerfreulichen Vorfall heute Nachmittag ist das wohl verständlich."

„Aye, seine Lordschaft erscheint hier regelmäßig. Er ist mit dem Nebenort Barbour Hill verbandelt. Seine englischen Vorfahren haben dort Land besessen. Das ist lange vorbei. Verarmter Adel. Alles verkauft, was nicht niet- und nagelfest war", erklärte Henry leise.

„Meine Eltern haben sich für seine Familie abschuften müssen. Ich habe auch eine Weile im Herrenhaus gearbeitet. Lustig war das nicht. Die Eltern des jungen Lords waren ziemlich, wie soll ich es nett ausdrücken, arrogant. Nichts hat man richtig gemacht und sie haben mehr als einmal darauf hingewiesen, dass sie als Vertreter des englischen Hochadels mit den schottischen Bewohnern dieses Landstrichs nichts anzufangen wussten. Warfen das Geld mit vollen Händen zum Fenster raus.

Die Gattin seiner Lordschaft hatte diese winzigen kleinen Hunde, die man ständig herumtragen muss. Als eines Tages eines der Tiere verschwand, war der Teufel los. Ich denke immer noch, dass ein *Kelpie* den kleinen

Kerl verschluckt hat. Ein Schuldiger war schnell gefunden. Mein Vater, der für die Reitpferde und Hunde verantwortlich war, sollte bezahlen. Man holte sogar die Polizei. Hat den alten Herrn furchtbar mitgenommen, er kam nie über die Ungerechtigkeit weg. Ja, so war das damals." Henrys Augen wurden feucht bei dem Gedanken an seinen armen unschuldigen Vater.

Beanstock überlegte.

„Für einen verarmten Lord hat er aber sehr gute Anzüge und handgefertigte Schuhe", sagte er.

„Was Sie alles sehen", sagte Henry und polierte dann weiter Gläser. „Seine Lordschaft fällt immer wieder auf die royalen Füße."

Henry mochte ihn ganz und gar nicht. Das war offensichtlich.

Gonzales kramte in seiner Jackettasche und gab dem Butler eine große bunte Postkarte. „Sehen Sie, Señor Beanstock, was ich für die kleine Luci heute gekauft habe."

„Sehr schön, Gonzales, da wird sie sich freuen. Da sieht man ja wirklich das Monster, wie es durch den See schwimmt", meinte der Butler und gab ihm die hübsche Karte lächelnd zurück.

„Aber wenn Sie mehr über Nessie wissen wollen, müssen Sie nach Barbour Hill fahren. Dort wohnt der alte Mr Campbell, gibt sich als Nachfahre des Duncan Campbell aus, der angeblich 1527 am See ein schreckliches Monster gesehen haben will. Ich bezweifle nicht nur, dass der Mann Campbell heißt, sondern auch die Existenz eines Monsters. Aber an *Kelpies* glaube ich natürlich", berichtete Henry und polierte dabei fleißig Gläser.

„Was sind denn *Kelpies*?", fragte Beanstock.

Henry beugte sich über den Tresen und sah sich dabei vorsichtig nach ungebetenen Zuhörern um.

„Das sind Seewesen, Mr Beanstock. Sie locken junge Frauen und neugierige Kinder in den See und verschwinden mit ihnen auf Nimmerwiedersehen. Seepferde mit Männerköpfen oder so etwas. Gruselig! Angeblich kann man sie sich mit Haferflocken gewogen machen." Henry grinste breit.

„*Dios mío*, damit macht man keine Scherze. Vor allem nicht mit Haferflocken", sagte Gonzales leise und wurde ernst.

Beanstock schüttelte über den Chauffeur den Kopf. Er war extrem abergläubisch, das hatte der Butler bereits bei mehreren Gelegenheiten bemerkt.

„Haben die Baronets schon geäußert, was morgen auf ihrem Programm steht?", fragte Beanstock den Chauffeur.

„Sie möchten eine Rundfahrt mit einem altmodischen Zug unternehmen. Ich werde die Herrschaften morgen früh nach Fort William fahren und dort steigen sie in den Jacobite-Dampfzug. Der bringt sie bis zur Bucht von Mallaig. Ich werde die Herrschaften am Abend wieder in Fort William erwarten."

„Dann kümmere ich mich besser um einen Picknickkorb und reserviere Fahrkarten", sagte Beanstock. Er ging zu Sir Percival und fragte, ob es erwünscht wäre, wenn er sie begleiten würde.

„Das ist nicht nötig, Beanstock. Wenn Sie die Karten vorbestellen wollen, ist es in Ordnung und einen Picknickkorb nehmen wir auch sehr gern an. Sie sollten einmal einen freien Tag genießen", erklärte Lady Fedora.

Er ging zu Gonzales zurück und informierte ihn, dass er ihn nach Fort William begleiten würde, um ganz sicher zu sein, dass die Baronets und ihr Gast einen guten Platz im Zug bekamen.

„Danach fahren wir beide nach Barbour Hill und besuchen diesen Mr Campbell. Ich würde mir gern den Ort und, wenn noch Zeit ist, das Haus der Lords Barbour ansehen."

Das nächtliche Treffen

„Woher sollte ich wissen, dass der Vogel das merkt?"

„Mach nicht so einen Lärm", antwortete jemand aus der Dunkelheit.

„Vögel sind eben schlauer als du, das ist mal klar."

„Jeder ist schlauer als du."

Das Herrenhaus der Lords Barbour war vor Jahren von den alten Besitzern aufgegeben worden.

Die Kosten, um aus diesem zugigen Gebäude eine halbwegs annehmbare Residenz zu machen, hatte die wenigen Einnahmen aus den verpachteten Flächen ringsum überstiegen.

Dazu war die Verschwendungslust des letzten Besitzers gekommen. Nur die besten Weine im Keller, nur die besten Speisen auf dem Tisch und vor allem die beste Kleidung auf dem Leib, hatte die Familie Barbour an den Rand des Ruins gebracht. Man war zum Pferderennen nach Ascot gereist, die Dame des Hauses natürlich mit neuem Hut, hatte Guinee um Guinee gesetzt und Hab und Gut verloren.

Dem einzigen Sohn waren am Ende nur Schulden vererbt worden. Das Haus war auf dem Immobilienmarkt gelandet, fand aber aufgrund der Hypotheken bis heute keinen Käufer.

„Warum müssen wir uns in diesem alten schmutzigen Gemäuer treffen?"

„Ach, ist man sich zu fein?"

„Ich meine nur, es gibt doch angenehmere Orte. Warum treffen wir uns nicht in diesem Hotel? Da bekommt man wenigstens einen guten Gin."

„Du bist so dumm. Und Gin? Wirklich? Nach diesem Vorfall hast du noch Lust auf Gin?"

„Ich meine ja nur."

„Das tust du eben immer, du denkst nicht und meinst nur. Dumm, dumm, dumm."

„Ich bin nicht so dumm, wie du denkst."

„Sei still."

„Der nächste Fall! Hast du alles vorbereitet?"

„Der Wagen steht in Inverness in der Mayfield Road bereit. Es ist ein Ford Prefect 100E."

„Das ist mir sowas von egal. Du mit deinem Autowahn. Es soll nicht auffallen und uns von A nach B bringen, möglichst sicher und schnell."

„Das tut er schon. Er ist schön."

„Ich will kein schönes Auto, ich will eins, das fährt."

„Ist ja gut."

„Ist eben nicht immer gut. Was war denn letztes Mal? Diese Schrottkarre? Hat uns schon an der Stadtgrenze im Stich gelassen. Kannst du dich erinnern? Mit der Beute durch diese Vororte zu gurken, war nicht witzig."

„Ich werde es besser machen, versprochen."

„Das meine ich auch, denn du weißt ja, der Gin! Ich gebe dir eine neue Chance. Vermassele es nicht. Nicht schon wieder. Sonst müssen wir uns einmal etwas eindringlicher unterhalten."

Stille.

„Was werde ich dieses Mal sein?"

„Das wird dir gefallen. Du gehst als Pfarrer und ich als Nonne."

Stille.

„Das gefällt mir nicht. Das ist zu auffällig."

„An diesem Tag ist das nicht auffällig. Da laufen haufenweise Schwarzröcke durch die Stadt. Ist doch Kirchentreffen in Inverness."

„Wir treffen uns vorher noch einmal hier."

Stille.

Auf der Treppe knarrten die Dielen. Im Flur vor dem Raum sah man tanzende Lichter.

„Verdammt, lass uns abhauen."

An der Wand mit dem großen Kamin wurde auf eine der Stuckfiguren gedrückt und eine Tür neben dem Kamin kam zum Vorschein. Nach einigen Sekunden lag das Zimmer, das einst der Salon der Familie des Lords Barbour gewesen war, still und verlassen da.

Durch die offene Tür zum Flur kam jemand.

„Angsthase, Dummnase!", rief ein Junge.

„Ich habe etwas gehört. Da schlich jemand herum! Glaub es mir!", antwortete eine Mädchenstimme.

„Nimm einen Schluck aus der Flasche, los, Henry, gib sie ihr. Dann hört sie endlich auf zu lamentieren. Du bleibst nächstes Mal zu Hause, dumme Pute."

Der angesprochene Henry, ein stiller Junge, reichte dem Mädchen eine Flasche.

„Wenn Lilly zu Hause bleibt, gehe ich auch nicht mit, das solltest du dir mal überlegen, du Dumpf-backe!", rief nun ein anderes Mädchen, ein hübsches

Ding mit langem blonden Haar und süßen Grübchen am Mund.

„Ist ja schon gut, Polly, meine Güte, du bist ja heute wieder empfindlich", erklärte ein junger Mann mit Namen Walt. Er war der Anführer, wenn es darum ging, jemandem einen Streich zu spielen oder eine Dummheit zu begehen. Darin war er Meister und seine armen Eltern legten an jedem Monatsende, wenn der Vater mit der dünnen Lohntüte nach Hause kam, eine Pfundnote zur Seite. Man konnte niemals sicher sein, wann wieder einmal etwas bezahlt werden müsste, was Junior angerichtet hatte.

Walt war ein magerer Junge mit einem verwegenen Lächeln im Gesicht. Unter der Dorfjugend von Barbour Hill war er der beliebteste Raufbold und wurde von den Mädchen angehimmelt. Nur Polly konnte mit seiner frechen Art mithalten und gab ihm des Öfteren Paroli. Darum liebte der Junge Polly auch.

„Manchmal bist du dümmer als die Polizei erlaubt. Sei froh, wenn dich der alte Campbell nicht anzeigt. Ständig hackt ihr auf dem rum. Das ist kindisch. Und abgesehen davon, ich habe auch Schritte gehört. Wir sind sicher nicht allein", sagte Polly.

In diesem Moment kamen noch zwei Jungen durch die offene Tür zum Salon. Sie lachten sich fast kaputt über die Angst der Mädchen.

„Hab dir gesagt, Walti, ohne Mädchen ist es besser. Aber du machst ja keinen Schritt mehr ohne Polly!", rief der etwas Kleinere, den alle nur Dumpling nannten, weil er mehr von den Kartoffelklößen seiner Mutter verdrücken konnte als irgendjemand anders.

Sein bester Freund, Beaver, hatte seinen Namen von

der Tatsache, dass er ständig auf irgendetwas herum-
kaute. Heute war es ein Streichholz.

Walt griff sich Dumpling und zog ihn an seiner Jacke
in die Höhe. „Noch ein Wort und ihr bleibt nächstes Mal
zu Hause, ihr Idioten!"

Dumpling hob die Hände und sagte lieber nichts
mehr.

„Los, sehen wir uns oben noch mal um. Irgendwas
muss doch hier zu holen sein", sagte Walt und griff nach
Pollys Hand.

Nachdem die jungen Helden verschwunden waren,
wurde es endlich still im Haus. Ein Aufatmen ging
durch die Mäusepopulation, die sich schon neuen Besitzern gegenübergesehen hatte. Nun konnte man wieder
in Ruhe seinen Mäusegeschäften nachgehen.

Eine Eule in dem riesigen Baum vor dem Fenster
drehte den Kopf und ließ ihren heiseren Schrei hören.
Die Eule war sicher auch daran interessiert, dass die
Mäuse hier wohnen bleiben durften. Das Abendessen
war gesichert.

Barbour Hill

Am nächsten Morgen hatte Beanstock, schon bevor die Herrschaften zum Frühstück erschienen, die nötigen Arrangements getroffen. Die Fahrkarten lagen am Bahnhof Fort William bereit und Mr Bears steuerte einen Picknickkorb bei.

Der Professor kam als Erster aus seinem Zimmer in den Frühstückssalon, der sich von der Halle aus gleich rechts befand.

Hier servierte man auch den Lunch und das Dinner. Durch eine weitere breite Doppeltür, die im Moment geschlossen war, gelangte man in den sogenannten Ballsaal, ein wunderschön mit Stuck ausgestalteter Saal mit einer hohen Decke und einem großen Oberlicht, durch das man beim Tanzen die Sterne sehen konnte. Der Saal befand sich genau in der Mitte des Hotels zwischen den vier Rundtürmen. Mrs Bears hatte überlegt, den Saal aus Kostengründen vorerst geschlossen zu halten. Aber ihr Gatte hatte sie davon überzeugt, dass es eine zusätzliche Einnahmequelle darstellte, wenn man dort Tanzabende veranstaltete, die auch Besucher von außerhalb des Hotels anlockten.

Dann erschienen Lady Fedora und Sir Percival.

Beanstock servierte Tee und informierte sie, dass alles für ihren Ausflug vorbereitet war. Es sollte ein sonniger Herbsttag werden. Trotzdem empfahl der Butler, Mäntel mitzuführen.

Nach dem Frühstück stand Gonzales bereit zur Abfahrt, im Kofferraum ein wohl gefüllter Korb mit Leckereien. Mr Bears hatte nicht nur seine wundervollen Scones und clotted Cream hineingetan. Auch eine Thermosflasche Tee, Becher, ein Fläschchen Milch, gekochte Eier, ein Glas Mixpickles und eine Dose mit Sandwiches lagen neben einer Decke im Korb.

Es war nicht weit. Ungefähr nach fünfunddreißig Meilen kam bereits Fort William in Sicht.

Nachdem sich Beanstock davon überzeugt hatte, dass die Herrschaften bequem im Zug saßen, erklärte er, dass Gonzales heute Abend pünktlich hier auf sie warten würde.

„Ich wünsche Ihnen einen angenehmen Ausflug", sagte er zum Abschied. Dann wartete er, bis der Zug den Bahnhof verlassen hatte.

Zurück im Bentley drehte er sich zu dem Chauffeur um.

„Auf nach Barbour Hill."

Der kleine Ort Barbour Hill, unweit des Loch Ness und nur zehn Gehminuten vom *Cluaran Hotel* entfernt, zog sich entlang einer langen Dorfstraße durch ein hügeliges, dicht mit Eiben und Kiefern bewachsenes Gebiet. Dazwischen gab es Weideland und moosbewachsene Flächen. Schafe weideten am Straßenrand und sahen dem ungewohnten Anblick des Bentley neugierig nach.

Die kleinen, zumeist niedrigen Cottages bestanden aus dem grauen Granit der schottischen Steinbrüche. Strohgedeckte Dächer der Vergangenheit waren Schiefer gewichen. In kleinen netten Vorgärten wuchsen üppige Rhododendren, die sich in dem feuchten Klima wohlfühlten.

Ein Schild neben einem Haus erklärte, dass hier der örtliche Nessiewissenschaftler lebte. Gonzales hielt an.

Roger Campbell, Wissenschaftler, Spezialist für urzeitliche Wesen und Verkäufer ansehnlicher Repliken des Ungeheuers von Loch Ness, im Volksmund netterweise Nessie genannt. Treten Sie ein!

Die beiden Herren sahen sich mit skeptischen Blicken an. Beanstock hatte gar kein gutes Gefühl. Dieser Mann schien ihm nicht besonders vertrauenswürdig zu sein. Er wollte bereits Gonzales bitten, weiterzufahren, als die Cottagetür aufgerissen wurde und ein Herr mit weit ausholenden Schritten auf den Bentley zugelaufen kam.

Der Herr war dünn und sehr groß, Beanstock schätzte ihn auf mindestens sechs Fuß. Er trug eine abgetragene Latzhose, darüber ein kariertes Jackett, um den Hals einen langen bunten Schal und auf dem dichten grauen Haar einen Hut mit einer Margerite daran.

Als er am Wagen angekommen war, riss er die Beifahrertür auf, beugte sich halb in das Wageninnere und grinste sie an.

„Nur keine falsche Scham, die Herren. Kommen Sie herein. Da haben Sie Glück, ich wollte mich gerade zu meiner Seeüberwachungsstation aufmachen. Sie wollen sicher etwas über meinen Freund erfahren. Ja, Sie werden alles hören, kommen Sie!", rief er und lief blitzartig in Richtung der offenen Cottagetür davon.

Beanstock räusperte sich und winkte dann Gonzales, ihm zu folgen.

„Sie sollten den Wagen sehr sorgfältig abschließen", raunte der Butler dem Chauffeur zu. Dann wies er mit der Hand in Richtung einer Heckengruppe. Dort stand eine Gruppe junger Leute und warf neugierige Blicke zu den Fremden herüber.

Hinter der Hecke sah man etwas entfernt das Dach eines größeren Gebäudes. Das müsste dann wohl das alte verlassene Herrenhaus sein.

Als Beanstock und Gonzales das Haus des Forschers erreichten, wartete der Hausherr bereits nervös auf und ab gehend.

Beanstock bekam immer mehr den Eindruck, dass der gute Mr Campbell nicht sehr viele Kunden hatte und sie das ausbaden mussten.

Das Innere des Hauses bestand aus einem großen Raum mit einem rußgeschwärzten Kamin an der hinteren Wand. Wo das Auge hinsah, stapelten sich Nessierepliken in allen Größen und Ausführungen. In jeder noch so kleinen Lücke der Regale, Kommoden und Schränke lagen oder standen Bücher wild und ungeordnet.

Beanstock kribbelte es in den Fingern. Ein Staubtuch würde hier wirklich gute Dienste leisten. Gonzales sah den Butler belustigt an. Er wusste ganz genau, was ihm durch den Kopf ging.

Vor dem Kamin standen vier Sessel mit fadenscheiniger Bespannung. Der Hausherr wedelte den Herren mit der Hand zu. Sie sollten Platz nehmen.

„Mr Campbell, wir haben nicht sehr viel Zeit und wollten gern etwas über den Ort ..." Weiter hörte ihm der Hausherr nicht zu.

„Also, mein Vorfahre, der gute Duncan Campbell hat es 1527 als einer der Ersten gesehen. Er beschrieb es noch als schreckliches Ungeheuer. Meine Forschungen legen nahe, dass es sich um ein Exemplar des Plesiosauriers handelt. Ich bin überzeugt, es ist nicht nur ein Tier. Es ist eine Herde. Mehrere Sichtungen sagen, dass Jungtiere bei der Gruppe leben. Ausgewachsene Tiere können bis zu 65 Fuß lang werden." Er grinste glücklich.

Beanstock hoffte, nun endlich zu Wort zu kommen.

Aber Mr Campbell hatte noch mehr zu erzählen. Er stand auf und ging zu einem der verkramten Regale. Dort zog er unter einem Stapel Zeitungen ein Knochenteil hervor.

„Sehen Sie sich das an!", rief er und hielt Gonzales den seltsam geformten Knochen direkt vor das Gesicht.

„Sir, bitte nehmen Sie den Knochen aus meinem Gesicht!", rief der Chauffeur und wurde blass.

„Das ist ein Knochen von einem Mitglied der Nessiefamilie! Ich habe ihn am Loch Ness gefunden! Sehen Sie doch nur, das ist eindeutig ein Plesiosaurier!", erklärte der Forscher aufgeregt.

Beanstock nahm ihm vorsichtig das Knochenteil aus der Hand. Er drehte es hin und her und kratzte dann an der Oberfläche. Eine Wolke weißlichen Staubs tanzte vor den Augen der drei Herren.

„Dieses Artefakt ist aus Gips", sagte Beanstock und gab den vermeintlichen Jahrhundertfund an seinen Besitzer zurück.

Mr Campbell riss seine Augen auf. Dann ging er zu einem der Tische und nahm ein Messer zur Hand. Vorsichtig schabte er an dem Knochen herum, ein größeres Stück löste sich und zerfiel vor seinen Augen zu Gipsstaub.

„Gips", sagte er zerknirscht und ließ sich auf einen Stuhl sinken. Er griff zu einem Schriftstück und zerknüllte es. „Das brauche ich gar nicht mehr an die archäologische Gesellschaft abzuschicken, denke ich."

Vor dem Fenster des Hauses hörte man Kichern.

Der selbst ernannte Nessieexperte sprang auf und riss die Tür auf. Er lief in den verwilderten Garten, fiel beinahe über einen abgelegten Spaten und wurde zornesrot.

„Ihr verdammten unwissenden Blagen!", brüllte er der Gruppe Jugendlicher hinterher, die vor ihm davonlief und sich kaum beruhigen konnte. Ihr Lachen war noch lange Zeit zu hören.

Am Fenster des Hauses standen Beanstock und Gonzales und sahen der eigenartigen Szene zu.

Mr Campbell warf den vermeintlichen Plesiosaurierknochen mit weitem Schwung in den Garten. Dann kam er mit gesenktem Haupt zurück ins Haus.

„Geht es Ihnen gut, Sir? Können wir etwas für Sie tun?", fragte der Butler.

Aber der Forscher lächelte bereits wieder.

„Ach wissen Sie, das haben diese Kinder schon oft mit mir gemacht. Das ist doch nur ein Spiel. Was soll ich dazu sagen?" Dann klatschte er vergnügt in die Hände.

„Wie wäre es denn mit einem Mitbringsel für die lieben Kinder daheim?", fragte er.

Beanstock war unschlüssig. Aber dann griff er doch in die Tasche seines Jacketts und holte seine Geldbörse hervor. Er sah sich unschlüssig um.

Gonzales hatte etwas Passendes entdeckt und hielt eine Nessiefigur hoch. Sie war aus Holz geschnitzt, gar nicht mal so schlecht gearbeitet und an der Seite des Tieres kuschelte sich ein kleines Nessiebaby. Beanstock nickte zustimmend.

Bevor er dem Forscher das Geld gab, wollte er aber noch Informationen von ihm haben.

„Sie haben sicher von dem Vorfall im *Cluaran-Hotel* gehört. Kannten Sie zufällig Mrs Fleetstone? Und meine zweite Frage, ein junges Paar ist fast an jedem Tag im Hotel zum Tee. Die junge Dame weint viel und ausgiebig. Kennen Sie zufällig auch diese beiden? Dann sind da noch drei ältere Damen. Was können Sie mir sagen?"

Mr Campbell sah den Butler mit weit aufgerissenem Mund an.

„Na also, ich kann Ihnen sagen, dass ich kein Auskunftsbüro bin", sagte er und griff nach dem Geldschein in Beanstocks Hand. Der Butler entzog ihm das Geld schnell. Dann legte er noch einen Schein dazu und wedelte damit vor den Augen des Forschers.

„Na gut. Von dem Paar weiß ich nichts. Die drei Alten wohnen hier die Straße runter zusammen in einem Cottage. Sie können es nicht verfehlen, es ist grauenvoll bunt. Das sind die Schwestern Witherspoon. Furchtbare Klatschtanten sage ich Ihnen. Ja, die gehen hier an fast jedem Tag, außer mittwochs, vorbei zum Hotel. Kichern sich fast kaputt dabei. Ich mag sie nicht. Mrs Fleetstone war einmal mit diesem schrecklichen Papagei hier. Das

Tier hat mich angeschrien und gemeint, ich wäre ein Pirat. Sie wollte eine Nessiefigur für einen Neffen kaufen oder so etwas Ähnliches. Mehr weiß ich nicht und wollen Sie nun die Figur oder nicht?"

Der Forscher wurde langsam böse.

Beanstock gab ihm das Geld, nahm die Figur und verließ mit Gonzales schnellstens das Haus. Mr Campbell schlug die Tür lautstark hinter ihnen zu.

Zurück im Bentley notierte sich Beanstock was sie erfahren hatten in seinem kleinen schwarzen Notizbuch.

Dann zeigte er, ohne vom Buch aufzusehen, mit dem Finger der linken Hand geradeaus.

„Fahren Sie, Gonzales. Nächster Halt, buntes Haus."

Es war wirklich ein sehr buntes Haus. Die alten Damen schienen sich über die Farbe der Fassade des Hauses uneins gewesen zu sein. Während sich die Fenster in einem satten Grün zeigten, war die Tür feuerrot. Die Wand zur Linken hatte einen blauen bis fliederfarbenen Anstrich, die Wand zur Rechten war gelborange. Zum Glück hatte das Dach die gleichen grauen Schieferschindeln wie alle Häuser im Ort. Ansonsten hätte man das Haus sicher auch aus dem Weltraum erkannt.

Der Vorgarten tat zu der bunten Explosion seinen Beitrag durch Margeriten, rote und weiße Rhododendren, rosafarbenes Heidekraut und blauen Rittersporn. Der frühe Herbst hatte die Farben etwas abgemildert. Dafür steckten verschiedene kunterbunte Figuren auf Stangen im Boden zwischen den Büschen und Stauden. Keramikkatzen und Fantasievögel in allen Farben des Regenbogens. Gonzales wurde übel.

„Mir wird ganz seltsam im Magen bei diesem

Anblick. Kann das sein, Mr Beanstock?", fragte er den Butler, nachdem sie ausgestiegen waren und vor dem niedrigen Tor standen.

„Das ist durchaus möglich, Gonzales", murmelte Beanstock. Dann gingen sie durch den Vorgarten bis zur Tür. Beanstock klopfte.

Eine alte Dame mit einem glückseligen Lächeln auf dem Gesicht öffnete die Tür.

„Besuch! Abigail! Martha! Wir haben Besuch. Ach, wie überaus schön!", rief die Dame, klatschte vergnügt in die Hände und zog bereits den Butler an der Hand ins Haus.

„Mein Name ist Arthur Beanstock. Wir wohnen im *Cluaran-Hotel*. Vielleicht haben Sie mich schon einmal gesehen. Sie verbringen die Teatime dort des Öfteren."

Die kleine alte Dame lief mit weit ausgreifenden Schritten vor den beiden Herren her. Sie konnten kaum folgen.

Sie hatte bräunliches Haar, das von einigen wenigen grauen Strähnchen durchzogen war, trug eine geblümte Schürze und bequeme Hausschuhe mit einer bunten Bommel obenauf. Beanstock lächelte über so viel Buntheit im Leben der Damen.

Dann waren die drei im Salon des Cottage angekommen. Das Klischee wurde weiter bedient, wie Beanstock bemerkte. Alle drei sahen sich sehr ähnlich.

Vor dem flackernden Kaminfeuer standen Sessel. Zwei Damen saßen, strickten und lächelten milde.

„Das ist Mr Beanstock, Martha, er wohnt im Hotel und wollte uns besuchen, nicht wahr, Mr Beanstock? Und das ist Mr ... ach, Sie haben sich noch gar nicht vorgestellt, junger Mann", sagte sie an den Chauffeur gewandt.

„Gonzales, die Damen, Chauffeur des Baronets von Parsley. Sehr erfreut, Ihre Bekanntschaft zu machen", sagte er und verbeugte sich leicht. Die Damen kicherten.

Beanstock atmete tief ein und aus. Gonzales eroberte die Herzen der Damenwelt wie immer im Flug.

„Mach doch bitte Tee, Mildred", sagte die eine der Damen und erhob sich von ihrem Sessel. Mildred, die die Tür geöffnet hatte, lief sofort in die Küche und man hörte Geschirr klappern.

„Bitte setzen Sie sich doch", sagte Martha. „Das hier neben mir ist meine ältere Schwester Abigail. Was führt Sie zu uns? Sie müssen meiner jüngeren Schwester Mildred verzeihen. Sie hat so ein kindliches Gemüt und freut sich über jeden Schmetterling wie ein Baby." Martha setzte sich und griff wieder zu ihrem Strickzeug.

„Sie waren an dem Tag im Hotel, als Mrs Fleetstone auf diese schreckliche Art und Weise ums Leben kam. Haben Sie zufällig irgendetwas beobachtet, was Licht in diese Sache bringen könnte?", fragte Beanstock.

Mildred kam mit einem Tablett zurück in den Salon. Beanstock sprang auf und nahm ihr das Tablett aus den Händen. Er griff zu der silbrigen Kanne, goss Milch in die Tassen und reichte jedem einen duftenden Tee. Die drei Frauen sahen ihm fasziniert zu.

„Da brat mir einer einen Storch!", rief Abigail. „Sie sind Butler, das ist unübersehbar!"

Beanstock neigte kurz lächelnd den Kopf und bejahte die Vermutung damit.

„Nun, wie Sie sicher wissen, Mr Beanstock, haben wir das Hotel vor diesem schrecklichen Ereignis verlassen. Wir hatten an diesem Tag noch so viele Dinge zu erledigen. Die Marmelade musste in den Keller, die Stauden im Garten warteten auf den Rückschnitt und es war dringende Post zu erledigen. Man hat so viele Arbeiten, wenn man alt und ohne Verwandte leben muss. Alles muss man allein stemmen", sagte Martha und strickte weiter an einem undefinierbaren Viereck.

„Langweilig", murmelte Mildred. Sie bekam einen zornigen Blick ihrer Schwester Abigail.

„Sie haben also nichts bemerkt? Das ist sehr schade", sagte der Butler. Er sah sich in dem Salon der Damen um. Es war ein sehr gemütlicher Raum, voller hübscher Antiquitäten und Nippessachen. Auf Spitzendeckchen tummelten sich Krieger mit gezogenem Schwert, der Helm schimmerte silber, Damen in Reifröcken, wunderbar ausgearbeitete Tierfiguren und Kindergruppen mit Blumen im Haar.

Im Hintergrund bemerkte Beanstock einen Sekretär mit einer Schreibfeder in einem alten verzierten Tintenfass und einen Stapel feinstes Büttenpapier daneben. Oben auf dem Tisch stand das goldgerahmte Bild eines Herrn in Uniform. Wahrscheinlich ein Foto aus Nordafrika, Beanstock sah die Pyramiden im Hintergrund. Der Herr mit dem großen Schnauzbart lächelte milde auf dem Bild. Er wirkte stolz und hielt eine kurze Reitgerte unter den rechten Arm geklemmt.

An den Wänden des Salons hingen Landschaftsbilder, Repliken von Alfred East, einem bekannten Maler romantischer Landschaftsbilder. Martha bemerkte Beanstocks Blicke und lächelte.

„Sind das nicht wunderschöne Landschaften? Diese Kunstdrucke haben wir von unserem Vater geerbt. Das ist der Soldat auf dem Foto", erklärte sie stolz.

„Ich mag den Papagei ganz und gar nicht", ließ plötzlich Mildred verlauten. „Er ist ein böses Tier."

„Mildred!", sagte Martha und sah ihre Schwester zornig an. „Denk daran, auch er ist ein Geschöpf Gottes und verdient es zu leben. Die arme Mrs Fleetstone. Wir haben uns des Öfteren mit ihr unterhalten. Das arme Ding. Wir wollen für sie beten." Sie faltete die Hände und ihre Schwestern machten es ihr nach. Es wurde still im Raum und Gonzales sah den Butler mit geweiteten Augen an. Beanstock nickte leicht. Dann erhob er sich.

„Vielen Dank für den wunderbaren Tee. Wir werden uns sicher im Hotel noch einmal begegnen. Wir müssen uns jetzt verabschieden", erklärte Beanstock.

„Ich bringe Sie zur Tür", sagte Martha und sah ihre jüngere Schwester durchdringend an. Mildred griff zu einem Buch von einem runden Tisch neben ihrem Sessel und vertiefte sich in die Lektüre.

Als die beiden Herren im Bentley in Richtung Hotel davonfuhren, notierte sich Beanstock wiederum die Erkenntnisse dieses Besuches.

„Was für reizende ältere Damen", sagte Gonzales und begann eine Melodie zu pfeifen.

„Hm", murmelte Beanstock und schrieb.

„Was haben Sie denn da zu notieren? Die drei wussten doch gar nichts."

„Da bin ich mir noch nicht so sicher. Haben Sie den Vorgarten gesehen?", fragte Beanstock.

„Ja, der war genauso bunt wie das Haus und die alten Damen selbst."

„Ganz genau, der Vorgarten war bunt und noch in voller Blüte", erklärte der Butler und schrieb weiter. „Ich frage mich, ob die Damen Verwandte in Waterhill haben. Erinnern Sie sich an die drei beim Burgfest? Die den armen Mr Aberforth gefunden haben? Die waren auch neugierig und gelangweilt zugleich."

Gonzales verstand nichts. Beanstock sprach wie immer in Rätseln.

„Ich mag die drei", sagte der Chauffeur.

Für das Herrenhaus war es schon zu spät. Sie fuhren zurück.

Am Abend erschien DS Mayor erneut im Hotel. Er unterhielt sich lange mit Inspector Duff und Sergeant Lamond. Sie saßen in der Hotelhalle, tranken Whisky und sahen sich die Gäste an, die an ihnen vorbei in den Speisesalon gingen, um das Dinner des Tages zu genießen. Jeder der Gäste bekam seine eigene Beurteilung. Dann erschienen die Baronets und Professor McGregor.

Nach einem wunderschönen Ausflug mit dem Traditionszug hatte Gonzales die drei am frühen Abend vom Bahnhof in Fort William abgeholt. Sie hatten sich frisch gemacht, etwas geruht und sich dann umgezogen.

Beanstock hatte ein hübsches Cocktailkleid für Lady Fedora bereitgelegt und einen Smoking für Sir Percival. Vor der Reise hatte er sich genaue Instruktionen in Bezug auf die passende Kleidung My Ladys von Mrs Argyle geben lassen. Wenn man auf Parsley Manor die Wahl des Reisegepäcks der Zofe Filomena überlassen hätte, würde Lady Fedora heute Abend in dem unmodernen, viel zu engen Brokatkleid und Reiterhelm auf dem Kopf zum Tanz gehen.

Denn heute Abend sollte es ein Tanzvergnügen im Hotel geben. Mrs Bears war lange Zeit unsicher gewesen, ob man nach dem tödlichen Vorfall vor einigen Tagen, überhaupt den Tanz stattfinden lassen sollte. Mr Bears hatte versucht, seine Gattin von der Notwendigkeit zu überzeugen, in dem er erklärte, dass die Band seit Wochen gebucht wäre und den Lohn auch verlangte, wenn der Tanzabend ausfallen würde. Am Ende hatte sie sich in ihrer Unsicherheit sogar bei Beanstock erkundigt. Ein Butler müsste sicher wissen, was angebracht sei. Er hatte ihr erklärt, dass man gegen etwas Zeitvertreib nichts einwenden dürfte. Sie solle sich keine Sorgen machen.

Henry hatte die Oberherrschaft über die Bar und Mrs Bears stellte die beiden Zimmermädchen zur Bedienung der Gäste im Saal ab. Da man auch Gäste aus Barbour Hill erwartete, half an diesem Abend noch ein Hilfskellner, Juri, aus Inverness aus, ein junger Mann mit lockigem braunen Haar, der hier schon öfter geholfen hatte. Gern würde Mrs Bears den aufmerksamen und sehr fleißigen Jungen fest einstellen, aber dafür war im Moment noch kein Geld vorhanden.

Das etwas schrille Zimmermädchen Virginia würde den netten Juri auch gern öfter im Hotel sehen. Sie machte ihm ständig schöne Augen und vergaß ihre Arbeit darüber. Die schüchterne Prudence dagegen, das zweite Zimmermädchen, war zurückhaltend und das gefiel Juri nun wieder sehr gut. Es gab heftige Diskussionen zwischen den Mädchen, die Mrs Bears an den Rand der Verzweiflung brachten.

Beanstock hatte die Zimmer der Herrschaften aufgeräumt und begab sich danach ebenfalls in die Hotelhalle. Inspector Duff winkte ihm zu. Beanstock ging zum Tisch der Polizisten hinüber und verbeugte sich lächelnd.

„Wie sieht es denn an der Detektivfront aus? Sie machen doch nicht etwa schon wieder auf eigene Faust Nachforschungen? Ich habe gerade DS Mayor die Geschichte mit dem Haus der Lady Sherry ..." Inspector Duff hustete kurz und fuhr dann fort „Ich meine natürlich das Haus der Lady Eglington erzählt."

„*Live and learn*, Mr Beanstock. Man lernt wirklich niemals aus. Wenn Sie irgendetwas erfahren, sollten Sie zuerst zu mir kommen. Ich bin für den Fall der toten Witwe, oh, das klingt wie ein Romantitel, zuständig. Vergessen Sie das nicht oder *there are clouds on the horizon*, anders gesagt, es droht Ärger, mein Bester", erklärte DS Mayor.

Duff grinste über seinen Freund. Seine Sprüche waren bei der Kriminalpolizei legendär geworden. Er griff zu seiner geliebten Tabakspfeife, stopfte sie sorgfältig und dann duftete es nach Honig und Vanille.

„Ich weiß bis jetzt nur, dass jemand, der strickt, nicht stricken kann, eine französische Dame sehr schreckhaft ist und gestutzte Stauden immer noch in voller Blüte stehen. Ein Nessieforscher ist kein Paläontologe und ein Papagei hat bemerkt, dass im Gin Gift war. Aber sicher wissen Sie das schon, Sir", sagte Beanstock. Detective Sergeant Christian Mayor fehlten die Worte und allein das war schon ein Novum.

„Christian, willkommen im Club. Mr Beanstock ist eine spezielle Spezies. Aber wir sind auf einer anderen Spur, die mit diesem Fall glücklicherweise nicht das Geringste zu tun hat. Darum werden wir uns aus den

Ermittlungen unseres Kollegen aus Inverness heraus-halten. Und das sollten Sie auch, Mr Beanstock", sagte DI Duff und Sergeant Lamond nickte dazu. Sie hielt ihre Nase in die Luft und schnupperte.

„Dein Tabak duftet wie meine Vanilletoffees, lecker, da bekomme ich Appetit", sagte sie.

Beanstock nickte den Polizisten zu und sah dann nach den Herrschaften. Es war alles zu ihrer Zufrieden-heit und er ging in den Dienstbotenspeiseraum, um ebenfalls einen Imbiss einzunehmen. Gonzales saß bereits am Tisch. Er stocherte lustlos auf seinem Teller herum.

„Mundet es nicht, Gonzales? Das sieht doch sehr gut aus. Roastbeef, grüne Bohnen und zum Nachtisch Cus-tard Tarts, kleine Vanillekuchen. Wunderbar", erklärte Beanstock, setzte sich und griff hungrig zu. Er hatte wirklich großen Hunger nach diesem Tag.

Auf einer Stange neben dem Tisch hockte der Papa-gei. Er sah nicht sehr glücklich aus. Nur ab und zu ließ er einen ganz leisen Krächzer verlauten, ansonsten steckte er den Kopf zwischen seine Flügel. Levinya kam mit einer Büchse herein. Sie nahm eine Schale, schüttete Vogelfutter hinein und stellte sie dem Vogel auf das Gestell.

„Will er auch nicht essen, Lady Levinya?", fragte der Butler.

„Wieso auch nicht, Sir?"

„Unser Chauffeur Gonzales hat scheinbar auch keinen Hunger", erklärte er dem Mädchen.

„Ich weiß nicht, was ich noch tun kann. Das ist das Vogelfutter aus dem Zimmer von Mrs Fleetstone. Ich durfte es nehmen. Ich habe den Polizisten gefragt. Aber

Bartholomäus will nicht essen."

„Er vermisst seine Freundin sicher. Hast du es mit Keksen versucht? Sie sollten natürlich nicht in Gin getaucht sein."

Levinya lief davon. Dann kam sie mit einer anderen Büchse zurück. Sie nahm einen der Ingwerkekse heraus und hielt ihn dem Vogel hin.

Ganz langsam kam der Kopf unter den Flügeln hervor. Der Vogel besah sich den Keks, drehte den Kopf hin und her und dann griff er mit dem Schnabel zu.

„Braver Bartholomäus!", sagte das Mädchen und sah Beanstock dankbar an. „Darauf hätte ich auch kommen können. Ich habe ihn so oft Kekse essen sehen. Aber von Keksen allein kann er nicht leben."

„Er wird sich schon an das Futter gewöhnen. Du musst nur Geduld haben", sagte Gonzales nun. Dann nahm er sich eine ordentliche Portion Roastbeef auf seine Gabel und schob sie in den Mund. „Ich hatte nur keine Lust, allein zu essen, Mr Beanstock, das war alles", erklärte er kauend.

Um zwanzig Uhr war der Ballsaal gut gefüllt. Kleine runde Tische, bequeme Stühle mit einer hohen Lehne, weiße Tischdecken, Blumengestecke auf den niedrigen Säulen reihum und auf jedem Tisch eine Kerze, das Ambiente konnte nicht romantischer sein. Dazu kam der wunderbare Ausblick auf den Sternenhimmel über den Köpfen der Gäste.

Die Band machte sich auf dem Podium an der hinteren Wand bereit. Es waren vier Herren und eine Dame.

Die Dame hielt eine Geige in der Hand und ging zum Mikrofon, das vor ein paar Minuten von Henry, dem Mann für so viele Angelegenheiten, aufgebaut worden war. Sie trug einen langen karierten Rock und eine weiße Spitzenbluse. Ihr rötliches Haar fiel in weichen Locken bis zu ihrer Taille. Sie lächelte dem Publikum zu und neben ihren grünlichen Augen erschienen winzige Lachfältchen. Die Musiker machten sich bereit. Links neben ihr standen zwei Gitarristen, hinter ihr der Drummer und auf der rechten Seite nahm einer der Männer ein Akkordeon zur Hand. Die Männer trugen Schottenröcke.

Lady Fedora war begeistert.

„Genau das hatte ich mir gewünscht, Darling, sieh nur", stellte sie glückselig lächelnd fest. Die Baronets und ihr Gast hatten sich nach dem Dinner einen Platz im Saal gesucht. Juri servierte Whisky und Gin.

Ein paar Tische weiter nahm Madame Rosier Platz. Sie sah sich vorsichtig um und schien sehr nervös zu sein. Sie hatte ein Taschentuch in der Hand und knetete an dem Stoff ständig herum. Sie trug ein langes schwarzes Abendkleid mit einem tiefen Ausschnitt. Ihr glänzendes Haar trug sie hochgesteckt mit einer glitzernden Brillantbrosche an der Seite.

Mr und Mrs Smith waren noch nicht erschienen. Beanstock, der inzwischen neben einer der Säulen stand, beobachtete die Gäste. Ebenfalls fehlten Lord Barbour und Mr Robinson. Dafür hatte sich das junge unbekannte Paar in der hintersten Ecke eine ruhige Nische gesucht und unterhielt sich leise. Sie bekamen gerade Limonade von Juri serviert.

Die drei Damen aus Barbour Hill saßen ganz vorn an

einem runden Tisch, tranken Wein und schienen sich auf den musikalischen Abend zu freuen.

Die Band begann zu spielen. Die glockenhelle Stimme der Sängerin, gepaart mit ihrem wundervollen Geigenspiel und den traditionellen schottischen Liedern, versprach ein Hochgenuss zu werden.

Beanstock bemerkte Mr Robinson. Er hatte sich einen Platz ganz in der Nähe von Madame Rosier gesucht und ihr grüßend zugenickt. Madame Rosier war anscheinend nicht gern in der Nähe dieses Marines und setzte sich einen Tisch weiter. Mr Robinson fand das nicht sehr ideal, erkannte Beanstock an seinem Gesichtsausdruck.

Dann betrat das Ehepaar Smith den Saal. Beanstock war nicht sicher, ob das wirklich ihr Name war. Smith, nicht sehr fantasievoll. Wie immer stritten die beiden.

Seine Lordschaft, im Smoking, lief langsam durch die Reihen der Tische und suchte einen Platz. Beanstock beobachtete ihn genau. Nach einer Weile drehte er um, ging an den Tisch der Madame Rosier und verbeugte sich. Er fragte etwas und Madame nickte. Seine Lordschaft setzte sich. Beanstock hatte von Henry erfahren, dass die Dame Künstlerin war und aus Paris kam. Die beiden begannen sofort ein leises Gespräch. So fremd waren sie sich nicht. Beanstock beobachtete.

Mr Robinson wechselte den Platz. Er saß nun wieder näher am Tisch der Madame. Sehr eigenartig.

„Seltsame Gesellschaft, wie die Ruhe vor dem Sturm, oder, Mr Beanstock?", fragte jemand leise neben Beanstock.

Detective Sergeant Mayor hatte sich neben ihn gestellt und ihn beobachtet.

„Ich gebe Ihnen recht, Sir. Um auch mit einem Spruch zu antworten, man sollte schlafende Hunde nicht wecken, das bringt Verdruss. Kommen Sie mit Ihren Nachforschungen voran?"

„Das Gift war tatsächlich Blausäure, aber das wissen Sie schon. Viel mehr habe ich noch nicht erfahren. Jeder hätte den Gin vergiften können, ich neige aber zu der Annahme, dass es direkt am Tisch der Mrs Fleetstone passiert sein muss. Die Ginflasche wurde untersucht, es war kein Gift darin. Mrs Bears schenkte in der Küche ein Glas ein, stellte es auf das Tablett und brachte es sofort der Dame an den Tisch. Dafür gibt es genug Zeugen, die erklären, dass es ein Glas unter vielen aus dem Schrank war. Natürlich hätte Mrs Bears auf dem Weg zum Tisch etwas in das Glas tun können. Ich neige aber dazu, der Dame zu glauben. Am Tisch der Mrs Fleetstone muss es geschehen sein. Wir haben kein Motiv, keine Mordwaffe und keinen Verdächtigen. Es ist zum Mäusemelken."

„Ich stimme Ihnen zu, Sir, außer bei den zu melkenden Mäusen. Mrs Bears hat keinerlei Motiv", antwortete der Butler. „Jeder der Anwesenden, ausgenommen das junge Paar aus Barbour Hill, war irgendwann am Tisch der Witwe vorbeigekommen und hätte die Möglichkeit gehabt, den Gin zu vergiften. Zumal Mrs Fleetstone sich meist mit ihrem geliebten Papagei beschäftigt hatte und sicher nichts gemerkt hätte."

„Das junge Paar halte ich nicht für verdächtig. Sehen Sie sie sich an", sagte der Sergeant leise und wies mit dem Kopf zu den beiden hinüber, „die sehen nur den jeweils anderen. Wie niedlich die sind. Ich wäre auch noch mal gern so jung." Er seufzte. Dann verabschiedete er sich und verließ den Ballsaal.

Lord Barbour erhob sich, nickte Madame Rosier zu und die beiden gingen auf die Tanzfläche, wo sich das junge Paar aus Barbour Hill bereits eng umschlungen im Tanz wiegte.

Professor McGregor forderte Lady Fedora auf und Sir Percival bestellte sich noch eines von diesen leckeren Vanille Törtchen, die es zum Dinner gegeben hatte.

Mr und Mrs Smith tanzten nicht. Beide sahen zornig in entgegengesetzte Richtungen.

Die drei Damen Martha, Mildred und Abigail unterhielten sich sehr angeregt. Es wurde gekichert und getratscht. Jeder der Anwesenden wurde scheinbar genau analysiert.

Mr Robinson hatte nur Augen für Madame Rosier. Dieses seltsame Interesse für die Dame erschien Beanstock sehr übertrieben. Er würde gern mehr über diesen Herrn wissen. Natürlich könnte er Henry fragen, aber das bekam er auch allein heraus.

Er verließ den inzwischen gut gefüllten Ballsaal, da die Baronets versorgt und zufrieden zu sein schienen.

In der Hotelhalle war es still. An der Rezeption stand nur ein Schild: *Melden Sie sich gern in der Bar bei dem Rezeptionisten Henry.* Der Barmann Henry hatte alle Hände voll zu tun. Da es vom Ballsaal einen Zugang zur Bar gab, war der Raum voller Gäste, die sich nach ihrem Tanz mit einem Drink abkühlen wollten.

Inspector Duff und seine Kollegin saßen ebenfalls seit ein paar Stunden in der Bar, ließen sich von Henry mit geistigen Getränken und Geschichten versorgen und besprachen ihren neuen Einsatz. Sie hatten vor, am nächsten Tag nach Fort William zu fahren. Dort hatte man eines der Diebesautos gefunden. Dieser Wagen hatte keinen Tropfen Benzin im Tank und hatte sicher kurz nach dem Raub aufgegeben werden müssen. Da hatte ein Mitglied der Bande nicht aufgepasst.

Die gestohlenen Wagen tauchten an allen möglichen Orten auf. Sie wurden einfach abgestellt, ordnungsgemäß verschlossen und geparkt. Deshalb fand man die Wagen nicht immer sofort. Es waren keine Fingerabdrücke oder sonstige Spuren im Wagen.

Diese Bande war gut. Lamond meinte, dass es sich vielleicht um eine gut organisierte Bande aus dem Mafiamilieu handeln könnte. Duff war nicht ihrer Meinung. Er vermutete anhand der Zeugenaussagen der bestohlenen Juweliere ein paar Spezialisten aus London oder sogar aus Irland. Die Diebe kamen immer zu zweit und stets in einer anderen Verkleidung. Die Zeugenaussagen der ausgeraubten Juweliere widersprachen sich deshalb wahrscheinlich.

Mrs Bears lief zwischen Küche und Saal mit Tabletts hin und her. Sie war über den Erfolg des Abends hoch erfreut. Niemand achtete auf die Hotelhalle.

Beanstock schlenderte zum Tresen und sah nach dem Gästebuch. Es lag in einem Fach im hinteren Regal neben dem Schlüsselbord. Er sah sich vorsichtig um, dann ging er hinter den Tresen und griff nach dem Buch.

„Ich muss Ihnen irgendwann einmal beibringen, wie man sich anschleicht, ohne dass man etwas bemerkt."

Beanstock erschrak und sah sich nach dem Sprecher um. Gonzales beugte sich über den Tresen und grinste.

„Wo kommen Sie so schnell her?", fragte Beanstock und begann in dem Gästebuch zu blättern.

„Sehen Sie, Señor, Sie haben nicht bemerkt, dass ich mit meinem wirklich guten Whisky in einer der Nischen saß. Das müssen wir noch üben oder Sie nehmen mich beim nächsten Mal lieber gleich mit."

Beanstock hatte den Eintrag gefunden und blätterte einige Seiten zurück, um zu sehen, wie oft Mr Robinson hier im Hotel abgestiegen war. Er fand nur einen Eintrag, der vier Monate zurücklag. Zur selben Zeit war Madame Rosier im Hotel gewesen und, wer hätte es gedacht, auch Lord Barbour. Der Eintrag im Buch sagte, dass Robinson aus Glasgow stammte, mit dem eigenen Wagen angereist war und von Beruf Handlungsreisender in Sachen Wolle war. Noch dazu hatte er das Zimmer neben Madame Rosier gebucht. Zimmer 113.

Beanstocks graue Zellen ratterten. Der Herr war nie im Leben Handelsvertreter für Wollknäuel und solche Dinge. Der Mann hatte keine Ahnung von Wolle und auch nicht, wie Levinya gesagt hatte, vom Stricken. Aber was hatte das mit dem Lord und Madame Rosier zu tun? Und wie konnte sich ein Handelsvertreter so ein Hotel leisten?

Als Mörder der Witwe Fleetstone schloss ihn Beanstock allerdings aus. Das war eine andere Sache. Als die Witwe Fleetstone in Beanstocks Armen gestorben war und er Blausäure vermutete, hatte er später bemerkt, wie Mr Robinson angewidert seinen Tee in eine der Blumenvasen gekippt hatte. Der Herr hatte also Angst, dass man ihn vergiften wollte. Beanstock war sich noch nicht sicher, aber die Affinität des Herrn gegenüber Madame Rosier und sein seltsames Gebaren ließ ihn vermuten, dass Robinson die Dame gezielt verfolgte. Entweder war er ein aufdringlicher Stalker oder er war beruflich an der Dame interessiert.

„Gonzales, morgen sehen wir uns das Herrenhaus in Barbour Hill an. Die Baronets und der Professor unternehmen eine Bootsfahrt auf dem Loch Ness. Wir haben am Vormittag Zeit."

In diesem Moment kamen aus dem Ballsaal eilige Schritte. Beanstock stellte schnell das Buch an seinen Platz und gesellte sich zu Gonzales vor dem Tresen.

Madame Rosier erschien, weinend, am Arm Lord Barbours, der zärtlich ihren Arm streichelte. Sie verließen das Hotel im Laufschritt und kurz danach fuhr der Sportwagen des Lords über den Vorplatz und verschwand in der Dunkelheit.

Natürlich erschien auch Mr Robinson in der Halle. Er sah sich suchend um und entdeckte die beiden Herren am Empfang. Man sah ihm an, dass er überlegte, ob er fragen sollte oder lieber nicht.

„Haben Sie Madame Rosier gesehen? Sie ist mir entwischt. Ich meine natürlich ..." Er lachte. „Ich meinte, sie hat ihr Tuch vergessen und ich wollte es ihr bringen."

Die Hände des Mannes waren leer. Wo war also das Tuch? Eine dumme Ausrede, die sogar Levinya durchschaut hätte.

„Sie ist mit seiner Lordschaft fortgefahren", erklärte Beanstock.

Mr Robinson griff in seine Smokingjacke, nahm seinen Autoschlüssel heraus und lief wie der Blitz aus dem Hotel zu seinem Auto.

„So eine Schnelligkeit hätte ich dem Herrn gar nicht zugetraut", bemerkte Gonzales und Beanstock nickte dazu. „Der ist sicher nicht der Vertreter, für den er sich ausgibt. Das haben Sie doch auch schon erkannt, oder Mr Beanstock?", fragte Gonzales. „Wollen wir ihm folgen?"

„Das halte ich für unnötig. Robinson weiß nicht, wohin die beiden gefahren sind. Vielleicht vermutet er etwas, aber wissen kann er es nicht. Auf jeden Fall will er die beiden nicht aus den Augen lassen. Ich bekomme immer mehr den Eindruck, dass Mr Robinson ein Privatdetektiv ist, oder etwas Ähnliches, und Madame Rosier überwacht", sagte Beanstock. „Den MI6 schließe ich aus, so durchschaubare und plumpe Mitarbeiter haben diese Herrschaften nicht."

Die beiden gingen zurück in den Saal. Gonzales zog seine Krawatte zurecht, strich sich über das lockige dunkle Haar und ging in Richtung Bühne davon. Die Band machte gerade eine Pause und bekam von Mrs Bears Getränke serviert. Natürlich wollte sich Gonzales der jungen hübschen Sängerin vorstellen. Was sonst. Beanstock beobachtete den Chauffeur lächelnd. Er war und blieb eben ein Charmeur der alten Schule. Die junge Frau lachte schallend über einen seiner Scherze und dann setzte sich Gonzales zu den Musikern. Das Eis war wieder einmal mit südländischem Charme gebrochen.

Die drei reizenden alten Damen aus Barbour Hill standen auf, nahmen ihre Mäntel von der Garderobe, winkten dem Butler noch einmal und verließen kichernd den Saal. Es war Mitternacht vorbei und der Abend neigte sich dem Ende zu. Beanstock begleitete die Herrschaften auf ihre Zimmer.

Nachdem er noch zwei Karaffen Wasser für die Zimmer besorgt hatte, wünschte er eine gute Nacht und ging selbst zur Ruhe.

Der Schlaf wollte sich nicht einstellen und zwei Stunden später hörte er, dass die Tür zu Zimmer 312 aufgeschlossen wurde. Lord Barbour kam spät von seinem Ausflug mit der Dame zurück.

Das alte Herrenhaus lag im Schein des Mondes. Nebelschwaden zogen vom nahen See heran und umwehten die alten Mauern mit einem kalten Hauch.

Beaver und sein bester Freund Dumpling schlichen zur Hintertür, die sie immer benutzten, wenn sie sich hier trafen. Die Jugendlichen hatten seit langer Zeit das alte leerstehende Haus für ihre Treffpunkte entdeckt. Es war fast schon wie ein eigenes Clubhaus. In einem der oberen Salons standen noch alte Sofas und sie hatten es sich dort gemütlich eingerichtet.

Heute hatten sich die beiden Freunde etwas ausgedacht. Die anderen der Gruppe waren in Inverness im Kino. Die beiden hatten keine Lust gehabt.

Der amerikanische Film *Sabrina* war brandneu in den Kinosälen. Aber ein Liebesfilm war nicht nach dem Geschmack der beiden Jungen. Sie blieben daheim. Dafür gab es den beiden die Gelegenheit, etwas vorzubereiten.

„Kannst du nicht mal mit anpacken? Die Tasche ist verdammt schwer", maulte Dumpling zum wiederholten Mal.

Beaver griff zu und nahm einen der Riemen.

Dann gingen die beiden durch die geöffnete Hintertür in das alte Haus.

117

Sie standen in der Küche. Es gab noch die Einrichtung, einen Kohleherd, Regale mit alten Büchsen und sogar ein paar angeschlagene Tassen und Teller. Wertvolle Gegenstände fand man nicht mehr, die hatte der verarmte Lord zu Geld gemacht. Alles andere hatte er dem Verfall überlassen.

Beaver und Dumpling hatten sich eine Überraschung ausgedacht. Mal sehen, ob man den Damen der Gruppe nicht einen ordentlichen Schreck einjagen könnte.

Den beiden Jungen war es ein Dorn im Auge, dass ihr Chef Walt so versessen auf diese Polly war. Weiber eben. Man konnte nicht mit ihnen auskommen. Und die kleine ängstliche Freundin von Polly, Lilly, war natürlich immer dabei. Die Jungen schleppten die Tasche über die geschwungene Marmortreppe in die erste Etage. Die Tür zum Salon stand weit offen.

„Haben wir die Tür nicht vorgestern zugemacht?", fragte Beaver, das unvermeidliche Streichholz im Mundwinkel. Er fühlte sich mit dem Holz im Mund wie ein Gangster aus der Unterwelt.

Dumpling zuckte die Schulter.

Durch die hohen Fenster des Salons schien Mondlicht herein und Staubkörner tanzten in seinem Schein. Die alten löcherigen Gardinen bewegten sich langsam im Wind, der durch eine der kaputten Fensterscheiben drang.

Die Jungen ließen die Tasche auf den Boden fallen. Der Knall hallte durch das gesamte Haus wie ein Pistolenschuss. Sie sahen sich erschrocken an.

Beaver räusperte sich und schob das Streichholz in die andere Ecke des Mundes.

„Das klang wie ein Schuss. Verrückt. Na los, lass uns

118

den Kram auspacken und aufbauen. Ich will hier wieder weg. Mein Alter regt sich auf, wenn er vom Pub nach Hause kommt und ich nicht da bin."

Dumpling zog den Reißverschluss auf und holte einen Arm heraus. Danach folgten Beine, ein Torso und zum Schluss ein Kopf. Sie bauten die Schaufensterpuppe neben der Tür auf und zogen sie hinter einen der Türflügel. Dann kam die Dekoration dran. Eine Perücke mit langem grauen Haar, ein reichlich kaputtes, langes Spitzenkleid und Handschuhe.

„Woher hast du den Kram?", fragte Beaver.

„Das olle Kleid ist von meiner Oma, die Perücke auch und die Handschuhe sind von meiner Schwester. Die muss ich zurückbringen, sonst bin ich tot. Die Puppe lag auf unserem Speicher schon Jahre rum. Keine Ahnung, wo die herkam", erklärte sein Freund.

Um die Taille der Puppe banden sie einen dünnen Strick, den sie am Türknauf festmachten. Wenn jemand die Tür öffnen würde, sollte die Puppe hervorgeschossen kommen. So war die Theorie.

„Wir müssen es ausprobieren", erklärte Beaver.

Dumpling nickte. Er nahm die Tasche und versteckte sie hinter einem der Sofas. Sie verließen den Raum und schlossen die Tür.

Dann riss Beaver die Tür erneut auf und die gruselige Puppe fiel ihnen in die Arme.

„Passt!", rief Dumpling.

„Lass uns gehen. Es ist spät", sagte Beaver.

Die beiden schlossen die Tür wieder sorgfältig und wollten über die Treppe nach unten zur Hintertür gehen. Da hörten sie es. Leise gesprochene Worte kamen aus dem unteren Salon. Die beiden schlichen nach unten.

Dabei trat Dumpling an einen Stein, der auf der Treppe lag. Wahrscheinlich war er von der maroden Decke gefallen. Wie es oft passiert, wenn man besonders leise sein möchte, kullerte der Stein mit Getöse die Treppe hinab und kam ewig nicht zum Stillstand. Die beiden Jungen schlossen die Augen und horchten. Es war still geworden und etwas entfernt hörte man Schritte. Dann schlug eine Tür zu. Dumpling bekam so einen Schreck, dass er sich an Beaver klammerte.

„Aye, Alter, halte dich nicht an mir fest!", rief sein Freund. Staub rieselte von der Decke. Das war das Signal. Die beiden liefen zur Hintertür, aus dem Haus, ließen die Tür offen und rannten durch den dunklen Garten zum Tor. Weit kamen die beiden nicht.

Dumpling stolperte und fiel. Er schlug sich den Kopf an einer Wurzel an und stöhnte.

Beaver half ihm schnell auf.

„Wenn du nicht so viele Klöße bei deiner Mutter verdrücken würdest, wärest du auch besser zu Fuß!"

„Was war das?", fragte Dumpling leise und sah sich nach dem Hindernis um, das mitten im Weg lag. Dann machten die Jungen einen Schritt zurück und sahen auf den Körper am Boden. Ein Mann lag da. Seine Augen starrten die Jungen voller Entsetzen an, als würde der Mann vollkommen überrascht von seinem Tod gewesen sein. Denn tot war er, das sahen die beiden sofort.

Beaver fiel das Streichholz aus dem Mundwinkel.

DS Mayor ist verblüfft

Der Chefrechtsmediziner Dr. Sagart stellte seinen Koffer neben dem Toten ab. Dann faltete er die Hände und sprach leise ein Gebet. Schließlich klatschte er fröhlich in die Hände, öffnete seinen Koffer und kniete sich neben die Leiche. Dieses Gebaren des Mediziners kannten alle Beamten reihum bereits. Manch einer schmunzelte oder schaute weg. Sagart war eine Nummer für sich.

Auf dem lockigen roten Haar thronte ein Zylinder. Der Hut war dunkelgrün, schwarze Hüte konnte ja jeder. Wegen diesem Aufzug war er schon einmal mit dem Leiter der Mordkommission in Edinburgh aneinandergeraten, der ihm vorgeworfen hatte, aus seiner Dienststelle eine Karnevalsveranstaltung zu machen. Sagart hatte sich köstlich amüsiert und gemeint, das Leben wäre traurig genug. Warum also nicht etwas Farbe hineinbringen? Niemand und nichts konnte diesem Mann die Laune trüben. Damit hatte er auf jeden Fall den richtigen Beruf. Aber er war auch ein absoluter Fachmann auf seinem Gebiet und so sah man ihm einiges nach.

„Was haben wir denn hier Feines? Ein Mann um die

fünfzig, der sich nicht gut um seinen Körper gesorgt hat, sieht man an den gelblich verfärbten Fingern und Zähnen, also starker Raucher. Wahrscheinliche Todeszeit etwa gestern gegen Mitternacht. Genauer kann ich das noch nicht sagen.

Eine große kreisrunde Wunde am Kopf. Könnte ein Revolver mit großem Kaliber gewesen sein, so wie die Eintrittswunde aussieht. Keine Austrittswunde, der Herr wurde direkt von vorn angegriffen aus nächster Nähe, man sieht noch die winzigen Schmauchspuren. Der Rest vom Fest, wenn ich ihn auf dem Tisch habe, der Herr sei seiner Seele gnädig", sagte der Doktor, erhob sich, winkte seinen Mitarbeitern und man transportierte den Toten ab.

DS Mayor drehte sich zu dem Absperrband um, das man zwischen zwei alte Bäume gespannt hatte.

„Das war ja mal wieder klar", murmelte er verblüfft. „Mr Beanstock."

Er ging zu Beanstock und Gonzales, die hinter dem Band standen und den Polizisten zusahen.

DS Mayor sah die beiden fragend an.

„Wir sind nur zufällig hier. Eigentlich wollten wir uns das alte Herrenhaus ansehen. Ich interessiere mich sehr für Architektur. Das ist Mr Robinson, Sir. Ich habe ihn gestern gegen Mitternacht das Hotel verlassen sehen. Gonzales kann das bestätigen. Er ist mit seinem Wagen davongefahren. War es ein Unfall? Haben Sie den Wagen entdeckt?", fragte Beanstock, lauernd auf Informationen.

„Natürlich kein Unfall. So viel Glück habe ich nicht. Der Wagen des Toten steht auf dem Gelände. Unser Doktor meinte, eventuell war die Tatwaffe ein alter

Revolver. Schauen Sie, was wir in der Tasche des Toten gefunden haben." Der Sergeant hielt dem Butler einen Ausweis vor das Gesicht.

„Unser Freund, der hier vor Kurzem tot am Boden herumlümmelte, war ein Privatschnüffler aus Edinburgh, hieß Prickles und hat einen seiner Aufträge wohl nicht überlebt. Das haben Sie nicht kommen sehen, oder? Wissen Sie etwas darüber?", erklärte Mayor fröhlich und gewiss, dem Butler etwas vorauszuhaben. Gonzales grinste. Er wusste es besser.

„Mehr, als ich Ihnen sagte, wissen wir leider nicht, Sir", sagte Beanstock und nickte Dr. Sagart freundlich zu, der in diesem Moment unter dem Absperrband hindurchkletterte.

„Aye, Sie kennen sich ja aus diesem Haus der Lady. Hatte ich schon wieder verdrängt. Duff erzählte mir davon", stellte der Sergeant fest.

„Ach, das war eine tolle Geschichte, ich hatte eine echte Mumie auf den Tisch bekommen, wunderbar", erklärte Dr. Sagart und mit einem Blick zu Gonzales sagte er: „Geht es Ihnen wieder besser? Sie haben doch diese wunderschöne Mumie gefunden, nicht wahr?"

Gonzales schluckte, als er daran zurückdachte.

Aus dem nahen Herrenhaus kam ein Schrei und danach ein lautes Poltern. Die Herren sahen zum Haus. Aus einem Fenster der oberen Etage winkte ein Beamter.

„Alles in Ordnung, Sir!", rief er.

In einiger Entfernung saßen zwei Jungen auf einem Stein. Sie sahen ziemlich mitgenommen aus. Die beiden sahen sich wissend an. Ihr Streich hatte zwar einem anderen Zweck dienen sollen, hatte aber funktioniert.

123

Sie grinsten leicht.

„Die beiden haben ihn gefunden. Haben sich hier in der Nacht rumgetrieben und wahrscheinlich Unsinn fabriziert. Aber egal, wir haben schon nach ihren Eltern geschickt. Sie wohnen hier im Ort. Der eine der beiden ist regelrecht über die Leiche gefallen. Gesehen haben sie niemanden, aber Schritte gehört, die sich schnell vom Tatort entfernten", erklärte Sergeant Mayor. „Sie müssen mich jetzt entschuldigen, ich habe zu tun. Wenn man vom Teufel spricht, da kommt sicher einer der Väter, so ängstlich wie der eine Junge dem entgegensieht."

Ein riesiger Kerl lief mit hochrotem Gesicht auf die Jungen zu. Sergeant Mayor ging ihm entgegen.

Hinter dem Absperrband waren noch ein paar andere Jugendliche erschienen. Sie winkten Beaver und Dumpling.

„Was habt ihr Dummies angestellt? Man kann euch nicht allein lassen!", rief Walt den beiden zu. Polly lachte. Das ärgerte Beaver und er verschluckte sich fast an seinem Streichholz. Als die anderen hinter dem Band dann aber den heranbrausenden Vater von Beaver bemerkten, machten sie sich schnell aus dem Staub. Mit diesem Herrn wollten sie nichts zu tun haben. Er war nicht durch Nachsicht bekannt im Ort.

Mit hochrotem Kopf schrie er auf seinen Jungen ein. Nützlich war das auf keinen Fall. Dumpling zog den Kopf gleich mit ein, obwohl er nicht gemeint war. Ihm würde es jedenfalls besser ergehen. Seine Mutter bereitete ihm zu Hause sicher schon einen Berg leckerer Klöße zu. In Erwartung der Köstlichkeit leckte er sich die trockenen Lippen. Seine Eltern waren verständnis-

124

voller.

„Nun muss er die jungen Leute auch nicht mehr anschreien. Er sollte froh sein, dass die beiden die Polizei gerufen haben und nicht einfach davongelaufen sind. Manchmal verstehe ich Eltern nicht. Sie meinen, mit Gebrüll würden die Kinder besser hören. Aber eigentlich bekommen die Kinder nur einen Gehörschaden", sagte Beanstock und dachte an Luci. Kindererziehung war eine schwierige Angelegenheit.

„Wollen Sie dem Sergeant nichts von Lord Barbour und seiner Freundin erzählen?", fragte Gonzales den Butler leise.

Beanstock hielt den Finger an den Mund zum Zeichen, dass er still sein solle.

„Bevor ich jemanden beschuldige, hören wir uns noch etwas um. Wir können ja gar nicht wissen, ob seine Lordschaft gestern hier in dem alten Haus war. Was hätte er denn hier wollen sollen? Wenn Madame Rosier bei ihm war, würde er die Dame im langen Abendkleid doch nicht in eine Ruine wie diese Villa bringen. Das ergibt für mich keinen Sinn", sagte Beanstock.

„Also warum war dieser Privatschnüffler hier? Dachte er wirklich, der Lord fährt in das alte verkommene Herrenhaus mit seiner Freundin? Sie haben sicher recht, Sir. Robinson ist auf gut Glück hier gewesen, weil er die beiden aus den Augen verloren und nicht gewusst hatte, wohin sie gefahren sind. Aber die Jungen haben Schritte gehört. Wer soll das gewesen sein?", fragte Gonzales.

„Das kann ein ganz Fremder gewesen sein. Seine Lordschaft kam sehr spät gestern Nacht zurück. Die Uhr zeigte eins an. Wir kommen heute Abend zurück und sehen uns das Herrenhaus an."

Beanstock sah auf seine Taschenuhr. „Fahren wir, ich möchte nicht zu spät an der Anlegestelle des Bootes sein. Vielleicht haben die Herrschaften doch das Monster von Loch Ness gesehen und benötigen unsere Hilfe."

Gonzales sah den Butler amüsiert an.

„Señor Beanstock, war das etwa ein Witz?"

Der Ausflugsdampfer legte, eine halbe Stunde nachdem der Chauffeur den Bentley auf den Parkplatz gefahren hatte, pünktlich an der Anlegestelle an.

Gonzales half Lady Fedora beim Aussteigen. Die beiden Herren folgten und alle drei hatten sicher einen fröhlichen Vormittag verlebt. Das Wetter hatte gehalten, bis auf einen kurzen Regenschauer. Aber das Schiff hatte eine verglaste Kabine für die Passagiere und man bot sogar Tee und Gebäck an.

„Morgen möchte Lady Fedora das *Fyvie Castle* in der Nähe von Turriff besuchen. Die Dame des Hauses, Lady Sylvia, die Gattin des dritten Baronets von Fyvie, Sir Rudolf Forbes-Leith, hat uns zum Tee eingeladen. Sie rief gestern im Hotel an, da sie wusste, dass wir uns dort aufhalten", erklärte Sir Percival auf der Fahrt zum Hotel.

„Wie ich mich darauf freue", sagte Lady Fedora.

„Woher kennt ihr euch?", fragte der Professor.

„Wir waren auf demselben College. Es war eine wunderbare Zeit."

„Dann schlage ich vor, nach dem Lunch aufzubrechen. Es sind ungefähr 65 Meilen bis nach Turriff. In der Nähe befindet sich das *Fyvie Castle*, My Lady", erklärte Beanstock, nachdem er den Reiseatlas aufgeschlagen hatte.

„Beanstock, ich weiß etwas. Sie brauchen sich nicht zu verstellen", sagte Professor McGregor lächelnd und hielt dabei seine Bonbontüte Sir Percival hinüber, der gern zugriff.

Beanstock konnte sich nicht vorstellen, was der Professor meinen könnte. Er drehte sich zu ihm um.

„Habe ich Sie auch einmal verblüffen können? Nun, ich weiß genau, dass Sie schon wieder auf der Jagd nach dem Mörder der Mrs Fleetstone sind. Ist es nicht so, mein Bester?", erklärte der Professor und nahm sich ein Toffee aus der Tüte.

Beanstock räusperte sich.

„Ich muss Sie darüber informieren, dass es einen weiteren Todesfall gegeben hat. Mr Robinson, der eigentlich Prickles hieß und Privatdetektiv war, hat uns leider verlassen."

„Das ist doch nicht zu fassen!", rief Sir Percival und verschluckte beinahe sein Bonbon. Er hustete kurz. „Mit glücklichem Griff haben Sie ein Hotel gefunden, mein guter Beanstock, das Ihnen nach kurzer Zeit Mordfälle präsentiert. Wie machen Sie das nur? Inspector Greenwood wäre nicht amüsiert. Was sagen denn die beiden Polizisten aus Aberdeen dazu? Inspector Duff und sein Sergeant? Na, ich will es lieber gar nicht wissen", meinte der Baronet und winkte ab.

„Die arme Mrs Bears, das ist nicht gut für das Hotel. Ich werde mit ihr reden, wenn wir angekommen sind. Ich werde ihr klarmachen, dass unser Butler die Sache klären wird. Sie werden doch, oder Beanstock?", fragte My Lady.

Beanstock neigte nur ergeben den Kopf.

Dieses Mal räusperte sich Gonzales.

„Tun Sie nichts Gefährliches ohne mich, Señor", flüsterte er dem Butler zu.

Im Hotel war man in heller Aufregung.

In der Hotelhalle stand ein Constable und nahm die Aussagen einiger Gäste auf.

Beanstock begleitete die Herrschaften zu ihren Zimmern und begab sich danach in die Küche, um Tee für die Baronets zu bestellen.

Mrs Bears saß in der Küche bei ihrem Gatten und fächelte sich mit einer Serviette Luft zu. Sie sah gar nicht gut aus.

„Mrs Bears, kann ich etwas für Sie tun?", fragte Beanstock besorgt, als er die weiße Hautfarbe der Hotelbesitzerin sah. Das Küchenmädchen kam mit einem Becher Tee, den Mrs Bears mit zitternden Fingern nahm. Ihr Gatte tätschelte ihre Schulter.

„Mach dich doch nicht verrückt, Darling. Du kannst ja schließlich nichts dafür. Beruhige dich. Ich koche dir eine gute Hühnerbrühe, das beruhigt."

„Hühnerbrühe? Ich glaube nicht, dass mir das helfen kann. Es war so ein erfolgreicher Tanzabend gestern und nun so etwas. Wenn das so weiter geht, sind wir ruiniert. Niemand will mehr bei uns übernachten, in einem Hotel, über dem ein Todesengel kreist. Oder sind es etwa schon Geier?", sagte sie mit zittriger Stimme.

Levinya kam in die Küche. Sie hatte einen Schulranzen auf dem Rücken und sah ihre Mutter ängstlich an. Das Zimmermädchen Virginia kam herein und flüsterte dem Kind etwas ins Ohr. Levinya schlug die Hand vor den Mund vor Überraschung.

Beanstock erklärte ihr mit einer Bewegung seiner Augen, sich um die Mutter zu kümmern. Levinya ging zu ihr und umarmte sie.

„Mama, das wird schon wieder."

„Was soll denn wieder werden? Die Gäste werden wegbleiben und die paar, die wir hier haben, werden mit fliegenden Fahnen verschwinden!",rief Mrs Bears.

„Ach Mama, du wirst sehen. Gerade wenn in einem Haus Tote herumlagen, sind die Leute doch noch mehr interessiert. Sie gruseln sich doch so gern. Nicht umsonst hat hier in Schottland jedes noch so kleine Cottage einen Hausgeist zur Verfügung. Die Leute mögen Geister und Geschichten über Mord und Totschlag. Du wirst schon sehen, Mama."

Beanstock lächelte dem Mädchen zu.

Im Hintergrund krächzte Bartholomäus: „Mörderhaus!" Mrs Bears stöhnte laut auf und verbarg ihr Gesicht in ihrem Taschentuch.

Beanstock sah den Papagei böse an.

„Ich kann mich den Ausführungen Ihrer Tochter nur anschließen. Wenn Sie sich dazu in der Lage fühlen, würde Lady Fedora gern mit Ihnen reden. Sie ist im Moment auf ihrem Zimmer und macht sich frisch", erklärte er.

„Oh, da sehen Sie es bereits. Wahrscheinlich wollen die Gäste abreisen, wir sind ruiniert!", rief Mrs Bears panisch. Levinya fächelte ihr mit der Serviette Luft zu.

129

„Aber nein, beruhigen Sie sich. Ein Mord hält meine Arbeitgeber nicht von einer Urlaubsreise ab. Sie möchten Sie aufheitern. Sprechen Sie mit My Lady, ich bringe Sie hinauf", erklärte Beanstock.

Mrs Bears nickte dem Butler zu und holte tief Luft. Mehr als die in Aussicht gestellte Hühnerbrühe ihres Mannes, hatten ihr die Worte der Menschen ringsum geholfen. Sie stand auf, streckte sich, zog ihre blendend weiße Bluse gerade und nickte dem Butler zu.

Beanstock begleitete sie zu dem Zimmer der Baronets, klopfte und nach einem schnellen „Herein", öffnete er die Tür und meldete Mrs Bears. Dann ging er in die Küche zurück, nahm ein Tablett zur Hand, stellte Teetassen, Zucker und Milch darauf, dazu einen Teller Shortbread Kekse, goss das kochende Wasser in die bereitstehende Teekanne, die er vorher natürlich mit heißem Wasser ausgespült hatte, und war bereit, zu servieren. Die Anwesenden sahen dem Tun fasziniert zu. Inzwischen hatte sich auch Henry, der Mann mit den vielen Jobs, dazugesellt.

„Wollen Sie nicht hier anfangen? So einen Mann könnten wir gut brauchen", sagte er, als Beanstock mit dem Tablett an ihm vorbeiging. Beanstock lächelte.

Er ging über die breite Treppe hinauf zum Zimmer der Baronets, klopfte und servierte den Herrschaften Tee und Gebäck.

„Sind Sie nun ein Butler mit besonderen Fähigkeiten oder ein Detective mit Butlereigenschaften?", fragte Mrs Bears, als Beanstock den Tee servierte.

„Unser Beanstock ist eine Perle, so viel kann ich sagen", meinte Lady Fedora. „Verlassen Sie sich darauf, Mrs Bears, er wird helfen, den Fall zu lösen."

„Ich bete dafür, dass das der letzte Todesfall unter meinen Gästen ist", sagte die Hotelbesitzerin und hielt ihr Taschentuch an die erneut feucht werdenden Augen. Lady Fedora tätschelte ihre Hand.

„Detective Sergeant Mayor ist ein fähiger Ermittler und die beiden Polizeibeamten Duff und Lamond sind ebenfalls sehr engagiert. Wenn ich nichts herausfinde, die drei schaffen es auf jeden Fall", erklärte Beanstock.

„Ich hätte da eine Frage. Vielleicht können Sie mir helfen, Mrs Bears. Lord Barbour ist Hotelgast. Wissen Sie etwas über die Beziehung zu Madame Rosier? Ich bemerkte gestern Nacht eine gewisse Vertrautheit zwischen der Dame und seiner Lordschaft."

Mrs Bears überlegte.

„Ich weiß, dass seine Lordschaft sein gesamtes Vermögen verloren hat, alles veräußern musste, was noch vorhanden war, und dann das Land auf der Flucht vor seinen Gläubigern verlassen hat. So viel ich von einem ehemaligen Diener gehört habe, war er lange Zeit in Paris. Als er zurückkam, hatte er plötzlich wieder Geldmittel zur Verfügung.

Madame Rosier stammt aus Paris. Sie war dort am Theater und eine beliebte Charakterdarstellerin. Mehr kann ich nicht dazu sagen.

Aber sprechen Sie doch mit Henry, er ist der Diener, von dem ich sprach. Er redet nicht gern über seine Zeit im Herrenhaus. Irgendetwas ist dort vorgefallen. Die Barbour Sippe, nach denen einst der Ort Barbour Hill benannt wurde, ist nicht sehr beliebt gewesen."

Das hatte Henry dem Butler bereits verraten.

Am Abend, nach dem Dinner, saßen die Baronets mit Professor McGregor in der Bar und ließen sich einen guten Burgunder schmecken. Das gab Beanstock die Gelegenheit, noch einmal einen Versuch zu starten, um zusammen mit Gonzales das Herrenhaus in Barbour Hill zu besuchen. Er hatte noch keine wirkliche Ahnung, ob ihm das etwas bringen würde, aber er wollte sich auf jeden Fall den Tatort nochmals genauer ansehen.

Das nächtliche Barbour Hill schien, wie auch tagsüber, fast ausgestorben zu sein. Kein Mensch kam ihnen auf der Straße entgegen. Die Häuser und Cottages waren kaum erleuchtet. Ab und zu ein winziges Licht in einem Fenster und wenn sich jemand an einem der Fenster zeigte, wurde sofort schnell der Vorhang vorgezogen.

Einzig im örtlichen Pub ging es hoch her und laute Stimmen klangen aus der offenen Tür heraus auf die Straße. Besonders einladend sah dieser Pub mit dem seltsamen Namen *The wavering host* nicht aus.

Das niedrige Haus schien sich an dem dahinter liegenden Hügel anschmiegen zu wollen. Vielleicht hatte man das Haus auch in den Hügel hineingebaut. Es wirkte jedenfalls, als würde der Hügel den Pub in seinem breiten Maul festhalten wollen. Die Fenster zur Straße waren schmutzig grau und durch die offene Tür sah man einen langen, grob gezimmerten Holztisch, der als Tresen diente. Ein Mann lag davor auf dem Boden. Das schien die anderen Gäste nicht zu kümmern. Sie stiegen einfach über ihn hinweg.

Beanstock und Gonzales sahen sich an. Gonzales zuckte die Schulter.

„*Mi padre* sagte immer, wenn du einen zweifelhaften

Ort betreten musst, wirf erst deinen Hut hinein. Sollte er zurückgeworfen werden, sind es nette Leute. Also hier wird der Hut nicht wiederkommen, denke ich."

„Ihr *padre* war ein weiser Mann, Gonzales. Jetzt verstehe ich auch, warum einige der Bewohner aus Barbour Hill lieber im Hotel ihren Tee nehmen."

Nachdem sie vor dem Cottage des Nessieexperten links abgebogen waren, erreichten sie die zwei Steinsäulen, die den Eingang zum Herrenhaus bildeten. Das Tor lag zerbrochen neben den Säulen im hohen Gras.

Das schmiedeeiserne Tor hatte seine Funktion vor Jahren eingebüßt. Der halbherzige Versuch eines Maklers, das Tor mit einem riesigen Vorhängeschloss zu schützen, war vergebens gewesen. Schon nach einer Woche hatte das Schloss zerstört im hohen Gras gelegen und das alte Tor hatte nur noch halb in den rostenden Angeln gehangen. Der Makler hatte es aufgegeben. Er hatte von Anfang an geahnt, dass dieses Grundstück ein Klotz an seinem Bein sein würde und er verfluchte den Tag, an dem der junge Lord in seinem Büro in Inverness aufgetaucht war und ihm sein Herrenhaus als wunderbare Geldanlage geschildert hatte.

Gonzales konnte mit dem Wagen durch die Allee bis zum Herrenhaus vorfahren. Rechts hing an den Bäumen immer noch das rotweiß gestreifte Absperrband der Polizei flatternd im Wind.

Die beiden Herren stiegen aus und Beanstock sah zu der dunklen Fassade hinauf bis zu dem fadenscheinigen Dach. Der bleiche Mond warf unruhige Schatten auf die Fassade.

„Müssen wir immer nachts, wenn andere Leute gemütlich zu Hause bleiben, in solche verlassenen

Gegenden vordringen?", flüsterte Gonzales, sah sich um und schlug ein Kreuz über seiner Brust. Dabei war er seit Jahren nicht mehr gläubig. Das seltsame, widersprüchliche Verhalten des Chauffeurs in Bezug auf Geister oder Ähnliches war Beanstock schon sehr oft aufgefallen. Gonzales war der mutigste Mann, den der Butler kannte, aber auch der ängstlichste, wenn es um geisterhafte Erscheinungen ging. Sie gingen zur Vordertür und Beanstock sah durch eines der seitlichen Fenster. Viel gab es nicht zu sehen, Schmutz und Verfall waren allgegenwärtig.

„Eine Schande, dass sich die Familie der Lords Barbour nicht mehr um das Haus bemüht. Es muss einst wunderschön gewesen sein. Sehen Sie, Gonzales, die Schnitzarbeiten an der Tür und der Stuck über den Fenstern. Das ist meisterliche Handwerkskunst", schwärmte der Butler.

„Können wir weitergehen? Ich freue mich schon auf einen guten Whisky bei Henry", sagte Gonzales leise.

Beanstock drückte die Türklinke, aber die Tür war natürlich verschlossen.

„Sehen wir uns am Seiteneingang um", sagte er.

„Ich bekomme das hin, das wissen Sie doch", murmelte Gonzales und zog seine Dietriche aus der Jackentasche.

Keine Minute später öffnete der Chauffeur mit einem Lächeln die Tür. Das hätte dem Makler nicht gefallen.

Im unteren Salon des Hauses ging jemand auf und ab.

Stuck rieselte von der Decke und durch die schmutzigen Fenster schien der Mond. Vor dem alten Kamin standen Sofas. Waren sie wohl einmal mit weißen Tüchern von aufmerksamen Dienern abgedeckt worden, lagen diese nun schon seit langem auf dem Boden und die kostbaren Polster und Stoffe wiesen Löcher auf. Stroh ragte aus offenen Stellen und rostige Sprungfedern aus den Sesseln. Der einst sorgfältig polierte Parkettboden war als ein solcher kaum noch zu erkennen.

„Warum müssen wir uns wieder hier treffen? Hast du nicht gesehen? Am Eingang hängt noch das Polizeiband? Das ist doch Irrsinn!"

„Wenn dir irgendetwas nicht passt, was ich entscheide, dann sag es jetzt oder halte die Klappe. Morgen früh haben wir Arbeit in Inverness. Wie sieht es mit dem Juwelier aus? Lohnt es sich?"

„Der Mann ist uralt und klapprig. Das wird leicht. Er hat einige gute Stücke vorn in den Auslagen."

„Sehr gut."

„Ich habe noch einmal den Wagen überprüft. Er ist in Ordnung."

„Das rate ich dir auch. Um zehn Uhr sind wir in Inverness."

Als sich die Schritte etwas entfernten, hörte man an der Eingangstür ein Geräusch. Jemand versuchte, das Schloss zu knacken.

„Los jetzt, verschwinden wir. Durch den Gang am besten. Wenn das schon wieder die Gören sind, müssen wir uns für diese Brut mal was einfallen lassen."

„Die haben doch nur Langeweile. Vielleicht wäre ein anderer Treffpunkt doch besser."

„Ich entscheide hier. Vergessen?"

„Natürlich nicht", flüsterte jemand.

„Aber dieser Kerl aus dem Hotel wäre sicher auch wieder sofort verschwunden. Du hättest nicht gleich schießen müssen."

„Erpresser leben nicht lang, eine alte Weisheit."

Dann hörte man ein Klicken und die Wandtür neben dem Kamin öffnete sich. Schritte entfernten sich. Nach einer weiteren Sekunde schloss sich die Wandtür und der Salon lag wieder einsam und verlassen im Mondschein. Alles sah aus wie immer, bis auf die Karte am Boden, die eigentlich hier nicht hingehörte. Sie sah viel zu gut und zu neu aus.

Gonzales hatte die Stablampe aus der Tasche gezogen und der helle Lichtschein beleuchtete im Flur die leeren noch sichtbaren Stellen an den Wänden, wo einst die Ahnen der Lords gehangen hatten. Links sah man durch eine geöffnete Doppeltür in einen Salon und rechts schien die Bibliothek gewesen zu sein. Auch diese Tür stand weit offen und an den Wänden reihten sich lange Regalreihen. Bücher gab es kaum noch. Wahrscheinlich war alles von Wert zu Geld gemacht worden.

Beanstock betrat den Salon und sah sich kurz um. An der hinteren Wand stand ein großer Marmorkamin. Darüber hatte einmal ein Spiegel gehangen. Nun lagen die blind gewordenen Scherben am Boden und über dem Kamin hing nur noch ein alter Rahmen. Beanstock schüttelte den Kopf über so viel Unachtsamkeit. Wem hatte es genützt, so ein schönes Stück zu zerschlagen?

Er drehte sich zur Tür um, in der Gonzales wartete. Der Chauffeur leuchtete mit der Lampe auf den Boden.

„Da liegt etwas, Sir. Das sieht nicht so alt und schmutzig aus wie der Rest hier. Sehen Sie?"

Beanstock ging darauf zu und bückte sich danach. Es war eine Visitenkarte. Sie war groß, nicht so winzig wie manche modernen Karten, die die Leute heutzutage drucken ließen. Beanstock drehte sie in den Händen und winkte dann Gonzales, näher zu kommen. Er hielt die Karte in den Schein der Lampe.

„Das ist sehr seltsam. Das ist die Karte eines Juweliers aus Inverness. Sehen Sie? Sehr feines Büttenpapier und eine vergoldete Schrift. Das ist noch die alte Schule. Kein Staubkörnchen ist darauf. Das bedeutet, sie liegt hier noch nicht lange. Da gibt es zwei Möglichkeiten", sagte Beanstock. Die beiden Männer hoben langsam die Köpfe und sahen sich an.

„Señor? Das bedeutet, hier ist irgendwo noch jemand oder die Karte muss erst vor kurzer Zeit verloren gegangen sein. Was ist, wenn derjenige bemerkt, dass er etwas verloren hat, und zurückkommt?"

„Wir sehen uns im Haus um. Sehr vorsichtig, Gonzales", flüsterte Beanstock.

Sie gingen zuerst nach oben. Links waren mehrere leere Zimmer, das waren wohl Schlafzimmer gewesen.

Rechts waren zwei große, offene Doppeltüren. Beanstock betrat den Raum und Gonzales hielt die Stablampe so, dass man den Raum überblicken konnte. Gleich neben der Tür lag eine umgefallene Schaufensterpuppe. Einer der Polizisten, die das Haus durchsucht hatten, hatte einen gewaltigen Schreck bekommen, als die Figur ihm entgegengeflogen war.

Gonzales bekreuzigte sich erneut. Beanstock schüttelte den Kopf.

Dann gab es noch zwei alte Sofas, davor einen Tisch mit Kerzen, deren Wachs über das gute Holz gelaufen war. Daneben lag eine Zigarettenschachtel und am Boden standen leere Bierflaschen.

„Da haben wir wohl das Hauptquartier der hiesigen Dorfjugend gefunden", erklärte Beanstock dem Chauffeur lächelnd.

Er ging zum Fenster und sah durch die schmutzigen Scheiben in den verwilderten Garten.

Aus der Dunkelheit der alten Bäume löste sich ein Schatten. Jemand sah zu den Fenstern hinauf und stand einen Moment dort. Beanstock konnte genau sehen, dass derjenige ihn beobachtete.

„Los, Gonzales, im Garten ist jemand!", rief er und lief bereits an dem Chauffeur vorbei, die Treppe hinab und aus der offenen Eingangstür nach hinten in den Garten.

Gonzales folgte ihm und leuchtete durch das dunkle Dickicht.

„Das war natürlich klar. Er ist fort."

„Was haben Sie genau gesehen, Sir?", fragte Gonzales schwer atmend nach dem Lauf.

„Ich habe im Schatten der Bäume jemanden stehen sehen. Er schien mir nicht sehr groß zu sein, etwas füllig und natürlich dunkel gekleidet. Ein Hut auf dem Kopf war tief ins Gesicht gezogen. Mehr konnte ich nicht erkennen."

„Diese ganze Finsterlichkeit ist wirklich furchtbar. Dafür haben Sie aber eine ganze Menge gesehen. Haben Sie Röntgenaugen?"

„Diese ganze Dunkelheit, Gonzales, Dunkelheit sagt man, nicht Finsterlichkeit. Dieses Wort gibt es nicht."

„Schade, ich finde es lustig."

„Die Visitenkarte sollte DI Duff bekommen. Mal sehen, was er dazu zu sagen hat. Ich höre ihn schon stöhnen, dass der Mord an dem Detektiv nun doch mit den Juwelendieben zusammenhängen könnte."

Inverness

Die Amtsinhaber der Kirche von Schottland, the Kirk genannt, trafen sich jährlich im Mai in Edinburgh. Das ökumenische Treffen der verschiedenen Kirchen Großbritanniens fand dagegen im Herbst jeden Jahres an einem anderen Ort statt.

In diesem Jahr war Inverness ausgewählt worden, das Treffen zu organisieren. Deshalb flatterte vor allem die blauweiße Flagge der schottischen calvinistisch geprägten Kirche auf den Dächern der Stadt. In der Mitte der Flagge war der brennende Dornbusch weithin sichtbar. Denn das Motto von the Kirk lautet: „Nec tamen consumebatur – er wurde nicht verzehrt." Damit war der Busch gemeint, dem das Feuer laut dem Buch Mose nichts anhaben konnte.

An diesen Tagen war die Stadt geprägt von schwarzen Roben. Aus allen Teilen des Landes trafen Vertreter ein. Pastoren, Priester, Mönche und Nonnen waren in dieser Woche überall in der Stadt anzutreffen. Die Bewohner von Inverness nahmen es gelassen.

Den kleinen Juwelierladen in der Ingliss Street gab es seit dem vorigen Jahrhundert an dieser Stelle und der derzeitige Besitzer, Mr Robert Graham, sah auf eine lange Reihe Vorfahren zurück. Alle Grahams waren als Juweliere tätig gewesen. Mr Graham war stolz auf seine Familie. Doch leider schien mit ihm die Geschichte der Juweliere mit dem Namen Graham ein Ende zu finden. Er hatte früh geheiratet, aber Kinder hatten sich nicht einstellen wollen. So würde der kleine Laden wohl bald verwaist sein. Denn Mr Graham war nicht mehr der Jüngste. Er war in seinem achtzigsten Jahr und seine Frau drängte ihn dazu, in Rente zu gehen.

Robert Graham hatte eine gedrungene Gestalt, einen leichten Bauchansatz, durch den der letzte Knopf seiner Tweedweste stets offen bleiben musste, und einen runden Kopf mit einem weißen Haarkranz. Auf der leicht geröteten Nasenspitze, die von dem Glas Sherry an jedem Nachmittag herrührte, thronte eine goldfarbene runde Brille. Er war ein netter gemütlicher Mensch, beliebt bei den Nachbarn und zuvorkommend zu seinen Kunden.

Vor fünf Minuten hatte er die Tür des Ladens geöffnet und stand nun vor dem Geschäft, um den neuen Tag zu begrüßen. Dieses Ritual hatte er sich vor vielen Jahren zu eigen gemacht.

Meist ging dann gegenüber die Tür zum Geschäft seiner Kollegin auf. Dort hatte Mrs Porter ihren Wollladen und verkaufte alles, was man zum Häkeln oder Stricken benötigte, feinste schottische Sockenwolle, Shetland Wolle, Jacob Wolle, Wensleydale Schafwolle und die feinste Wolle der Welt vom Bluefaced-Leicester-Schaf. In ihrem winzigen Geschäft stapelten sich die wundervollsten Dinge.

Auch heute öffnete sie ihre Tür und stand mit ihrem Häkelzeug vor dem Eingang zu ihrem Wollparadies.

Ohne auf die feine Häkelarbeit in ihrer Hand zu achten, rief sie ein freundliches Hallo zu Mr Graham herüber, während ihre flinken Finger an einem bunten Schal weiterarbeiteten. Das Wollknäuel lugte aus ihrer Schürzentasche.

„Wie immer, Robert, mein Bester?", rief sie ihm zu.

„Wie immer, Rose, Tee um sechzehn Uhr! Olivia hat mir Shortbread gebacken!", rief Robert zurück, lächelte, winkte und ging zurück in sein Geschäft.

An der Hauptstraße, der Academy Street, flanierten Gruppen schwarz gewandeter Besucher des ökumenischen Kirchentreffens, Nonnen im Ornat ihres jeweiligen Konvents, Mönche im Gespräch vertieft, Pfarrer mit der Bibel in der Hand, Vikare eilten geschäftig zu einem Treffen mit ihrem Bischof. Die Einwohner von Inverness fielen kaum auf zwischen den schwarzen Kutten.

Mr Graham legte ein wunderschönes, neu erworbenes Collier aus rotbraunen Granatsteinen auf eine Samtunterlage. Die Granatsteine funkelten im Licht der Lampen. Er lächelte zufrieden und hatte vor, die Kette und die dazu passende Brosche seiner Gattin zu schenken. Bald hatten die beiden ihren sechzigsten Hochzeitstag.

Die Türglocke ließ ihn von seiner Arbeit aufsehen. Durch die geöffnete Tür traten eine Nonne, die züchtig den Kopf gesenkt hielt, und ein Pfarrer im schwarzen langen Ornat mit einer Bibel in der Hand. Der Juwelier sah mit Interesse auf das große Goldkreuz, das der Mann an einer langen Kette am Hals trug.

Dann ging alles so schnell, dass Mr Graham später auf der Polizeistation zu Protokoll gab, er wisse immer noch nicht, was eigentlich passiert wäre.

Bevor er sagen konnte, willkommen in meinem Geschäft und was kann ich für Sie tun, lag Mr Graham bereits verpackt wie ein Paket am Boden vor seinem Tresen und hatte einen Sack über dem Kopf. Er hörte, wie seine Vitrinen geöffnet wurden. Er vernahm das klimpernde Geräusch von Schmucksachen, die in einen Beutel fielen, und nach einer einzigen Minute war der Spuk vorbei und die Eingangstür fiel ins Schloss.

Dann wurde die Tür erneut aufgerissen, Mr Graham hörte laute Stimmen und man nahm ihm den Sack vom Kopf. Vor ihm standen zwei Männer und eine Frau. Die Dame bückte sich und sah dem Juwelier prüfend in die Augen.

„Geht es Ihnen gut, Sir? Wir sind von der Polizei. Machen Sie sich keine Sorgen", sagte die Dame.

„Verdammt!", rief einer der Männer und verließ im Sturmschritt das Geschäft.

„Das kannst du vergessen, Duff, die sind weg!", rief ihm sein Kollege nach.

„Mr Graham, ich bin DS Mayor, Polizei Inverness. Das ist Sergeant Lamond und der Herr, der gleich merken wird, dass er sich umsonst abplagt, ist Detective Inspector Duff aus Aberdeen. *Don't cry over spilt milk,* was passiert ist, ist passiert. Machen wir etwas aus den neuen Fakten. Mr Graham, wir sind einem Hinweis in Bezug auf Ihr Geschäft nachgegangen. Wir unterhalten uns später. Der Krankenwagen wird bald hier sein."

Vor der Tür in der Ingliss Street liefen Polizisten auf und ab. Eilig kam Mrs Porter aus dem Wollladen gegenüber und stand im nächsten Moment neben ihrem alten Freund. Sergeant Lamond hatte ihn auf einen Stuhl gesetzt.

„Was ist denn hier los? Robert, was ist passiert?",
rief sie und streichelte Mr Graham die Schulter.

„Ach, Rose. Ich glaube, das ist der Hinweis, dass ich
in Rente gehen sollte. Die haben mich vollkommen
überrumpelt. Wer denkt daran, dass eine Nonne dir auf
den Kopf schlägt?" Dann sah er sich etwas in seinem
Geschäft um und Tränen liefen über die Wangen des
alten Herrn.

„Sie haben die Granatkette und die hübsche Brosche
mitgenommen. Die wollte ich doch meiner lieben Olivia
schenken."

Ein Constable betrat den Laden und salutierte.

„Sir, wir haben mehrere Gruppen von Nonnen und
Mönchen überprüft. Man könnte sogar sagen, die Stadt
quillt über von schwarz gekleideten Kirchenleuten. Die
Verdächtigen sind nicht mehr auffindbar!", rief der gute
Constable etwas zu laut und zu militärisch zackig.

„Ja, schon gut, rühren", meinte Inspector Duff, der in
diesem Moment von seiner Verfolgungsjagd zurückkam.

„Die beiden sind mir in der Menge der Kirchenleute
abhandengekommen. Ich denke, sie haben in einer der
Seitenstraßen einen Fluchtwagen gehabt und sind
davongebraust. Als mir Mr Beanstock heute Morgen die
Visitenkarte übergeben hat, sind wir, so schnell es ging,
nach Inverness gefahren. Zu spät. Verdammt sind die
schlau. Das ökumenische Treffen in dieser Verkleidung
zu nutzen, das setzt eine Menge krimineller Energie
voraus. Die beiden sind Profis. Wenn ich davon meinem
Supi berichte, wird er toben."

Mr Graham wurde im Krankenhaus untersucht und
nachdem er seine Aussage gemacht hatte, brachte man

144

ihn zu seiner Frau nach Hause, die schon sehnlichst auf ihn wartete. Er hatte eine gewaltige Beule am Kopf. Ein paar Tage Ruhe würden ihm guttun.

Im Hotel wurde der Afternoon Tee serviert.

Beanstock war in der Küche und hatte kurz vorher mit Mrs Bears gesprochen. Aufgrund der besonderen Umstände erlaubte sie ihm, bei dem Servieren des Tees zu helfen. Sir Percival hatte ihn am Morgen, als Beanstock ihn von seiner Absicht informiert hatte, gebeten, besonders vorsichtig vorzugehen. Nach dem Lunch hatte Gonzales den Bentley vorgefahren und die Herrschaften hatten sich auf den Weg nach Turriff gemacht.

Wenn man dem Instinkt des Butlers Glauben schenkte, saßen der oder die Mörder des Öfteren in der Halle zum Tee. Lady Fedora hatte gezweifelt. Daraufhin hatte Beanstock auf den Tod der Witwe Fleetstone hingewiesen. Aber auch der Instinkt des Butlers konnte natürlich falsch sein.

Die Hotelhalle füllte sich langsam mit den üblichen Gästen.

Das junge Paar saß in einer ruhigen Nische, hielt Händchen und sah nicht besonders froh aus. Der junge Mann sprach pausenlos auf seine Herzensdame ein, was nur noch mehr Tränen aus den Augen des Mädchens zutage förderte. Beanstock hatte diese beiden von seiner Tätersuche ausgeschlossen. Als er ihnen den Tee brachte, hörte er, dass der junge Mann das Mädchen zum wiederholten Male bat, mit ihm fortzugehen. Es handelte sich also um eine Flucht aus Liebesgründen. Viel

Geld hatten die beiden scheinbar nicht, es blieb an jedem Tag bei zwei Tassen Tee. Wahrscheinlich war das junge Mädchen deshalb so aufgebracht und unschlüssig.

Danach kam das amerikanische Ehepaar, wie immer mit weitem Abstand voneinander und die Dame wiederum sehr wütend. Das kannte Beanstock schon. Er wusste, dass Mr Smith, wenn es der korrekte Name war, vorgab, Arzt zu sein. Das galt es nachzuprüfen. Er hatte DS Mayor gegenüber diese Frage gestellt. Der Sergeant hatte mit den Augen gerollt.

„Sie können froh sein, dass ich für diese Morde abgestellt wurde und ansonsten alle anderen an den Juwelendiebstählen arbeiten müssen. Wenn Sie es mit meinem Vorgesetzten DCI Harry Bawler zu tun bekommen hätten, würde Ihnen das Lachen vergehen, mein Freund. Wie sage ich immer so treffend, *familiarity breeds contempt*, je besser man jemanden kennt, desto weniger kann man ihn leiden. Das trifft auf meinen DCI auf jeden Fall zu."

Beanstock servierte den beiden Amerikanern Tee und Sandwiches. Die Dame war auch damit keinesfalls zufriedener.

„Was soll das sein? Etwa Brot? Könnt Ihr Engländer keine ordentlichen Sandwiches machen? Immer nur diese Gurkendinger? Ich könnte jetzt in London im Savoy sitzen und mit einem Lord Tee trinken, aber nein, es muss ja diese gottverlassene Gegend sein. Der Herr will seine Vorfahren treffen. Dass ich nicht lache ...", sagte sie aufgebracht und blitzte ihren Gatten mit funkelndem Blick an. „Dass ich in Paris neue Garderobe für unsere Reise nach England gekauft habe, war ja wohl ein Witz!"

„Liebling, bitte, nicht vor dem Personal", flüsterte Mr Smith.

„Das ist mir schnuppe, mein Bester!", rief sie.

Beanstock neigte gelassen den Kopf und ging mit seinem Tablett zurück in die Küche. Das war also der Grund für die ständigen Streitereien der beiden Eheleute. Die Smiths konnte er vorerst streichen. Sie konnten sich natürlich auch verstellen und mit Absicht so handeln. Aber wenn sich Beanstock das blasse Gesicht des Ehemannes ansah, war das wohl nicht gespielt. Er war sich nicht darüber im Klaren, wo ein Mr Smith hier in Schottland Vorfahren auftreiben wollte, aber gut.

Beanstock sah einen Moment fasziniert Mr Bears zu. Der Koch schien durch die Küche zu schweben. Fast ohne einmal hinzusehen, griff er nach der ein oder anderen Zutat für seine Backkreation. Er zauberte für das Dinner am Abend eine mehrstöckige Kaffee-Walnuss-Torte. Im Moment wanderten Butter und Puderzucker in eine große runde Schüssel, danach noch mehr Puderzucker und Kaffeepulver. Immer wieder einmal griff der Koch zu einer Karaffe Milch und goss eine Kleinigkeit zu der Masse, die er unablässig schlug, als hätte sie ihm etwas angetan.

Daneben standen Walnüsse bereit. Levinya half ihrem Vater und knackte die harten Schalen der Nüsse, um den leckeren Inhalt danach hacken zu können. Ihr langer Nackenzopf tanzte vor Anstrengung auf ihrem Rücken hin und her.

Aus dem Ofen duftete es nach Biskuit. Nicht weniger als drei Etagen sollte die Torte bekommen. Mr Bears war in seinem Element und summte eine Melodie.

Ab und an schielte er zu dem Papagei, der in der

hinteren Ecke auf seiner Stange saß. Es hatte eine lange Diskussion mit seiner Tochter gegeben. Sie hatte Bartholomäus fast ständig auf der Schulter und trug den Vogel im ganzen Hotel herum.

Mr Bears sagte, in der Küche hätten lebende Vögel nichts zu suchen und hatte dabei mit dem Kochlöffel auf das vorbereitete Huhn auf dem Tisch gezeigt. Seitdem weigerte sich das Mädchen, Huhn zu essen.

Auf eine Frage des Butlers hatte Levinya vollkommen überzeugt gemeint, der arme Vogel solle sich an seine neue Heimat gewöhnen und außerdem hätte er ein gewaltiges Trauma von dem Tag, als sein Frauchen gestorben war. Man müsse rücksichtsvoll sein und versuchen, seine Vogelseele gesunden zu lassen. Der Butler hatte über die so erwachsene Wortwahl des Mädchens gestaunt.

Ob Bartholomäus allerdings der neue Strickschal gefiel, den ihm Levinya um den Hals gebunden hatte, bezweifelte Beanstock.

Mrs Bears erschien mit einem Tablett.

„Mr Beanstock, Tee, Gebäck und Sandwiches für Tisch fünf. Die Damen aus Barbour Hill kommen gerade herein. Lord Barbour sitzt an Tisch acht, wie immer, aber heute sitzt Madame Rosier bei ihm." Mrs Bears zwinkerte dem Butler wissend zu. „Ich werde den Herrschaften das Übliche servieren, Tee, Champagner und frische Scones."

„Darf ich etwas vorschlagen?", fragte Beanstock.

Mrs Bears nickte leicht, während sie die Flasche Champagner aus dem Kühlbereich holte.

„Ich würde gern seine Lordschaft bedienen. Ich möchte etwas überprüfen, wenn Sie erlauben."

„Ist mir auf jeden Fall recht. Ich schenke Ihnen seine Lordschaft. Sie wissen sicher, dass die Sippe der Lords Barbour hier in der Gegend nicht gut angesehen ist. Die drei Damen sind mir auf jeden Fall lieber. So reizende alte Fräulein." Sie reichte dem Butler die Flasche und nahm das Tablett mit den Speisen und Getränken für die drei Schwestern aus Barbour Hill.

Sie gingen gemeinsam in die Hotelhalle.

Fast jeder der sieben Tische in der Mitte war besetzt, nur der Tisch, an dem Mrs Fleetstone mit ihrem Papagei gesessen hatte, war verwaist. Scheinbar traute sich niemand, dort zu sitzen. Als würde von den Sesseln eine Gefahr ausgehen. Beanstock hatte sogar bemerkt, dass einige Gäste einen weiten Bogen um diesen Tisch machten. In den drei Nischen an der hinteren Wand der Halle saßen das junge Paar, Lord Barbour und Madame Rosier sowie ein Paar, das Beanstock noch nicht kannte.

Von einem der anderen Tische winkten die reizenden alten Damen dem Butler freundlich zu. Martha, die Mittlere der Schwestern, strickte dabei fleißig an einem Deckchen.

Die Polizei war heute nicht präsent. Duff und seine Kollegin Lamond hatten sich am frühen Morgen auf den Weg nach Inverness gemacht, nachdem Beanstock ihnen die Visitenkarte ausgehändigt hatte.

Beanstock stellte Tassen, Gebäck und eine Silberkanne auf den Tisch seiner Lordschaft. Dann folgten zwei schlanke Sektgläser. Er begann die Flasche zu öffnen. Madame Rosier warf nervöse Blicke in die Halle. Als würde sie auf etwas warten.

Lord Barbour griff zu der Hand der Dame.

„Du hast nichts mehr zu befürchten, Liebes", sagte er

leise.

„Darf ich Ihnen eine Frage stellen, Madame?", fragte der Butler und goss den prickelnden Champagner ein.

„Ich wundere mich etwas. Sind Sie nicht der Dienstbote der Baronets, die hier im Hotel abgestiegen sind? Wieso servieren Sie den Afternoontee? Haben Sie nichts anderes zu tun? Sollten Sie nicht irgendetwas stopfen? Oder eine Zeitung bügeln?", fragte seinerseits seine Lordschaft und seine Stimme war alles andere als freundlich. Es schien Beanstock sogar, als würde er sich ungern von Dienstboten ansprechen lassen.

„Nun, Eure Lordschaft, ich bin immer gern behilflich und die Hotelbesitzerin hat um Hilfe gebeten. Wenn es nicht zu indiskret klingt, Madame, würde ich Sie gern fragen, ob Sie von dem verstorbenen Mr Robinson verfolgt wurden? Ich bekam den Eindruck, dass Sie ihm gegenüber ängstlich schienen. Oder wurden Sie sogar von ihm erpresst?", fragte Beanstock, ohne sich um das entsetzte Gesicht seiner Lordschaft zu kümmern.

Lord Barbour wollte zu einer Erwiderung ansetzen und anhand seines Gesichtsausdruckes wäre das ziemlich boshaft ausgefallen. Aber die Dame kam ihm zuvor. Sie hob die Hand in seine Richtung und bat ihn so, zu schweigen.

„Wissen Sie, ich war eine gefeierte Theaterschauspielerin in Paris. Wie es so ist, ich war viel zu jung und heiratete aus den falschen Gründen. Mein Mann ist ein jähzorniger Mensch. Ich musste mir sehr viel gefallen lassen, bevor ich den Schritt wagte, ihn zu verlassen. Ich lernte Lord Barbour kennen und er half mir. Dafür werde ich ewig dankbar sein", erklärte sie mit einem Lächeln in Richtung des Lords. Der griff ihre Hand und hauchte einen Kuss darauf.

„Mein Gatte wollte meine Entscheidung nicht akzeptieren. Er verfolgte mich. Seine Lordschaft machte mir den Vorschlag, nach Schottland zu reisen. Wir wollten uns hier wiedertreffen, heimlich Pläne machen. Ich bin auf das Vermögen meines Mannes nicht angewiesen. Ich habe mehr als genug Geld."

Nun wusste Beanstock auch, warum es seiner Lordschaft in Geldangelegenheiten wieder besser zu gehen schien.

„Dieser schmierige Mr Robinson hat mich die ganze Zeit verfolgt", fuhr Madame fort. „Schließlich fand er mich hier und begann, uns zu erpressen. Trotzdem haben wir mit seinem Tod nicht das Geringste zu tun! Das müssen Sie mir glauben!", sagte sie weinerlich. Seine Lordschaft reichte ihr eines seiner wappengeschmückten Taschentücher.

„An jenem Abend war dieser penetrante Mensch uns weder einmal viel zu nah gekommen. Yvette war am Ende ihrer Kräfte. Also flüchteten wir und fuhren mit meinem Wagen einfach in die Nacht davon. Vielleicht dachte dieser fürchterliche Robinson, oder wie immer er sich nannte, wir würden zu meinem Landsitz fahren. Aber was sollte ich in diesem alten Kasten wollen? Er entspricht mir in keiner Weise", sagte Lord Barbour mit einem Hauch Arroganz in seiner Stimme.

Er griff in seine Jacketttasche und nahm ein goldenes Zigarettenetui heraus. Auf der Vorderseite glitzerten eingelegte Brillanten. Seine Lordschaft öffnete es mit einer eleganten Bewegung, griff zu einer der feinen, schlanken Zigaretten darin und nahm dann aus der anderen Jacketttasche ein Feuerzeug, das dem Etui ähnelte. Er zündete die Zigarette an und blies den Rauch in Richtung des Butlers.

Sehr exklusive Handwerkskunst, bemerkte Beanstock, als er Etui und Feuerzeug sah. Doch an schlechtem Benehmen änderten leider exklusive Dinge nicht viel. Es schien, als hätte seine Lordschaft seine Reputation in den Adelskreisen zurückerlangt. Beanstock hoffte, dass er aus den Fehlern der Vergangenheit gelernt hatte und nicht das Vermögen seiner angebeteten Yvette auch noch verschwenden würde. Aber das ging den Butler in keiner Weise etwas an. Das war schließlich kein Verbrechen.

Er verbeugte sich kurz und ging mit dem Tablett zurück in die Küche.

Mrs Bears bereitete gerade frischen Tee zu und hatte ein neues Tablett mit vielen guten Sachen bestückt.

„Wohin bringe ich dieses Tablett, Mrs Bears?", fragte Beanstock und griff zu.

„Tisch fünf, danke, Mr Beanstock", sagte sie und goss frisches Teewasser auf.

Der Butler betrat die Hotelhalle und sah sich nach den neuen Gästen um. An Tisch fünf saß ein älteres Paar. Beanstock warf kurz einen Blick in die Runde, alle Tische hatten ihren Tee und ihr Gebäck. Obwohl das Hotel absolut unterbesetzt war, schaffte es Mrs Bears, allen Gästen das Gefühl zu geben, gut aufgehoben zu sein.

Er ging zu Tisch fünf und kam gerade dort an, als die Dame dem Herrn mit einem zornigen Ausdruck auf dem Gesicht etwas zuflüsterte. Leider hatte es Beanstock nicht verstanden.

Er servierte Tee, stellte Milch und Zucker dazu und

eine Etagere mit einer Auswahl Gebäck.

„Seit wann kann sich dieses Hotel einen Butler leisten? Werden Sie heute noch fertig mit dem Servieren? Ist das auch Earl Grey? Ich trinke nur Earl Grey. Wo ist die Zitrone?", fragte die Dame an Tisch fünf. Sie war schlank, trug das blonde Haar kurz und ansonsten nur etwas Rouge und Lippenstift. Beanstock schätzte ihr Alter auf fünfzig Jahre. Der Herr neben ihr schien älter zu sein.

Der Ausdruck in ihrem Gesicht erinnerte den Butler an einen Drahthaarterrier. Wobei er dem armen Hund damit sicherlich unrecht tat. So wie die intelligente Hunderasse übernahm auch diese Dame scheinbar gern das Kommando und zeigte, wer hier das Sagen hatte. Denn ihr Partner am Tisch schien sich bei jedem ihrer Worte etwas mehr zu ducken und sah nervös zu Boden. In dieser Gemeinschaft, ob Ehe oder nicht, hatte die Dame die Hosen an.

„Die Zitronenspalten stehen hinter der Milch", sagte der Herr kleinlaut und mit einem Gesichtsausdruck, der parieren gewohnt war.

„Bist du hier der Butler oder er?", kam sofort die Antwort darauf. Sie sah den Mann von oben herab an und ihre Augen wurden zu kleinen Schlitzen. Der Herr wurde noch etwas kleiner und zog sich in seinen Sessel zurück wie ein verängstigtes Kind.

„Bringen Sie uns noch zwei Gin Tonic auf Eis, aber hopp!", rief die Dame.

Mr Walton, das war der Name des Herrn, hob kurz den Zeigefinger nach oben, als wolle er sich in einer Schulklasse melden.

„Ich möchte eigentlich keinen Gin", sagte er mit

einer leisen zittrigen Stimme.

„Papperlapapp", sagte die Dame.

Beanstock beugte gelassen den Kopf und ging betont langsam zurück in die Küche. Henry, der heute auch servierte, hatte die Szene beobachtet und berichtete in der Küche einem interessierten Publikum, wie sich der Butler geschlagen hatte. Mr Bears konnte sich sein Lachen kaum verkneifen.

„Armer Mr Beanstock, das ist so eine unhöfliche Frau. Sie waren vor längerer Zeit schon einmal zum Afternoontee im Hotel. Damals hat sie ständig auf den armen Mann neben ihr eingeredet. Der hat sicher nicht viel Grund zum Lachen. Sind Sie sehr traurig über das Benehmen der Frau?", fragte Levinya und streichelte dabei den Papagei auf ihrer Schulter. „Nicht wahr, Bartholomäus, du kennst die böse Frau auch schon. Sie hat ihn einmal am Schwanz gezogen, als Mrs Fleetstone noch lebte. Das war ein Aufstand."

„Spione an Bord, Spione an Bord!", schrie der Papagei und Beanstock sah das Tier plötzlich mit sehr viel Interesse an.

„Mach dir keine Sorgen, Lady Levinya, ich kann mit unhöflichen Menschen umgehen. Dafür bin ich Butler. Du wirst kaum erleben, dass ich die Fassung verliere. Woher wusste die Dame wohl, dass ich Butler bin und nicht angestellter Kellner des Hotels? An meiner Kleidung konnte sie es nicht erkennen, meine ich. Diese Frage wäre interessant zu beantworten. Vielleicht hat die resolute Dame an Tisch fünf oft mit Hotels und ihrem Personal zu tun. Sie kennt sich aus", sagte Beanstock lächelnd und zwinkerte dem Mädchen zu.

Er nahm zwei Gläser aus dem Schrank und stellte sie

auf das Tablett.

„Die Dame hat zwei Gin Tonic auf Eis bestellt, Henry", sagte er. Henry wurde zum Barmann und holte aus der Bar die bestellten Drinks.

„Viel Glück!", rief Mr Bears dem Butler nach, als der zurück in die Halle ging.

An Tisch fünf wurde still Tee zu sich genommen. Die Dame hielt die Tasse vor ihrem Gesicht und schien den Raum interessiert zu begutachten. Bei jedem Gast blieb ihr Blick kurz hängen, als würde sie ihn in Gedanken taxieren.

Beanstock durchquerte gemessenen Schrittes die Halle. Dabei kam er an dem Tisch der drei netten Damen vorbei.

„Mr Beanstock", flüsterte Mildred ihm zu, „gibt es Probleme mit der Frau an dem Tisch? Wie unhöflich die ist. Wir haben es genau beobachtet."

„Ich habe dir gesagt, es geht uns nichts an", flüsterte nun Abigail zornig ihrer Schwester zu. Mildred verstummte. Beanstock setzte seinen Weg fort.

„Das wird Zeit! Haben Sie unterwegs noch Schafe geschoren?", fragte die Dame an Tisch fünf, natürlich wieder einmal unzufrieden.

Beanstock lächelte nur und stellte die Gingläser auf den Tisch. „Kann ich sonst noch etwas für die Herrschaften tun?"

„Wie sind hier in diesem Haus die Zimmer? Wir haben die Absicht zu übernachten", erklärte die Dame.

„Ich schicke Ihnen gern den Rezeptionisten an den Tisch. Die Zimmer sind hell, gemütlich und empfehlenswert. Wen darf ich anmelden?"

„Ob die Zimmer angemessen sind, werde ich sagen.

Melden Sie Mrs Brewster-Nettle und Mr Walton", sagte sie mit hoch erhobenem Haupt.

„Sie benötigen zwei Zimmer, Madam?", fragte Beanstock.

„Was denn sonst! Sind Sie ein bisschen schwerfällig? Was sind das heutzutage für Dienstboten überall? Sie dürfen gehen", erklärte die Dame.

Beanstock fühlte sich in seine Armeezeit zurückversetzt und verspürte den Drang, strammzustehen. Er räusperte sich und ging zurück in den Küchenbereich. Dort sah man ihm bereits sehr neugierig entgegen. Aber wie es nun einmal Beanstocks Art war, war er diskret und informierte nur Mrs Bears und Henry, dass die Gäste nach Zimmern verlangten.

„Das kann ja lustig werden", sagte Henry. Dann ging er in die Halle zu Tisch fünf.

Nach etwas mehr als zehn Minuten kam Henry zurück in die Küche, ließ sich schwerfällig auf einen Stuhl fallen und tupfte sich mit einem Taschentuch das schweißnasse Gesicht ab.

„Habe den Herrschaften Zimmer 217 und 218 gegeben, da sind sie gleich neben dem Ehepaar Smith und werden sich wohlfühlen. Da wird auch ständig gezankt und diskutiert", erklärte er schwer atmend.

„Du bist vollkommen außer Atem, Henry! Wirst du etwa krank?", fragte Mrs Bears besorgt.

„Ich habe den Herrschaften die Koffer ins Zimmer getragen. Die Dame lief im Laufschritt neben mir und feuerte mich an, schneller zu laufen, man sei hier ja nicht bei einem Schneckenrennen, meinte sie. Aber Trinkgeld habe ich keins bekommen. Nun verlangt Mrs Brewster-Nettle nach Tee auf ihrem Zimmer."

„Ich werde das persönlich übernehmen, Henry, ruhe dich einen Moment aus. Diese Dame muss ich mir mal näher ansehen", erklärte Mrs Bears und stellte Teekanne, Milchkanne, Zuckerdose und Geschirr auf ein Tablett.

„Vielen Dank, Chefin", sagte Henry.

Das Telefon an der Rezeption klingelte. Henry erhob sich und lief in die Hotelhalle.

Aber es war keine neue Zimmerreservierung. Am Telefon war der Chauffeur der Baronets, Gonzales. Er bat Henry, Mr Beanstock zu informieren, dass die Herrschaften noch einen Tag länger bei Lady Sylvia im *Fyvie Castle* verweilen würden. Henry notierte es und gab die Nachricht sofort an den Butler weiter.

Am Nachmittag kamen die Beamten Duff und Lamond zurück in das Hotel am Loch Ness.

Sie sahen nicht fröhlich aus. Die Ermittlungen hatten rein gar nichts ergeben. So wie schon bei den Einbrüchen vorher, waren die Diebe wie vom Erdboden verschluckt.

Das Fluchtauto hatte man noch nicht gefunden, Duff und Lamond hatten stundenlang in den Autovermietungen nachgeforscht, während sich DS Mayor auf der Polizeistation Inverness mit Zeugen herumgeschlagen hatte, die sich am Ende wieder einmal vollkommen widersprachen. Eine ältere Dame mit einem Rehpinscher an der Leine hatte angegeben, sie hätte zwei Nonnen gesehen. Ein Herr hatte erklärt, er habe nur einen Priester mit einer großen Tasche aus dem

Geschäft davonlaufen sehen und eine junge Mutter mit Kinderwagen hatte zu allem Überfluss erzählt, es wären drei Nonnen gewesen und sie hätten Choräle bei ihrer Flucht gesungen.

Das kannte DS Mayor schon. Es war immer sehr schwierig, gute Zeugenaussagen zu bekommen.

Wie auch bei den vorhergegangenen Einbrüchen hatte es keine Arbeit für die Spurensicherung gegeben. Die Diebesbande war schlau.

Dann hatte er nach Anzeigen über gestohlene Fahrzeuge gefragt. Es hatte in den letzten Tagen nur eine Anzeige gegeben. Aber dieses Fahrzeug hatte Mayor nach kurzer Recherche bei einem stadtbekannten Hehler gefunden. Er kannte seine Leute hier in Inverness genau und wusste, wo er suchen musste.

Also nichts.

Nachdem er den beiden Polizisten aus Aberdeen seine Ergebnisse mitgeteilt hatte, hatte er sich nun wieder um seine Mordfälle kümmern wollen. Mehr hatte er für die beiden im Moment nicht tun können. Duff und sein Sergeant waren daraufhin zum Hotel zurückgefahren.

„Die Kerle müssen doch aber irgendwo hier in der Umgebung eine Bleibe haben", sagte Lamond zu ihrem Chef.

„Wir fahren morgen mal ein bisschen in den umliegenden Orten rum. Irgendjemand muss etwas gesehen haben. Leider habe ich die Erfahrung gemacht, dass gerade in diesen kleinen Ortschaften niemand gegenüber der Polizei zu irgendeiner Aussage bereit ist. Das muss noch aus der Zeit herrühren, als jeder versuchte, durch Wilderei den Speisezettel seiner Familie aufzubessern. Wer erwischt wurde, kam an den Galgen. Darum vertraut niemand der Polizei. Die Bewohner denken immer noch, wir würden mit den adligen Familien unter einer Decke stecken."

„Ich denke, es hängt mit dem Herrenhaus in Barbour Hill irgendwie zusammen. Dort hat der Butler die Karte entdeckt und dort lag die Leiche des Privatschnüfflers. Sollten wir dort nicht ansetzen?", fragte Lamond ihren Chef.

Inspector Duff wiegte den Kopf. Er war davon nicht überzeugt und meinte, dass es sich um einen Zufall gehandelt haben könnte. Außerdem, dachte er, würden die Einbrecher nicht so dumm sein und so einen exponierten Ort wieder betreten.

Am Hotel angekommen, kam ihnen Beanstock entgegen. Er trug einen Mantel und schien einen Spaziergang machen zu wollen.

„Mr Beanstock, wohin des Weges?", fragte Duff schmunzelnd. Dann erzählte er dem Butler, dass sein Hinweis mit der Visitenkarte leider zu spät gekommen war und man die Diebe wieder nicht erwischt hatte.

„Das tut mir sehr leid, Inspector Duff. Ich habe den Tag zur freien Verfügung, die Herrschaften sind in Turriff bis morgen. Ich will mir die Gegend etwas ansehen."

Inspector Duff sah den Butler abschätzend an.

Sergeant Lamond brachte es auf den Punkt.

„Ja klar doch, spazieren gehen und die Gegend ansehen. Das glauben wir Ihnen sofort. Wenn Sie schon in Barbour Hill sind, halten Sie nach einem Fahrzeug Ausschau, das vielleicht dort fehl am Platze scheint. Irgendwann müssen wir doch auch einmal Glück haben, oder Duffi?"

Detective Inspector Duff räusperte sich in Richtung seiner Kollegin. Er mochte nicht, wenn sie ihn Duffi vor anderen Leuten nannte. Das untergrabe seine Autorität, meinte er. Schnell steckte sich Lamond ein Bonbon in den Mund und hielt den beiden Herren die Tüte hin. Ihr Vorgesetzter war eher ein guter Freund als nur ihr Chef. Darum vergaß sie manchmal die Etikette.

Beide Herren lehnten die angebotene Süßigkeit ab.

„Ich brauche jetzt etwas Stärkeres", erklärte der Inspector. „Gehen wir unsere Notizen noch einmal durch. Wir übersehen irgendetwas."

Beanstock neigte kurz den Kopf und ging dann in Richtung Barbour Hill davon.

Tee und Gebäck, Mr Beanstock

Beanstock fühlte sich seltsam.

Das war ihm noch nicht oft passiert. Er wusste in jedem Moment seiner Tätigkeit als Butler, was zu tun war oder was liegen bleiben konnte. Jede noch so schwierige Aufgabe wurde zur Zufriedenheit erledigt.

Im Moment fühlte er sich überflüssig oder nicht am rechten Platz, so als hätten ihn seine Baronets vergessen. Das Bild eines ausgesetzten, greinenden Katzenbabys kam ihm in den Sinn. Er schüttelte energisch den Kopf. Was für ein Unsinn.

Ein weiterer freier Tag würde ihn dem Mörder näherbringen. Aber irgendwie fehlte ihm die nötige Konzentration auf das Wesentliche in diesem Fall. Irgendetwas störte seine ansonsten wachen Sinne. Die grauen Zellen wollten einfach keinen Zusammenhang zwischen den Morden finden.

Deshalb hatte er sich bei Mrs Bears abgemeldet und auf den Weg nach Barbour Hill gemacht. Er wollte den Kopf frei bekommen. Vielleicht fehlte seinen grauen Zellen nur Sauerstoff. Ein Spaziergang an der frischen schottischen Luft würde ihm guttun.

Sein Weg führte ihn vom Hotel aus durch eine Allee

knorriger Eichen, die sich in dem nasskalten Wetter Schottlands behaupten mussten. Die Kronen der Bäume wuchsen ineinander und bildeten ein Dach über Beanstocks Kopf. Weit entfernt glitzerte das Wasser des Loch Ness.

Nach zehn Minuten kam das erste Cottage in Sicht. Die Dorfstraße war wie ausgestorben. Beanstock ging an dem Pub vorbei, machte einen großen Bogen um das Cottage des Nessieexperten und ging weiter auf der einzigen Straße, die der Ort besaß.

Weiter hinten lugte das Dach des alten Herrenhauses über die Wipfel der Bäume.

Graue Häuschen, mit Schiefer gedeckte Dächer und winzige Vorgärten waren das vorherrschende Bild.

Ein tiefes Motorengeräusch ließ ihn aufhorchen. Er blieb stehen und sah sich um. Ein etwas in die Jahre gekommener grünlicher Bus rumpelte über die holprige Dorfstraße, fuhr an ihm vorbei und hielt dann an einer Bushaltestelle neben einem Haus, in dem sich ein Gemüseladen befand.

Aus der Tür des Geschäftes kam ein älterer Herr mit einer weißen Schürze umgebunden und stellte eine Kiste mit Äpfeln neben Kohl und Zwiebeln. Er sah neugierig zu dem Bus und drückte seinen schmerzenden Rücken gerade. Beanstock hatte ein gewaltiges Déjà-vu. Er dachte sofort an seine Eltern und den Gemüseladen in Middle Chestnut.

Die Bustür öffnete sich und eine Dame stieg aus. Der Gemüsehändler nickte der alten Dame zu.

„Hallo, Miss Mildred, haben Sie wieder ihren wöchentlichen Ausflug gemacht? Schönes Wetter dafür, wie wär´s mit Äpfeln, grad reingekommen. Sie wissen doch, ein Apfel am Tag ...", redete der Händler, unterbrochen immer einmal von seinem lauten Gelächter, auf die alte Dame ein.

Inzwischen war Beanstock bei dem Bus angelangt, der nach einer Minute wieder in Richtung Inverness davonfuhr. Er lüpfte seinen Hut und begrüßte Miss Mildred Witherspoon, die jüngste der reizenden Damen aus dem bunten Cottage.

„Darf ich behilflich sein?", fragte er, als er die Tasche sah, die Miss Mildred trug. Er hatte den Eindruck, dass sie schwer war.

„Wie nett von Ihnen, Sie schickt der Himmel, ich sage ja immer, Martha, sage ich, die Einkäufe werden mir langsam zu schwer. Es ist nicht einfach für drei Personen alles heranzuschleppen, wenn man nicht so viel Kraft hat. In meiner Jugend, ja, da war ich ein kräftiges Mädchen, das können Sie mir glauben. Ich wollte hoch hinaus, meldete mich zur Armee, Vater hat es verboten, er war ein großes Tier in der Armee, müssen Sie wissen, ein Captain im Stafford-Regiment Ihrer Majestät, Queen Victoria, ja das war er, bei Alexandria war er dabei und ist verwundet worden. Hat sich niemals davon erholt, der arme Paps. Musste gepflegt werden, das Bein, wissen Sie? Waren Sie im Krieg? Sicher waren Sie das, ist ja eine schlimme Zeit gewesen, was für ein himmelschreiender Unsinn, ich habe gleich gesagt, Abby habe ich gesagt, das ist meine ältere Schwester Abigail, ich sag immer Abby, das ist kürzer, nicht wahr? Sie mag das nicht, aber was mag die überhaupt? Sie sagt immer, Abby hört sich nach Westminster Abbey an, als ob sie eine Kirche wäre ..." Dabei gingen die beiden langsam auf der Dorfstraße in Richtung des Hauses der Schwestern.

Beanstock kam kaum mit bei dem Redeschwall der Dame. Er war sehr froh, als das bunte Cottage der Damen in Sicht kam.

Im Vorgarten stand Miss Abigail und zupfte lustlos an ein paar verblühten Sommerblumen herum. Sie sah ihre Schwester und rief etwas durch das offene Salonfenster ins Haus. Sofort danach wurde die Tür aufgerissen und Martha kam eilig heraus. Sie lief auf Beanstock und ihre Schwester zu.

„Wo warst du denn so lange? Wir haben dich mit dem Bus um die Mittagszeit erwartet. Und nun hast du wieder den armen Mr Beanstock vollkommen überfallen mit deinen dummen Geschichten. Du Plappermaul! Komm ins Haus." Sie wollte nach der Tasche in Beanstocks Hand greifen.

„Ich bringe die Einkäufe gern hinein, Miss Martha. Es ist mir eine Freude."

Beanstock ging mit den Damen zusammen ins Haus und stellte die Tasche auf den Küchentisch.

„Wenn ich mich jetzt verabschieden dürfte? Ich will nicht länger stören", sagte er höflich.

„Aber bleiben Sie doch zum Tee!", kam es von Mildred.

„Was denkst du dir wieder? Mr Beanstock hat keine Zeit für drei einfältige Frauen. Schäm dich", fuhr ihr die älteste Schwester zornig dazwischen.

Beanstock sah auf seine Taschenuhr und lächelte in die Runde der Damen.

„Ich denke, für eine Tasse Tee habe ich noch Zeit. Ich würde mich freuen, mehr über den Ort zu erfahren. Besonders interessiert mich das alte Herrenhaus der

Lords Barbour."

Mildred klatschte in die Hände.

„Wunderbar! Ich setze sofort Teewasser auf!"

Die langen Gesichter ihrer beiden Schwestern übersah sie geflissentlich.

Beanstock ging mit Miss Martha und ihrer Schwester Abigail in den Salon. In der Küche stand Miss Mildred und trällerte ein Lied, während sie den Tee zubereitete.

Martha verdrehte die Augen.

„Sie müssen meine Schwester entschuldigen. Sie ist ein großes Plappermaul und ein Kindskopf. Ich weiß nicht, von wem sie das hat. Unsere Familie ist nicht dafür bekannt, viele Worte zu machen."

„Du vergisst Tante Prudence", meldete sich Abigail zu Wort.

„Ja, die gute alte Tante Prudence, lange tot natürlich. Die Schwester unseres lieben Vaters war sehr freigiebig mit Worten, wenn ich es mal nett ausdrücken möchte. Vater meinte immer, Prudence wird noch aus ihrem Sarg heraus weiterplappern. Sie kam vollkommen ohne Punkt und Kommas aus, ja, so war die gute Prudence, lange tot natürlich", erklärte Martha. „Setzen Sie sich doch, Mr Beanstock."

Beanstock stand wieder vor den wunderschönen Repliken der Landschaften von Alfred East. Er bewunderte die Arbeiten dieses Malers.

„Ach, Sie mögen Malerei, Mr Beanstock?", fragte Martha und stellte sich neben den Butler. „Ich liebe jede Art von Kunst. Unser lieber Vater war ganz versessen auf diesen Maler und hat uns diese Drucke hinterlassen. Warum setzen Sie sich nicht? Der Tee ist bestimmt gleich fertig." Sie griff nach Beanstocks Arm, führte ihn zu einem der bunt geblümten Sessel und drückte ihn in den Sitz.

Mildred kam mit einem großen silbrigen Tablett herein. Sie stellte alles auf den Salontisch und begann Tee einzuschenken. Beanstock bemerkte die wunderbaren Porzellantassen. Royal Worcester Porzellan, wenn sich Beanstock nicht irrte, Hoflieferant und beste Qualitätsware. Und Beanstock irrte sich selten. Zumal die hübsche Teekanne eine Frauenfigur an der Seite aufwies, die er schon einmal im Ausstellungsraum der Firma in London bewundert hatte.

„Das gute Sonntagsgeschirr? Wirklich Mildred?", stellte Miss Martha mit hochgezogenen Augenbrauen und einem klagenden Unterton in der Stimme fest. „Unser lieber Vater hat uns so wundervolle Dinge vererbt. Da muss man besonders achtsam sein, nicht wahr, Mr Beanstock?"

Der Butler nickte verständnisvoll.

„Sie kennen doch gewiss die Familie der Lords Barbour. Hatten Sie in der Vergangenheit auch etwas mit dem Herrenhaus zu tun, meine Damen?", fragte Beanstock, um das Thema zu wechseln. Er hatte die tiefe Zornesfalte auf dem Gesicht Marthas gesehen und wie böse sie in Richtung Mildred Blicke warf.

„Die liebe Abigail hat dort eine Zeit lang als Dienstmädchen gearbeitet. Nicht wahr, Abby?", sagte Mildred und setzte sich mit ihrer Tasse neben den Butler in einen Sessel.

„Ich rede sehr ungern darüber!", sagte die Angesprochene.

„Dann lass es auch sein", erwiderte Martha sofort und schüttete sich mit Schwung ihren Tee in den Mund.

166

Das war wohl etwas zu heiß gewesen und sie verzog schmerzhaft das Gesicht. Beanstock bemerkte das schadenfrohe Schmunzeln auf dem Gesicht ihrer Schwester Mildred.

„Ich war ja noch so ein junges Ding. Die Arbeit war schwer und My Lady nicht gerade nett. Sie scheuchte ihr Personal den ganzen Tag treppauf und treppab. Außerdem neigte sie zu einem übermäßigen Genuss von Rotwein, natürlich nur guter Burgunder aus Frankreich. Man kam nicht mit den Bestellungen hinterher. Eines Tages war auf dem Seidengewand My Ladys ein Rotweinfleck. So etwas bekommt man nicht mehr heraus", berichtete Abigail.

Beanstock nickte verstehend. Rotwein war eine schwierige Herausforderung.

„Ein Seidenkleid ist schwierig zu reinigen. Man kann es nur durch Seifenwasser ziehen, nicht drücken oder kochen, das verdirbt den Stoff. Bei hartnäckigen Flecken, zu denen Rotweinflecke sicher gehören, kann man nur versuchen, Salz zum Wasser zu geben und dann hoffen", erklärte er. Die Damen hatten ihm aufmerksam zugehört.

„Jedenfalls habe ich das Kleid in die kochende Lauge geworfen und da war es dann hin. Unser Butler war zu dieser Zeit nicht ansprechbar. Er war ein seltsamer Vogel. Daraufhin hat mich My Lady ohne Lohn hinausgeworfen. Ich war so wütend damals. Am liebsten hätte ich ...“

Martha unterbrach ihre Schwester lachend.

„Das ist ja glücklicherweise lang vorbei, nicht wahr, Abigail?“

„Ja, aber ich hätte auch gern ...", meldete sich Mild-

167

red zu Wort. Sie bekam einen bösen Blick von Martha. Beanstock hatte schon vor einiger Zeit bemerkt, dass die mittlere Schwester der Witherspoons das Sagen im Haus hatte.

„Das tut mir sehr leid, Miss Abigail", sagte der Butler.

Nach einer Stunde, die mit Gesprächen über den hiesigen Nessieexperten und die freche Dorfjugend verging, verabschiedete sich Beanstock.

In Gedanken versunken ging er langsam zurück zum Hotel.

Als er die Hotelhalle betrat, kamen ihm die beiden Beamten Duff und Lamond entgegen.

„Haben Sie es sehr eilig?", fragte Beanstock. „Ich wollte Sie gern etwas fragen."

„Keine Zeit, man hat das Fluchtauto vom Diebstahl heute Morgen gefunden. Es steht in Fort Augustus, am River Oich, dort führt die Straße direkt nach Inverness!", rief ihm Sergeant Lamond auf dem Weg zu ihrem Wagen zu. Kurz danach brausten die beiden Beamten davon.

„Wieso gibst du Mr Beanstock eigentlich so bereitwillig Auskunft? Es sollte ihn doch gar nichts angehen", konstatierte Duff im Wagen.

„Keine Ahnung. Irgendwas hat dieser Mann an sich, dass ich ihm am liebsten noch gern erzählen würde, was meine Großmutter über meinen ersten selbst gebackenen Kuchen gesagt hat."

„Was hat sie denn gesagt?", wollte Duff wissen.

„Sie meinte, ich solle nicht unbedingt die Ausbildung zum Bäcker ins Auge fassen, sondern lieber etwas anderes erlernen. Einen Beruf, in denen Backöfen und

Herde keine Rolle spielen. Sie hat sich immer sehr gewählt ausdrücken können. Daraufhin bin ich Polizistin geworden."

„Deine Shortbreadkekse sind aber sehr gut", erklärte schmunzelnd Duff.

Beanstock sah im Zimmer des Professors nach, ob alles in Ordnung war, nahm eines der karierten Jacketts aus dem Schrank und versuchte einen Fleck zu entfernen, der ihm aufgefallen war. Dabei kreisten seine Gedanken ständig um das alte Herrenhaus in Barbour Hill. Nach einer halben Stunde war der Fleck verschwunden. Zum Glück hatte er immer das gute Fleckenmittel dabei. Nachdem er das Zimmer gelüftet hatte, schloss er das Fenster und ging in das Zimmer der Baronets.

Er öffnete ebenfalls zuerst die Fenster im Zimmer und ließ frische Luft herein. Wenn die Herrschaften zurückkamen, sollten die Zimmer gelüftet sein. Dann kontrollierte er erneut, wie bereits am Anreisetag geschehen, die Matratzen der Betten auf eventuelle Feuchtigkeit, die dann unweigerlich zu Schimmelflecken auf den Laken führen würde. Gerade hier im Norden des Landes und noch dazu an einem See könnte Feuchtigkeit in den Räumen ein Problem sein.

Aber es war alles zu seiner Zufriedenheit. Er brachte die Betten wieder in Ordnung, wie zuvor auch im Zimmer des Professors geschehen, und warf einen kurzen Blick in das angrenzende Bad.

Mit Gepolter und lautem Gesang erschien das

Zimmermädchen Virginia im Schlafraum. Leider konnte das Mädchen nicht wirklich gut singen. Als Beanstock aus dem Bad kam, erschrak sie und bekam einen Schluckauf. „Ich wollte die Handtücher austauschen, Sir", erklärte sie, immer von einem kurzen Hick unterbrochen.

„Tun Sie das, Virginia, ich werde Sie nicht dabei stören. Wenn ich etwas bemerken dürfte, wenn Sie das Zimmer eines Gastes betreten, sollten Sie laut klopfen, abwarten und wenn sich niemand meldet, können Sie das Zimmer leise betreten. Vielleicht sollten Sie dabei auf Gesangsdarbietungen verzichten."

Beanstock lächelte das Zimmermädchen an.

Virginia verzog beleidigt den Mund und knickste. Dann wechselte sie die Handtücher.

„Hatten Sie in irgendeiner Weise Verbindung zum Herrenhaus in Barbour Hill?", fragte der Butler. Er stand in der Tür zum Bad und sah dem Mädchen bei der Arbeit zu.

„Mit denen hatte ich niemals zu tun. Zum Glück war ich noch zu klein, als die hier lebten. Meine Mutter hatte sich auf die Stelle eines Stubenmädchens beworben. Wurde aber abgelehnt, weil My Lady ihre Nase nicht gepasst hat. Komische Frau war das. Hat ihr Fett abgekriegt", berichtete Virginia in ihrer üblichen lauten Aussprache.

Wenn sie diese Stimme von ihrer Mutter übernommen hatte, konnte sich Beanstock nicht über die Ablehnung der Lady wundern. Aber das war nun zum wiederholten Mal ein unzufriedener Dienstbote, von dem er hörte. Sehr seltsam.

„Wie hat die Dame denn ihr Fett abbekommen?",

170

fragte er das Mädchen. Virginia war fertig im Bad, wuselte mit ihrem Staubwedel über die Oberflächen und verschwand achselzuckend Minuten später unter den staunenden Augen des Butlers aus dem Zimmer.

Krawum, diese Tür war nun wirklich geschlossen. Beanstock schüttelte den Kopf. Die arme Mrs Bears hatte eben nicht genug Auswahl beim Einstellen des Personals.

Er fasste einen Entschluss.

In der Hotelhalle gab es für die Gäste in einer Kabine ein Telefon. Die Zimmer sollten in den nächsten Jahren auch Telefone bekommen, hatte Mrs Bears gesagt, aber die nötigen Anschlüsse waren hier in dieser verlassenen Gegend schwer zu bekommen und außerdem eine Kostenfrage.

Beanstock ging hinunter in die Halle und setzte sich bequem in der hölzernen Kabine auf den schmalen, mit rotem Samt bespannten Sitz. Die Kabine befand sich gleich neben der Rezeption in einer kleinen Nische.

Er nahm sein schwarzes Notizbuch aus der Jackett-tasche und blätterte die Seiten auf der Suche nach einer bestimmten Nummer durch. Hoffentlich war der Herr, den er anrufen wollte, im Haus.

Nachdem er den Hörer abgenommen hatte, meldete sich eine weibliche Stimme. Beanstock ließ sich mit London verbinden.

„*Daisy Chain*, wer spricht?", meldete sich kurz darauf eine Stimme am anderen Ende.

„*Daisy Chain*, Mr Black, Beanstock am Apparat."

„Schön, von Ihnen zu hören, mein Freund, wie geht es dort auf Parsley Manor? Ich hoffe, es gibt keine Probleme."

„Ich bin im Moment auf Reisen mit meiner Herrschaft, Sir. Wir befinden uns in Schottland am Loch Ness im *Cluaran-Hotel*. Dürfte ich um Ihre Hilfe anfragen?"

„Das steht außer Frage, lieber Mr Beanstock. Nach all dem, was Sie für unsere Organisation und speziell für mich getan haben. Um welches Problem geht es denn?"

Beanstock sah den kleinen Mr Black vor sich, weit oben über London in seinem Büro im *Langham-Hotel*. Der rundliche Mr Black hatte eine Vorliebe für grellbunte Hemden, Krawatten und Einstecktücher. Er war ein gutmütig wirkender älterer Mann mit weißem Haar.

„Ich möchte um eine Auskunft bitten. In der Nähe dieses Hotels befindet sich das verlassene Herrenhaus der Lords Barbour. Nun habe ich erfahren, dass einige der Dienstboten Schwierigkeiten mit den Herrschaften hatten. Mich würde brennend interessieren, wie es mit der Familie und den Dienstboten aussah. Gab es bestimmte Vorfälle? Unzufriedene Dienstboten, die vielleicht rachsüchtig sein könnten. Sehen Sie eine Möglichkeit, mir zu helfen?"

„Das ist sicher eine gute Aufgabe für die amtierende Mrs Red. Sie hat ihr Büro im *North-British-Hotel* in der Princess Street in Edinburgh, ein wunderschönes Hotel in guter Lage. Das Büro der Organisation befindet sich in dem fast zweihundert Fuß hohen Uhrenturm. Wunderschöne Aussicht von da oben. Ich werde Mrs Red sofort kontaktieren. Sie wird sich bei Ihnen melden."

„Ich bin Ihnen zu großem Dank verpflichtet, Sir", sagte Beanstock, gab Mr Black die Telefonnummer des

Hotels durch und verabschiedete sich, nicht ohne das Versprechen, Mr Black im *Langham* zu besuchen, wenn er in London weilte.

Die Dienstbotenverbindung *Daisy-Chain* gab es bereits seit dem 19. Jahrhundert. Es ging um die Rechte der dienstbaren Geister in den angesehenen und weniger angesehenen Häusern Britanniens. Wie ein unscheinbarer Gänseblümchenkranz, der sich zu einer weitverzweigten Kette geformt hatte, operierte die Gruppe im Verborgenen. Ein kleiner Knopf mit der zarten Blume war, verbunden mit dem Kennwort *Daisy-Chain*, das Erkennungszeichen der Mitglieder untereinander.

Immer wenn ein Mitglied Hilfe benötigte, war man schnell, effizient und ohne Spuren zu hinterlassen zur Stelle. Es gab für jeden Ort in Großbritannien spezielle Ansprechpartner, die gewählt wurden. Dienstboten waren verschwiegen, aber sie sahen und hörten auch oft Dinge, die nicht für die Öffentlichkeit bestimmt waren, und wussten oft mehr als die Polizei. Beanstock hatte nur einmal persönlich mit Mr Black zu tun gehabt, als er den Fall des Gänseblümchenkomplotts gelöst hatte. Damals war eine gute Freundin zu Tode gekommen und Beanstock hatte einem Serienmörder das Handwerk legen können.

Es gab Vertreter der Organisation in den Landesteilen England, Wales und Schottland. In Irland wollte man demnächst eine Vertretung aufbauen. Mr Black in England, Mr Green im walisischen Cardiff und Mrs Red im schottischen Edinburgh.

Die Nachforschungen würden einige Zeit in Anspruch nehmen, deshalb wollte Beanstock unbedingt nochmals mit DS Mayor reden. Vielleicht wusste man schon mehr über den Revolver, mit dem Mr Robinson getötet worden war. Er war sich sicher, dass ihn das in den Nachforschungen weiterbringen könnte.

Der Mord an Mrs Fleetstone erschien ihm dagegen mehr eine Zufallsgeschichte zu sein. Das sagte ihm sein Instinkt.

Er hatte am Abend vorher noch einmal mit Mrs Bears über die Dame gesprochen. Mrs Bears war sich sicher, dass die Witwe des Flottenkapitäns mit niemandem hier im Hotel jemals einen Streit oder eine Auseinandersetzung gehabt hatte.

Sie war einfach eine nette alte Dame gewesen, die sich mit jedem gut vertragen hatte und eigentlich auch kaum aufgefallen war. Sie hatte sich mit niemandem groß angefreundet, hatte nur für ihren Papagei gelebt und ansonsten in Ruhe gelassen werden wollen. So die Eindrücke der Mrs Bears.

Es gab nur das eine Motiv, das Beanstock sich vorstellen könnte.

Der Papagei war ein schlaues Tier und hatte irgendetwas beobachtet, das jemanden unruhig gemacht hatte. Man wollte ihn loswerden. Aber welcher der anwesenden Gäste am Tag des Mordes hatte so viel zu verlieren, dass er einen Mord in Kauf genommen hatte? Es musste jemand von den Gästen gewesen sein, die an diesem Tag zur Teatime in der Halle gewesen waren, denn das Gift konnte nur direkt auf dem Tisch der Witwe ins Glas gekommen sein.

Also nahm sich Beanstock vor, mit Levinya zu reden. Das Mädchen hatte den Papagei schon vor langer Zeit ins Herz geschlossen und hatte vielleicht doch etwas beobachtet. Aber das musste noch warten, denn das Mädchen war in der Schule.

Am späten Nachmittag kamen die Baronets und ihr Gast von ihrem ausgedehnten Besuch bei Lady Sylvia und ihrem Gatten Sir Rudolf zurück. Die Herrschaften waren bester Laune. Es hatte viel zu erzählen gegeben, denn die Damen hatten sich seit der Collegezeit nicht gesehen.

Lady Sylvia hatte einen ausführlichen Bericht der Vorkommnisse im Haus der Lady Eglington bekommen wollen. Im College waren Sylvia Forsythe, Fedora Wentworth und Samantha Eglington eng befreundet und unzertrennlich gewesen.

Selbst Gonzales war bester Laune, da er sich mit der Tochter des Gärtners ausgezeichnet verstanden hatte. Als Beanstock seinen Bericht beim Tee im Personalbereich des Hotels hörte, zog er nur leicht die Augenbrauen hoch.

„Señor Beanstock, ich denke, Sie wissen, dass ich niemals etwas Falsches getan hätte. Ich war ganz und gar englischer Gentleman. Das habe ich von Ihnen gelernt und den Damen gefällt es, habe ich festgestellt", erklärte er mit einem verschmitzten Lächeln. Beanstock hoffte es.

Nach dem Dinner am Abend begaben sich die Baronets mit Professor McGregor in die Bar. Lady Fedora und Sir Percival gingen nach einem letzten Drink früh zu Bett. Es waren anstrengende Tage gewesen, ausgefüllt mit Gesprächen über alte Zeiten, lustigen Anekdoten aus der Sagenwelt Schottlands und ausgedehnten

175

Spaziergängen rund um das wunderschöne Anwesen des 3. Baronet von Fyvie, Sir Rudolf und seiner Gattin Lady Sylvia.

Nicht zu vergessen die aufgeregte Hundeschar, die immer dabei gewesen war. Nicht weniger als vier Shelties, oder auch Shetland Sheepdogs, tummelten sich auf dem Anwesen der Familie. Hübsche, lustig herumtollende Hunde, die an langhaarige Collies erinnerten. Sir Percival hatte nicht aufhören können, mit den Vierbeinern zu spielen. Er hatte sich auf Anhieb verliebt und dachte an seinen geliebten Junior zu Hause, der ihn sicher vermisste. Gut, dass Luci für den kleinen Hund da war. Sie kümmerte sich sicher liebevoll um das Tier.

Der Professor blieb noch an der Bar sitzen und unterhielt sich mit Inspector Duff, der kurz davor mit seinem Sergeant müde von der Arbeit des Tages hereingekommen war.

Nachdem sich Beanstock überzeugt hatte, dass die Baronets mit allem Nötigen versorgt waren, gesellte er sich zusammen mit Gonzales zu den drei Barbesuchern.

„Haben Sie denn etwas entdecken können an dem gefundenen Wagen, Inspector Duff?", fragte Beanstock.

Der Inspector schüttelte lächelnd den Kopf.

„Haben Sie dafür etwas Lustiges erlebt?", fragte der Professor, weil er das Lächeln so deutete.

Sergeant Lamond lachte laut.

„Der gut Inspector ist einfach nur zufrieden, dass wir hier noch eine Weile festsitzen. In Aberdeen wartet nur ein zorniger Chef auf uns, der uns nicht abnimmt, dass es keine Fortschritte gibt. Und hier ist es doch schön. Das Hotel ist gemütlich, der Whisky ist gut und die Leute, nun bis auf den Mörder der Witwe Fleetstone, sind nett. Noch dazu den wunderschönen See vor der Tür. Was will man mehr?"

„Sie konnten also keine Spuren entdecken, so wie bei den letzten Funden?", fragte Beanstock erneut.

„Die einzigen Spuren sind bis jetzt diese Visitenkarte, auf der natürlich keine Abdrücke waren, und die gefundenen Fluchtautos. Wir konnten sie stets als gestohlen gemeldete Wagen identifizieren. Aber die Diebe sind schlau. Sie benutzen ein gestohlenes Fahrzeug immer nur ein einziges Mal. Allerdings haben wir dieses Mal doch etwas entdeckt."

Sergeant Lamond sah ihren Chef fragend an.

„Nun zeig´s ihm schon, er gibt sonst nie Ruhe."

Damit war Beanstock gemeint.

Jamie Lamond nahm einen Klarsichtbeutel aus der Tasche und hielt ihn dem Butler hin. Neugierig beugte sich der Professor mit ihm über den Fund.

Es war nichts Weltbewegendes, ein silbrig glänzender Knopf mit einem Symbol, der wahrscheinlich an einer scharfen Kante im Wagen hängen geblieben und abgerissen war.

„Das ist wirklich nicht sehr viel. Aber immerhin etwas. Das Symbol auf dem Knopf könnte eine Spur sein. Ich habe so etwas Ähnliches auf Münzen gesehen. Aber das ist nicht mein Fachgebiet. Ich bin eher für die Mumienwelt zuständig", erklärte der Professor.

„Sehr schade, ich hatte die Hoffnung, Sie als Historiker kennen dieses Bild", sagte Lamond und steckte den Beutel zurück in ihre Tasche.

„Wahrscheinlich ist es etwas ganz anderes, das Zeichen der Manufaktur oder einer Verbindung, wie die Freimaurer zum Beispiel. Dort findet man Rechteck und

177

Zirkel oder das allwissende Auge auf den Jackenknöpfen der Mitglieder", meinte Beanstock und überlegte.

Das Symbol war unscheinbar. Genau so unscheinbar wie das Gänseblümchen der Dienstbotenverbindung *Daisy Chain*. Wo hatte er so einen Knopf schon einmal gesehen?

Auf diesem silbrig glänzenden Knopf war keine Blume abgebildet. Man sah den Kopf eines Römers oder eines Griechen, ein lockiger Kopf mit einem Siegerkranz gekrönt.

„Wenn es wirklich Massenware aus einer Manufaktur ist, können wir uns kaputt suchen nach dem Besitzer", meinte Duff resignierend. „Also eigentlich bringt diese Spur nicht viel."

„Ich denke nicht an Massenware. Es sieht aus wie Silber, also massiv. Das kann keine Massenware sein. Natürlich können wir uns auch mit unseren Spekulationen verrennen. Vielleicht ist es viel plausibler, dass der wirkliche Besitzer des Wagens den Knopf verloren hat. Sie sagten ja, dass die Fluchtwagen stets gestohlen werden. Bis zu diesem Zeitpunkt haben die Juwelenräuber keine Spuren hinterlassen. Warum also jetzt? Ich denke, der Knopf ist eine Sackgasse", stellte Beanstock fest.

„Der Knopf sieht aus wie die Knöpfe an meiner Chauffeursuniform", meinte Gonzales. Beanstock sah ihn überrascht an.

„Daher kenne ich diese Art Knopf. Genau. Die Knöpfe an Gonzales´ Uniform haben genau das gleiche Abbild und sind auch aus gutem Material", meinte der Butler.

„Na prima. Dann ist ja die Sackgasse perfekt. Der

wahre Besitzer des Wagens hat einen Chauffeur. Irgendwie hatte ich genau diese Überlegungen auch schon. Es wäre seltsam, wenn die Diebe plötzlich nachlässig werden würden. Das passt nicht in das Bild. Ich muss Ihnen recht geben, Sir. Aber wir lassen das Material trotzdem testen, Lamond. Morgen. Jetzt will ich einen Whisky trinken und an keine Diebe und Verbrecher denken. Henry!", rief er dem Barkeeper zu. „Eine Runde Whisky für die Herren und die Dame."

Mrs Red

Am nächsten Morgen kümmerte sich Beanstock um das Frühstück der Herrschaften, als Sergeant Mayor das Hotel betrat. Beanstock goss gerade frischen Tee ein und sah den Polizisten durch die offene Doppeltür hereinkommen. Er nickte ihm kurz zu.

Nachdem die Baronets und der Professor versorgt waren, ging Beanstock in die Hotelhalle und sah sich nach ihm um. DS Mayor stand an der Rezeption und unterhielt sich mit Henry.

„Guten Morgen, Sir", sagte der Butler und neigte leicht den Kopf.

„Keine Neuigkeiten zu berichten?", fragte grinsend der Polizist.

„Von meiner Seite leider nicht, Sir. Wissen Sie inzwischen mehr über die Tatwaffe?"

„Nun, es ist eindeutig ein Revolver. Die ballistische Untersuchung hat es bestätigt. Es muss ein Revolver der Marke Webley sein, Kaliber 38, Model Mark IV, hat ein ganz schönes Loch hinterlassen. Nun ja, wie sagt man so passend, Erpresser leben nicht lang."

Beanstock verabschiedete sich und ging in den Küchenbereich. Gonzales saß bereits am Tisch und ließ sich Toast und Kaffee schmecken. Er konnte sich immer noch nicht, nach der langen Zeit, an den obligatorischen Teegenuss der Briten gewöhnen. Er brauchte seinen starken Mocca am Morgen, sonst wurde er nicht wach. Er sah dem Butler an, dass er etwas erfahren hatte, das ihn beschäftigte.

„Etwas Neues, Sir?"

„Die Tatwaffe war ein Webley Revolver Kaliber 38, Model Mark IV. Die Polizei nutzt diese Revolverart. Sehr eigenartig."

„Woher wissen Sie das, Señor?", fragte Gonzales neugierig geworden.

„Nun, von Sergeant Mayor."

„Der Sergeant ist aber sehr oft hier im Hotel, oder?"

„In der Tat, Gonzales, in der Tat", sagte Beanstock nachdenklich.

Levinya kam in den Frühstücksraum, den unvermeidlichen Bartholomäus auf der Schulter. Sie setzte den Papagei auf seine Stange, gab ihm aus einer Büchse etwas Vogelfutter und das Tier pickte mit scheinbar großem Appetit seine Körner auf.

„Du hast es geschafft. Der Vogel hat wieder Spaß an seinen Körnern, oder Lady Levinya?", fragte der Butler lächelnd. „Ich habe dich gestern gar nicht gesehen. Ich wollte dich gern etwas fragen."

„Ich war bei meiner Freundin Maria. Ihre Eltern sind Lehrer. Sie haben wenig Zeit im Moment. Das Schuljahr geht in Schottland zu Ende und da gibt es viel zu tun. Viel Zeit zum Spielen für uns. Was wollten Sie denn von mir wissen?"

„Hast du an dem Papagei eine Reaktion bemerkt, die darauf schließen ließe, dass er für bestimmte Leute hier im Hotel eine gewisse Antipathie entwickelt hat?"

Levinya schien von der Frage überfordert.

„Señor Beanstock meint, ob der Papagei irgendjemanden aus dem Hotel nicht leiden kann. Er drückt sich manchmal etwas missverständlich aus", übernahm Gonzales die Erklärung.

Beanstock räusperte sich.

„Der gute Bartholomäus kann so einige Leute nicht besonders ausstehen, habe ich herausgefunden. Vielleicht ist das Papageienart."

„Wen meinst du denn?"

„Vor allem mag er Virginia, das Zimmermädchen, nicht. Sie ist ihm viel zu laut und plappert pausenlos. Sie darf ihm nicht zu nahe kommen, dann schaut er ganz böse."

Beanstock fragte sich, wie ein Papagei böse schaut, und sah ein Bild vor Augen. Er schüttelte den Kopf.

„Fällt dir noch jemand ein?"

Levinya überlegte angestrengt.

„Alles Piraten!", krächzte der Vogel dazwischen.

„Oh ja, natürlich mochte er Mr Robinson nicht. Der war ja auch böse. Und seltsamerweise den einen Polizisten. Den krächzt er immer ganz böse an. Obwohl der eigentlich ganz nett ist, finde ich."

„Meinst du einen der Gäste aus Aberdeen?"

„Nein, den anderen Polizisten, aus Inverness. Komisch, aber Bartholomäus stehen buchstäblich die Federn zu Berge, wenn er ihn sieht."

In diesem Moment kam Henry.

„Telefon für Sie, Mr Beanstock. Ein Gespräch aus Edinburgh."

Beanstock bedankte sich bei Levinya und ging in die

Hotelhalle. Er öffnete die Tür der Kabine und setzte sich auf das samtbezogene Polster.

„*Daisy Chain*, Mrs Red", sagte er in den Hörer.

„*Daisy Chain*, Mr Beanstock, schön, Sie kennenzulernen. Mr Black hat mir schon viel von Ihnen berichtet. Sie wollten gern eine Auskunft in Bezug auf das Anwesen der Lords Barbour haben. Das Material, das ich auftreiben konnte, ist umfangreich. Ich möchte am Telefon nicht zu viel davon verlauten lassen. Deshalb habe ich Ihnen heute Morgen per Kurier Unterlagen geschickt. Ich hoffe, Sie finden die Informationen hilfreich."

„Es ist mir eine Ehre, Ihre Bekanntschaft zu machen, Mrs Red. Vielen Dank für Ihre Hilfe."

„Melden Sie sich, wenn Sie noch etwas benötigen. *Daisy Chain*, Mr Beanstock."

„*Daisy Chain*, Mrs Red."

Am Nachmittag brachte ein Kurier einen großen Umschlag für den Butler.

„Ich habe dem jungen Mann ein kleines Trinkgeld gegeben, Ihre Zustimmung voraussetzend", sagte Henry, der Mann für so viele Angelegenheiten im Hotel, als er Beanstock den Brief übergab. Im Moment trug er über seinem guten Anzug eine dunkle Arbeitsschürze. In der anderen Hand hatte er eine Holzkiste mit Schuhputzutensilien. Er war also auch für die Schuhe der Gäste zuständig. *Ein außergewöhnlicher Mann*, dachte sich Beanstock. Er bedankte sich bei Henry und gab ihm das Geld zurück, das er dem Kurier bezahlt hatte.

Der Umschlag mit den Informationen musste noch etwas warten. Die Baronets und der Professor beabsichtigten, einen ausgedehnten Spaziergang am See zu unternehmen, und Beanstock wollte sie, über dem Arm das warme Wollcape Lady Fedoras und einen dicken Schal für Sir Percival, begleiten. Im Moment war das Wetter angenehm frühherbstlich warm. Hier am See konnte das aber schnell in Kälte oder Regen umschlagen. Deshalb nahm der Butler auch einen großen Schirm mit. Er wollte nicht, dass die Herrschaften sich mit diesen Dingen belasteten. Sie sollten den wunderschönen Herbsttag genießen.

Die vier gingen in Richtung des Loch Ness, hielten sich dann rechts und gingen weiter am Ufer entlang. Breite Haselnusssträucher wechselten sich mit Eschen und Kieferbewuchs ab. So war es möglich, im Schatten der Bäume und doch am See entlang zu flanieren. Man nahm sich Zeit und der Professor dozierte über interessante Begebenheiten in Bezug auf den See.

„1952 war es, denke ich, da gab es hier einen bemerkenswerten Wettbewerb. Ein gewisser John Cobb versuchte, mit einem Motorboot einen Geschwindigkeitsrekord aufzustellen. Sein Speedboot hob bei einer Geschwindigkeit von mehr als 190 Meilen pro Stunde von der Wasseroberfläche ab. Leider prallte er dann so hart auf die Wasseroberfläche, dass das Boot zerbrach und der Mann ums Leben kam. Sehr traurig.“

„Ich denke jeder, der so gefährliche Dinge versucht, ist sich bewusst, dass es so enden könnte. Wer sich wissentlich in Gefahr begibt, sollte das wissen“, meinte Lady Fedora.

„Beanstock, wie sieht es an der Ermittlerfront aus?

Haben Sie schon Erfolge zu verzeichnen?", wollte Sir Percival wissen.

„Noch nicht, Sir. Mein Instinkt bringt mich im Moment in eine Richtung, die mir nicht so recht gefallen will. Ich habe einfach zu wenig Informationen, um schon etwas zu beweisen. Das Motiv liegt weiterhin im Nebel und vor allem der Mord an dem Privatdetektiv Mr Prickles scheint mir ein Zufallsmord gewesen zu sein. Der Mann war einfach zur falschen Zeit am falschen Ort. Ich könnte mir vorstellen, dass er meinte, seine beiden unfreiwilligen Geldgeber wären an jenem Abend im alten Herrenhaus gewesen. Das zeigt mir, wie einfältig der Mann gewesen ist und wie wenig er sich mit seiner Lordschaft und dessen Hintergrund beschäftigt hatte. Lord Barbour hätte seine angebetete Dame niemals in eine Ruine gebracht. Er legt zu großen Wert auf das äußere Erscheinungsbild seiner Person, wenn ich das so frei sagen darf."

„Mein lieber Beanstock, da haben Sie doch schon eine ganze Menge zu sagen. Was sagt Ihnen denn Ihr Instinkt?", fragte der Professor und nahm seine Bonbontüte aus der Jackettasche. Er griff hinein, nahm ein Zitronenbonbon heraus und hielt es seinen Freunden hin. Die beiden lehnten dankend ab.

„Nun, Sir, mein Instinkt beruht nicht auf Fakten und Beweisen. Er sagt mir aber, dass der Mörder ganz in unserer Nähe ist. Ich hoffe, My Lady wird sich deshalb nicht ängstigen. Ich bin der Meinung, dass Ihnen keinerlei Gefahr droht."

Nach gut zwei Stunden waren sie wieder am Hotel angekommen. Die Herrschaften wollten sich vor der Teatime frisch machen. Beanstock legte frische Klei-

185

dung für die Herrschaften bereit und ging dann mit dem Umschlag aus Edinburgh auf sein Zimmer.

Es beinhaltete mehrere Seiten mit Aussagen von Dienstboten. Außerdem ein Anschreiben, von Mrs Red unterschrieben, in dem sie erklärte, dass die Familie der Lords Barbour der Verbindung sehr viel Arbeit in der Vergangenheit beschert hatten. Der Vorgänger der Mrs Red hatte mit einem Gerichtsverfahren 1920 alle Hände voll zu tun gehabt und damals auf Kosten der Verbindung einen Anwalt gestellt. Es hatte sich um nichts weniger als eine Mordanklage gehandelt. Alles Weitere sollte Beanstock aus den Aussageprotokollen der Dienstboten erfahren.

Dazu hatte es noch zwei Fälle von unangemessenen Kündigungen durch Lady Meredith Barbour gegeben, die den damaligen Leiter der *Daisy-Chain*-Verbindung lange Zeit beschäftigt hatten.

Beanstock sah auf seine Taschenuhr. Den dicken Stapel mit den Aussagen und Protokollen von den Verfahren konnte er nicht so schnell durcharbeiten. Dafür benötigte er Zeit.

Es klopfte.

„Herein!"

Gonzales kam und fragte, ob der Butler Aufgaben für ihn hätte.

„Ich müsste dringend diese Akten durchsehen. Könnten Sie sich vorstellen, dass sie heute zur Teatime den Herrschaften aufwarten?", fragte Beanstock.

„Das mache ich sehr gern, Mr Beanstock. Aber Sie berichten mir doch hoffentlich, wenn Sie etwas herausbekommen?"

Beanstock nickte.

Gonzales ging und nachdem er seine gute Jacke, die mit den glänzenden Silberknöpfen, angezogen hatte, machte er sich auf den Weg zu den Baronets und dem Professor. Dabei trällerte er ein Lied und kniff das kleine nette Zimmermädchen Prudence, das ihm in diesem Moment mit Eimer und Lappen auf dem Flur begegnete, übermütig in die Wange. Das Mädchen ging kichernd und mit hochrotem Kopf schnell davon. *Ein süßes Ding*, dachte Gonzales, *nicht so laut und schrill wie ihre Kollegin Virginia.*

In seinem Zimmer vertiefte sich Beanstock in die Akten.

Im November des Jahres 1920 war Lady Meredith, Gattin des Lords Barbour Senior, bei einem Autounfall verstorben. Ihr Wagen war in einer Kurve von der Straße abgekommen, hatte sich überschlagen und war an einen Baum geprallt. Die Polizei hatte festgestellt, dass die Dame zu schnell gefahren und der Wagen ungebremst an einen Baum geprallt war.

Die Spurensicherung hatte an dem Sportwagen eine manipulierte Bremsleitung gefunden. Es war also Mord gewesen. Sofort hatte man den Chauffeur der Familie unter Verdacht gehabt und inhaftiert.

Dann folgten Protokolle von Aussagen der Dienstboten und eine erste Einschätzung des hinzugezogenen Anwalts.

Die Köchin der Familie Barbour hatte nur Gutes über den Chauffeur, Richard Tubbs, zu berichten gehabt und unter Tränen seine Vorzüge gelobt. Das Küchenmädchen hatte das, ebenfalls unter Tränen, bestätigt. Der Butler der Familie war an jenem Tag mit seiner Lordschaft in Edinburgh gewesen. Darauf hatte dann letztendlich die Verteidigung aufgebaut. Denn der Chauffeur hatte seine Lordschaft gefahren und war nicht am Ort des Geschehens gewesen.

Richard Tubbs, ein dreißigjähriger Mann aus dem nahen Inverness, war mit zwanzig Jahren als Chauffeur bei Lord Barbour Senior angestellt worden. Er hatte eine Verlobte gehabt, war ein zuverlässiger Fahrer gewesen und hatte sich zu jeder Zeit ausgezeichnet um den Fuhrpark gekümmert.

Er war überaus beliebt bei den weiblichen Dienstboten und einem Flirt nicht abgeneigt gewesen. Sogar die Dame des Hauses hatte wohl ein Auge auf den adretten Chauffeur geworfen. Also alles in allem ein zweiter Gonzales, stellte Beanstock schmunzelnd fest.

Wer hatte also den Wagen manipuliert?

Beanstock arbeitete sich weiter durch die Akten.

Schlussendlich hatte man Richard Tubbs von allen Anklagepunkten freigesprochen. Der Verteidiger hatte gute Arbeit geleistet. Die Polizei hatte daraufhin weiter ermittelt und war zu keinem Ergebnis gekommen. Wer hatte also Lady Meredith so sehr gehasst, dass er ihren Tod gewollt hatte? Beanstock blätterte ein paar Seiten zurück. Was war aus dem Chauffeur geworden? Sicher war er nicht wieder nach Barbour Hill zurückgekehrt.

In der Vita des Mannes fand Beanstock die Antwort. Richard Tubbs hatte nach dem Freispruch Barbour Hill verlassen. Er hatte in Inverness später geheiratet und einen Sohn gehabt. Dort hatte er auch mithilfe der Organisation einen neuen Arbeitsplatz gefunden. Er hatte sogar aufgrund dieses Vorfalls damals seinen Nachnamen geändert und den Namen seiner Ehegattin angenommen. Leider war dieser Name hier in den Akten nicht vermerkt worden. Das war sehr schade. Das könnte ein überaus wichtiger Hinweis sein.

Beanstock überlegte. In einem der Protokolle wurde eine Verlobte aus Barbour Hill erwähnt. Sie tauchte in keiner der weiteren Aussagen wieder auf. Wahrscheinlich war sie damals für die Ermittlungen der Polizei zweitrangig gewesen und man hatte ihre Person außer Acht gelassen. Da war er wieder, dieser Funke in Beanstocks Gedanken, sein Instinkt meldete sich. Wäre es nicht möglich, dass diese Verlobte die Bremsleitung an dem Sportwagen My Ladys durchtrennt hatte? Vielleicht war sie eifersüchtig gewesen oder hatte bemerkt, dass Lady Meredith sich an ihren Verlobten herangemacht hatte. Dafür brauchte es aber Kenntnisse der Automechanik. Spekulationen! Beanstock mochte keine unbewiesenen Spekulationen. In der Vita des Chauffeurs fand er auch dafür keinen Namen.

Also sah er sich noch die anderen Fälle im Hefter an.

Der Pferdeknecht Lionel Webster, Vater von Henry, verantwortlich für die Pferde und Hunde My Ladys gab zu Protokoll, dass man ihn fälschlicherweise beschuldigt hatte. Lady Meredith hatte ihn entlassen, ohne den fälligen Lohn gezahlt zu haben. Einer der Hunde war damals verschwunden und man hatte ihm dafür die Hölle heiß gemacht. So hatte sich der Mann im Protokoll ausgedrückt.

Damals war nicht nur er gegangen, sondern auch seine Frau, die als Köchin bei den Lords angestellt gewesen war. *Daisy Chain* war den beiden bei der

Suche nach einem neuen Job behilflich gewesen, aber durch die schlechte Beurteilung des Lords Barbour Senior hatte nur die Köchin gerade so etwas finden können. Das war sicher sehr schwer für Henrys Vater gewesen.

Der nächste Fall betraf ein Stubenmädchen. Das musste die Mutter Virginias sein, die hier im Hotel als Zimmermädchen arbeitete. Virginias Mutter hatte sich im Herrenhaus vorgestellt und auf die Anordnung My Ladys eine Probewoche absolviert, was Beanstock sehr eigenartig erschien. Diese Praktik lehnte er ab. Man musste aus einem Gespräch und den Referenzen ersehen, wen man vor sich hatte.

Nach der Probewoche, in der laut der jungen Frau überaus schwere Arbeiten zu bewältigen gewesen waren, bis hin zum Kohlen schippen, hatte sie gehen müssen. Einen Lohn hatte man ihr nicht gezahlt. Daraufhin hatte sie sich an *Daisy Chain* gewandt. Man hatte nachgeforscht und erfahren, dass das alte Stubenmädchen eine Woche fort gewesen war und man einfach eine Überbrückung gebraucht hatte. Da war My Lady die Probewoche ohne Bezahlung sehr angenehm vorgekommen. Sehr seltsame Zustände, fand Beanstock. Das war kein seriöser Haushalt gewesen. So etwas hätte es bei ihm niemals gegeben.

Zuerst war kein Motiv für den Mord an Lady Meredith in Sicht gewesen und nun hatte er sogar drei.

Aber seine Gedanken wanderten immer wieder zurück zu dem Chauffeur und für den Rest des Tages dachte er über diese Geschichte nach. Er nahm sich vor, nochmals Henry zu fragen, ob er etwas über diese Sache wusste.

Beanstock legte die Akte zur Seite und sah auf seine Taschenuhr. Es war bereits kurz vor der Dinnerzeit. Er sollte sich um die Baronets kümmern. Glücklicherweise war auf Gonzales Verlass. Er dachte an Parsley Manor, die dortigen Dienstboten und wie gut alle zusammen arbeiteten. Unweigerlich kam ihm auch Luci in den Sinn. Er vermisste das Mädchen. Welch eine seltsame Entwicklung hatte er als Butler durchgemacht.

Am Abend fand Beanstock Zeit, um Henry, von dem er nun wusste, dass sein Nachname Webster war, etwas zu fragen.

Henry mixte Getränke für Mrs Brewster-Nettle und ihren Begleiter Mr Walton. Wie bereits inzwischen im Hotel allseits bekannt, bestand ihr nettestes Lächeln aus einer Mimik, die vermuten ließ, sie habe soeben in eine Zitrone gebissen. Mr Walton brütete still vor sich hin. Auch das war den anderen Gästen bereits bekannt.

„Die Dame hat eine *White Lady* verlangt, Mr Beanstock. Das ist gar nicht so leicht", flüsterte Henry dem Butler zu. Gonzales hatte sich ebenfalls zu ihm an die Bar gestellt und beobachtete fasziniert das Können des Barkeepers.

Henry griff zu einem Shaker und tat Eiswürfel hinein, dann kam Gin, frisch gepresster Zitronensaft, Zuckersirup, nicht zu viel, und am Ende Triple Sec dazu. Nun begann er den Shaker wie wild zu schütteln.

„Ich habe gehört, dass man auch ein Eiweiß dazu geben kann, damit der Drink schön fluffig wird, aber ich weiß nicht. Mir gefällt die *White Lady*, wie sie ist. Sehr elegant", sagte Henry leise zu den beiden Herren.

Mrs Brewster-Nettle schaute verdrießlich zu ihnen herüber. Es dauerte ihr wohl zu lange.

„Und was möchte der kleine Señor an ihrer Seite trinken?", fragte genauso leise Gonzales.

„Er nimmt ein Mineralwasser. Vielleicht darf er nichts anderes, liest ja auch die ganze Zeit in seinem kleinen schwarzen Buch", berichtete Henry.

„Ich habe auch so ein kleines schwarzes Buch, das ist mein Notizbuch", erklärte Beanstock. So als hätte er die Worte des Butlers gehört, griff Mr Walton zu einem Stift und schrieb etwas in das schwarze Büchlein.

Henry nahm ein silbriges Tablett, stellte eine Cocktailschale darauf und goss das nun wirklich schneeweiße Getränk in die Schale. Daneben stellte er ein weiteres Glas und eine Flasche Mineralwasser. Mit einem stolzen Lächeln ging er zum Tisch der beiden und servierte.

Als er zurückkam, war seine Miene nicht mehr ganz so stolz.

„Die Dame hat nichts gesagt. Das ist immerhin ein Fortschritt. Sonst meckert sie an allem rum", erzählte Henry leise. „Was möchten denn die Herren heute Abend trinken?"

„Ich würde gern diese Lady ausprobieren", sagte Gonzales und Henry mixte erneut eine *White Lady*.

„Henry, darf ich Sie noch einmal nach dem Herrenhaus in Barbour Hill fragen? Können Sie sich an einen Richard Tubbs erinnern?", fragte Beanstock.

Henry sah den Butler überrascht an.

„Woher kennen Sie denn diesen Namen? Ja, ich weiß, wer Richard Tubbs war. Ich glaube, niemand in Barbour Hill kennt diesen Namen nicht. Bis zum heutigen Tag ist diese leidige Geschichte Thema. Obwohl es nun schon so lange Zeit her ist. Das war der Chauffeur seiner Lordschaft."

„Was ist damals wirklich geschehen? Können Sie sich vorstellen, wer wirklich den Wagen Lady Merediths manipuliert haben könnte?"

Henry dachte einen Moment nach und polierte dabei Gläser. „Das weiß ich nicht. Ich war noch ein Kind und meine Eltern haben sich immer mit Spekulationen zurückgehalten. Aber ich kann mich an Richard sehr gut erinnern. Ich habe viel Zeit bei meinem Vater im Stall verbracht, ihm beim Striegeln der Pferde zugesehen und mit diesen seltsamen winzigen Hunden gespielt. Das durfte ich natürlich nur, wenn ihre Ladyschaft nicht da war. Sie duldete keine Kinder von Dienstboten auf dem Anwesen."

Henry stellte die sauberen Gläser in das Regal zurück.

„Aber ich kann mich erinnern, dass ich sehr oft auch an solchen Tagen bei Richard in der Garage war. Ich fand Autos viel interessanter als Pferde und Hunde. Wenn Richard an den Autos des Lords rumschraubte, habe ich ihm gern zugesehen."

Gonzales nippte an seiner *White Lady.*

„Sehr lecker, Señor Henry", sagte er.

„Erinnern Sie sich, dass der Chauffeur eine Verlobte gehabt hatte?", fragte Beanstock weiter.

„Ich kann mich erinnern. Die junge Frau war hübsch. Sie war oft bei Richard, wenn die Herrschaften fort waren. Sie interessierte sich für Autos und sah Richard bei seiner Arbeit zu. Ich kann mich erinnern, dass sie sogar meinte, dass der Beruf des Automechanikers ihr gefallen könnte. Aber das war ja nicht möglich. Schließlich kann doch eine Dame nicht an schmutzigen Motoren herumschrauben", meinte Henry lachend.

„Da bin ich ganz und gar nicht Ihrer Meinung", erklärte Gonzales. „Eine Frau kann genauso gut Autos reparieren und außerdem ist der Motor in unserem Bentley nicht schmutzig." Der Spanier schien verstimmt.

Henry grinste.

„So hatte ich das auch nicht gemeint, Mr Gonzales. Tut mir leid. Noch eine *weiße Dame*?"

„Und Sie können sich nicht erinnern, ob die Verlobte aus Barbour Hill war? Den Namen kennen Sie auch nicht?", wollte Beanstock wissen.

Henry dachte nach. Er kratzte sich am Kopf. Eine dicke Denkerfalte stand auf seiner Stirn. Dann fiel ihm etwas ein und seine Gesichtszüge hellten sich auf.

„Sie könnten Patty McDowell fragen. Richtig! Sie war mit Richards Verlobter befreundet, war Küchenmädchen im Herrenhaus. Sie müsste noch im Ort wohnen. Hat nie geheiratet und lebt bei ihrem Bruder auf dem Bauernhof, etwas außerhalb von Barbour Hill. Sie müssen durch den Ort fahren und etwa nach zwei Kilometern liegt rechts der Hof der McDowells."

Beanstock sah auf seine Taschenuhr.

Heute Abend war es zu spät. Das musste bis morgen warten. Er ging zu den Baronets und fragte, ob sie mit allem versorgt waren. Lady Fedora informierte den Butler, dass die kleine Reisegruppe morgen einen ruhigen Tag verbringen wollte. Die beiden Herren wollten erneut zum Loch Ness marschieren und Lady Fedora hatte Post zu erledigen.

„Ich werde Briefpapier bereitlegen, My Lady. Möchten die Herren von mir begleitet werden?", fragte der Butler.

„Nicht nötig, mein Bester", erklärte Sir Percival. „Wir kommen allein zurecht."

Beanstock ging zurück zum Bartresen, trank sein Wasser aus und informierte Gonzales, dass morgen ein Besuch bei dem ehemaligen Küchenmädchen Patty anstand. Nach dem Frühstück würden sie sich auf den Weg machen.

Patty McDowell

Beanstock beendete seine morgendlichen Aufgaben und zog sich in seinem Zimmer den warmen Mantel an. Es war kühl an diesem Morgen. Sir Percival war mit seinem Freund Ian sofort nach dem gemeinsamen Frühstück zu einer etwas längeren Wanderung aufgebrochen. Die beiden Herren wollten dem Loch-Ness-Monster auf die Spur kommen. In ihren Mantelinnentaschen gut verstaut, warteten Fläschchen mit wärmendem Whisky auf ihren Einsatz. Wie gesagt, es war ein kühler Tag.

Lady Fedora saß in ihrem Zimmer an einem Sekretär vor dem Fenster, sah den Vögeln zu, die sich um die letzten Beeren des Jahres balgten, und hatte einen Stapel Postkarten, die geschrieben werden wollten. Natürlich hatte sie auch eine schöne Karte für Lucinda in einem Geschäft in Inverness gekauft. Sie konnte sich vorstellen, wie sich das Mädchen freuen würde.

Beanstock hatte am gestrigen Abend auf Parsley Manor angerufen. Er hatte sich bei Mrs Argyle erkundigt, ob im Haus alles in Ordnung sei und dann natürlich auch mit Luci gesprochen. Über ihren Ausflug zu Bronté und dem Heuboden hatte das Kind seltsamerweise einsilbig geantwortet.

196

„Gib mir noch einmal Mrs Argyle, Luci", hatte Beanstock am Ende gesagt und sich dann von dem Mädchen verabschiedet. Nicht ohne ihr zu versprechen, bald zurück zu sein.

Mrs Argyle hatte sich gemeldet. Beanstock hatte gehört, wie sie den Hörer genommen und dann Luci auf ihr Zimmer geschickt hatte. Sie solle sich für das Abendessen frisch machen.

„Ich wollte es nicht vor dem Kind erzählen, Mr Beanstock", hatte sie leise gesagt.

Beanstocks Nacken hatte sofort gekribbelt. Was hatte Luci angestellt? Dann hatte Mrs Argyle berichtet.

„Alles in allem war es für Lucinda und Bronté gestern eine wirklich aufregende Nacht. Ich erlaubte Luci, noch einmal eine Nacht bei Bronté zu verbringen. Ihr Einverständnis vorausgesetzt. Es hat den beiden so viel Spaß gemacht letztens.

Die letzten Tage waren nicht zu kalt gewesen und es versprach auch in der Nacht angenehm auf dem Heuboden zu sein. Sie hatten sich genügend Proviant und Decken mitgenommen. Die beiden waren schon Profis in Bezug auf den Heuboden. Die kleine Schwester Tara war natürlich ziemlich zornig, weil sie für so eine Nacht auf dem Heuboden noch zu klein ist.

Dicke Wolken zogen in der Nacht auf und ein Gewitter bahnte sich an. Da hatte ich dann schon Sorge, ob ich in Ihrem Sinne gehandelt hatte.

Zunächst war alles normal. Die Mädchen schliefen ein, obwohl es in allen Ecken knisterte und rumorte. Mäuse eben. Mitten in der Nacht schreckte Luci aber von einem ganz anderen Geräusch hoch. Die breite Tür zur Scheune wurde geöffnet. Ein dunkel gekleideter

Mann trat ein und sah sich um. Luci hatte inzwischen Bronté geweckt. Die Mädchen konnten den Mann gut von oben beobachten.

Er lief in der Scheune herum, sah in die Ecken und machte sich an der Box zu schaffen, in der das Pferd von Bauer Pitsch steht, sie wissen schon, die alte Jane.

Dann verließ er die Scheune.

Lucinda und Bronté kletterten sofort hinab und sahen nach dem Pferd. Das Gatter stand weit offen und Jane stand mitten in der Scheune und wieherte aufgeregt. Dann sahen die beiden Kinder die Bescherung. In der Box des Pferdes brannte es.

Zu allem Überfluss war das Scheunentor von außen verriegelt worden. Der Mann wollte also dem Bauer Pitsch Schaden zufügen."

„Meine Güte, sind die Kinder verletzt worden?", hatte Beanstock aufgeregt dazwischengefragt.

„Seien Sie unbesorgt, Mr Beanstock, Sie kennen doch Luci. Die lässt sich nicht unterkriegen. Sie versuchte zuerst, mit dem vorhandenen Wasser in der Scheune zu löschen, was nicht gelang. Bronté wies auf eine lose Bohle an der Rückseite der Scheune hin. Aber sie wollten Jane natürlich helfen. Das Pferd war vollkommen panisch aufgrund des Rauches.

Luci sagte zu Bronté, sie solle durch die Lücke an der Rückseite schlüpfen und Hilfe holen und sie wollte so lange bei dem Pferd ausharren. Gesagt, getan.

Luci brachte das Pferd mit viel Mühe in die entgegengesetzte Ecke der Scheune, wo der Rauch noch nicht so dicht war, und legte dem Tier ein feuchtes Tuch über den Kopf. So beruhigte sich Jane. Das ist ja schon ein sehr altes Pferd, aber zum Glück sehr gutmütig.

Schnell waren die Bauersleute vor Ort und während Mrs Pitsch die Feuerwehr alarmierte, kümmerten sich Mr Pitsch und sein Sohn Sammy um Luci und das Pferd. Inzwischen stand die gesamte hintere Ecke, in der das Pferd gestanden hatte, in Flammen.

Man konnte den Brand rechtzeitig löschen. Das verdanken die Bauersleute nur den beiden Kindern. Ich weiß nicht, ob ich so geistesgegenwärtig wie unsere Luci gewesen wäre."

„Das ist ja unfassbar. Ich bin sehr stolz auf Lucinda. Es war dann zwar ein Glück, dass die beiden dort in der Scheune waren, aber auch lebensgefährlich. Gut, dass Luci wach geworden ist. Hat man den Brandstifter erwischt?", fragte Beanstock. Er hatte einen Moment furchtbare Angst um seine Pflegetochter gehabt.

„Er ist hinter Schloss und Riegel. Constable Donegal hat ihn erwischt. Es war ein Mann aus dem Nachbarort Pilpots, der bei Bauer Pitsch schon öfter nach Arbeit gefragt hatte. Aber die Zeiten sind schwierig und Mr Pitsch hat einfach kein Geld für Hilfskräfte. Und Sammy ist ja noch da und hilft, wo er kann.

Da war die Frustration des Mannes wohl so groß, dass er den Tod dieses armen Tieres in Kauf genommen hätte. Er wusste natürlich nicht, dass die Kinder in der Scheune waren, es tat ihm dann auch leid, aber er muss sich verantworten für seine Tat. Er soll froh sein, dass er im Gefängnis sitzt. Mr Herringbone war drauf und dran, in die Polizeiwache zu stürmen und den Brandstifter zu verprügeln. Sie sehen, Mr Beanstock, bei uns ist es auch nicht langweilig gewesen."

„Sie hätten mich sofort informieren müssen, Mrs Argyle. Ich bin erschüttert", erklärte Beanstock.

„Ich wollte Sie nicht beunruhigen. Nun ist ja alles gut und unsere Luci wird von uns allen ordentlich verhätschelt. Mrs Porkpie bäckt ihr jeden zweiten Tag einen Kuchen. Das Kind wird dick und rund sein, bis Sie wiederkommen."

„Gut, Mrs Argyle, dann sehen wir uns bald. Ich denke, in ungefähr einer Woche sind wir zurück auf Parsley Manor. Ich werde mich früh genug melden, damit Sie alles vorbereiten können. Auf Wiedersehen und grüßen Sie das Kind."

Beanstock hatte den Hörer auf die Gabel gelegt, tief durchgeatmet und hatte dann den Baronets und natürlich auch Gonzales, Bericht erstattet.

„Das ist ja unerhört!", hatte Sir Percival ausgerufen. „Da werde ich mich, wenn wir wieder daheim sind, sofort bei Bauer Pitsch melden und anfragen, ob er Hilfe mit seiner Scheune benötigt."

Lady Fedora war erschüttert gewesen und Gonzales hatte sofort die Hände zu Fäusten geballt.

„¡Madre de Dios, ese diablo de fuego! Madre de Dios, mi princesita", hatte er spanisch drauflosgeschimpft.

„Nicht fluchen, Gonzales, davon wird es nicht besser", hatte Beanstock nur gesagt. Er hatte den Chauffeur gut verstehen können. Aber natürlich durfte ein Mitglied des Hauses Parsley Manor nicht fluchen und wenn es noch so angebracht wäre.

Beanstock und Gonzales machten sich auf den Weg zum Bauernhof der McDowell-Familie. Der Hof war leicht zu finden, an der Einfahrt lag ein großer Findling, auf dem mit roter Farbe McDowell geschrieben stand.

Gonzales lenkte den Wagen vorsichtig über den holprigen, schlammigen Weg. Dann fuhren sie durch ein offenes Tor auf den Hof. Lamentierend und gackernd wurde der Wagen sofort von einer Schar Hühner und Gänse umlagert. Ein Hund kam aus einer Scheune gelaufen und begann zu bellen. Die beiden Herren im Wagen konnten sich nicht entscheiden, auszusteigen.

Der Hof hatte drei Seiten, von denen eine Seite ein Wohnhaus ausfüllte und die anderen Seiten mit Ställen und einer großen Scheune bebaut waren. Aus einem der Ställe kam ein Mann mit einer Schubkarre. Er stellte sie ab und rief offensichtlich nach dem Hund. Der lebhafte Bordercollie startete durch und lief zu seinem Herrn. Der Mann sagte etwas zu dem Hund und dieser legte sich sofort brav nieder. Der Mann war ein wahrer Hüne mit Muskeln an den Armen, die Keulen glichen. Er trug eine dunkle Latzhose, ein kariertes Hemd und Gummistiefel.

Beanstock und Gonzales stiegen aus dem Wagen und gingen zu ihm.

„Guten Tag, Sir, mein Name ist Beanstock und das hier ist Mr Gonzales. Wir kommen aus dem *Cluaran-Hotel* und würden gern mit Patty McDowell reden, wenn das möglich wäre", sagte Beanstock vorsichtig. Der Mann hatte einen ziemlich zornigen Gesichtsausdruck.

„Können Sie machen, ist aber nicht da. Die feine Dame ist nach Inverness gefahren. Lässt mich hier mit dem Viehzeug sitzen. Sie kommt erst heute Abend zurück. Um was geht's?", fragte Mr McDowell.

„Wir würden Ihre Frau gern ...", wollte Beanstock erklären. Er wurde unterbrochen.

„Ist nicht meine Frau. Ist meine ältere Schwester. Meine Frau Lory ist im Haus", sagte Mr McDowell. Aus dem Tonfall hörte man heraus, dass seine Schwester nicht das tat, was sie nach seiner Meinung tun sollte.

„Es handelt sich um die Anstellung Ihrer Schwester im ehemaligen Herrenhaus. Ich wollte gern eine Auskunft von ihr über einen der dortigen Angestellten erhalten."

Mr McDowell überlegte einen Moment. Inzwischen war eine Frau aus dem Wohnhaus gekommen. Sie schlenderte zu den Herren herüber und wischte sich dabei die Hände an ihrer Schürze ab.

„Die Leute wollen von Patty was über das alte Herrenhaus wissen!", rief ihr Ehegatte ihr zu. Die Frau nickte nur kurz.

„Was kommt dabei rüber?", wollte die Dame wissen.

Zuerst verstand Beanstock nicht. Gonzales hatte sofort verstanden, sah den Butler mit hochgezogenen Augenbrauen an und räusperte sich.

Dann verstand Beanstock endlich.

„Natürlich würden wir gern etwas für Informationen bezahlen, wenn Sie das meinen", erklärte er schnell.

„Ich schicke sie zu Ihnen ins Hotel. Das wird aber erst heute Abend. Die feine Dame kommt gegen fünf zurück, dann soll sie erst mal die Hühner versorgen. Wiedersehen", sagte der Hausherr, drehte sich um und verschwand wieder im Stall. Seine Gattin sah dem Wagen nach. Gonzales und Beanstock waren schnellstens eingestiegen und davongefahren.

Auf der Fahrt zurück zum Hotel kamen sie an dem

Nessieexperten vorbei und vorher auch an dem bunten Haus. Mildred Witherspoon stand mit ihrer Schwester Martha im Garten und pflückte die letzten Äpfel von einem niedrigen Apfelbaum. Als sie den Wagen sah, winkte Mildred lächelnd.

Der Nessieexperte stand ebenfalls vor seinem Haus. Er sah dem Wagen mit verdrießlichem Gesicht nach.

„Was haben die schon wieder hier gesucht? Kamen wohl vom Bauernhof, so wie der Wagen aussah", sagte er leise. „Da wohnt die gute alte Patty. Na gut, so alt ist sie noch nicht, sieht nur alt aus. Ich sollte sie mal wieder zu einem Ale einladen." Er lachte.

Als der Bentley am Hotel parkte und die beiden Herren ausgestiegen waren, lief Gonzales rund um den Wagen und inspizierte ihn.

„Den muss ich waschen. Das war vielleicht ein Schlamm auf dem Weg zum Bauernhof. Sehen Sie sich das an, Señor Beanstock, bis an die Scheiben ist der Dreck geflogen. Ich mach mich sofort an die Arbeit." Damit stapfte Gonzales davon, um sich Eimer, Wasser und Lappen zu besorgen.

Beanstock ging hinein, um nach Lady Fedora zu sehen. Sie saß vergnügt plaudernd in der Hotelhalle, trank Tee und unterhielt sich mit Levinya. Bartholomäus saß natürlich auf seiner Stange neben den beiden Damen.

„Land unter, ihr Landratten! Falscher Mann! Piraten! Dreckige Diebe!", krächzte der Vogel.

Sehr seltsam, dachte Beanstock. *Was meinte das Tier damit nur?*

203

Der Abend kam. Beanstock hatte seine Aufgaben erfüllt. Die Herren waren von ihrem Ausflug zurück. Sie hatten das Monster nicht gesichtet, dafür aber einen schönen alten Pub, in dem ein altes Gemälde von Nessie hing. Das musste als Sichtung genügen. Bis zum *Urquhart Castle* waren die Herren gewandert und nun ausgesprochen müde.

Um acht Uhr versuchte Beanstock auf dem Bauernhof anzurufen. Gern wollte er sich selbst auf den Weg machen. Es wurde dunkel und er wollte Mrs McDowell nicht zumuten, allein bis zum Hotel zu laufen.

Der Bauer nahm den Hörer ab.

„Was gibt's?", fragte er scheinbar unzufrieden über die Störung.

„Ich wollte mich nach Ihrer Schwester erkundigen", sagte Beanstock.

„Die ist doch längst bei Ihnen, oder? Sie ist hier um siebzehn Uhr mit ihrem Rad weggefahren. Wo steckt das Weibsbild schon wieder?", schimpfte Mr McDowell ungehalten.

„Ich werde nach ihr sehen, Sir. Bitte entschuldigen Sie die Störung." Da hatte der Bauer schon aufgelegt. Patty war wohl des Öfteren unterwegs, um nicht auf dem Hof helfen zu müssen. Das geschwisterliche Verhältnis des Bauern zu Patty war offensichtlich gestört.

Beanstock ging zu Gonzales und fragte ihn, ob er ihn begleiten wolle. Er hatte das Gefühl, dass das besser wäre. Nachdem er die Herrschaften über ihren abendlichen Spaziergang informiert hatte, machten sich die beiden auf den Weg. Dieses Mal wollten sie den Bentley stehen lassen. Gonzales hatte eine ganze Stunde den Wagen auf Hochglanz geputzt.

Nach zehn Minuten kamen die ersten Cottages von Barbour Hill in Sicht. Inzwischen war es dunkel. Der bleiche Mond warf seltsame Schatten und leichter Dunst kam vom See herüber.

Beanstock fröstelte. Er hätte seinen Mantel anziehen sollen. Nun war es zu spät.

Kurz bevor sie den Ortseingang passieren wollten, sahen sie im hohen Gras neben der Straße ein Fahrrad liegen. Gonzales sah es sich etwas näher an.

„Warum wurde das weggeschmissen? Das sieht noch sehr gut aus", meinte er und wollte sich zu Beanstock umsehen. Dabei kam er ins Rutschen und fiel.

„Haben Sie sich etwas getan, Gonzales?"

„Nein, Señor, aber Sie sollten bitte besser zu mir kommen."

Nach etwa einer Stunde hatte man die tote Patty McDowell aus dem Graben geholt und Dr. Sagart begutachtete die Tote. Sergeant Mayor stand neben ihm und schüttelte den Kopf.

„Sind am Loch Ness langsam alle verrückt, oder was passiert hier? Mr Beanstock, was sagen Sie dazu? Was hatten Sie und Mr Gonzales um diese Zeit auf dieser Straße zu suchen?"

„Wir machten uns um die leider tot vor uns liegende Patty McDowell Sorgen. Sie wollte zu uns in das Hotel kommen und mit mir sprechen. Als ich bei ihrem Bruder anrief, erfuhr ich, dass die Dame schon sehr lange fort war. Wir wollten sie suchen. Ich hatte die Hoffnung, etwas über das alte Herrenhaus und seine

Angestellten von der Dame zu erfahren. Das hat wohl jemanden nervös gemacht", sagte Beanstock. „Sie waren sehr schnell vor Ort, Sir. Waren Sie in der Nähe?", fragte er den Sergeant.

„Zufall, Mr Beanstock, reiner Zufall. Wie Sie bin ich der Meinung, dass wir den Mörder hier vor Ort suchen müssen."

Dr. Sagart erhob sich, betete kurz und mit geschlossenen Augen. Dann richtete er sich an den Sergeant.

„Den äußeren Anzeichen nach zu urteilen, würde ich auf Gift tippen. Dem Geruch nach haben wir hier erneut eine Blausäurevergiftung. War nach circa fünf Minuten tot, das arme Ding. Nun kann sie kein Scrabble mehr spielen."

„Wieso Scrabble? Wie kommen Sie denn darauf?", fragte der Sergeant überrascht.

„Nun, wenn ich dem guten Doktor vorgreifen darf, sehen Sie, was dort aus ihrer Handtasche, die neben ihr liegt, hervorlugt? Es ist tatsächlich ein Scrabblespiel. Sehr eigenartig. Was wollte sie mit dem Spiel, wenn sie doch zu uns in das Hotel wollte? Ich hätte sicher nicht mit der Dame gescrabbelt. Eventuell war sie vor der Fahrt zum Hotel noch bei jemand anderem. Ihr Bruder meinte, sie sei bereits um siebzehn Uhr gefahren", sagte Beanstock.

„Was wollten Sie von ihr wissen, Mr Beanstock?", fragte der Sergeant. „Dieses alte Herrenhaus der Barbours hängt an mir wie ein zu lange gekauter Kaugummi. Ich werde diese Leute einfach nicht los", flüsterte Sergeant Mayor. Aber Beanstock hatte es durchaus gehört.

„Der Chauffeur seiner Lordschaft, der des Mordes an

206

Lady Meredith verdächtigt worden war, hatte eine Verlobte. Ich wollte nur den Namen erfahren und wo sie zu finden ist. Eigentlich kein Grund, jemandem das Leben zu nehmen, oder Sir? Es sei denn ..."

„Es sei denn?", fragte DS Mayor.

„Nun, das gilt es zu beweisen", meinte der Butler und gab dem Polizisten nicht gerade eine ausführliche Erklärung. DS Mayor schien auch nicht sehr zufrieden zu sein.

„Ich werde nach Inverness zurückkehren und die alten Akten aus dem Fall des Unfalls der Lady Meredith Barbour heraussuchen. Vielleicht ist dort etwas vermerkt. Wer wird damals die Untersuchungen geleitet haben?", überlegte er angestrengt.

„Das war der alte Forsythe", meldete sich Dr. Sagart.

„Woher kennen Sie denn den alten Inspector Forsythe? Das war doch lange vor Ihrer Zeit in der Rechtsmedizin Aberdeen."

„Mein Vorgänger hatte den alten Herrn damals leider auf seinem Tisch. Ich informierte mich, als ich dort anfing, über die Obduktionen meines Vorgängers. Jeder sollte so etwas tun, um nicht irgendwann da zu stehen und keine Auskunft geben zu können. War aber eine natürliche Ursache. Der arme Kerl hat einfach zu viel geschuftet und war eines Tages von seinem Stuhl im Polizeirevier gerutscht", berichtete der Doktor unter den staunenden Augen der Anwesenden. Der gute Doktor war immer für eine Überraschung gut.

Beanstock und Gonzales hatten ihre Aussage gemacht und verabschiedeten sich. Auf dem Weg zurück zum Hotel sagte der Butler kein Wort.

„Das ist wieder einmal ein kniffliger Fall, nicht wahr,

Señor Beanstock?", fragte Gonzales.

„Sehr knifflig. Bei wem könnte Patty auf dem Weg zum Hotel angehalten und Scrabble gespielt haben? Dort verabreichte man Patty auch die tödliche Blausäuredosis. Wenn wir das herausbekommen, haben wir unseren Mörder", erklärte Beanstock. „Eigentlich sollte ich doch bereits mehr wissen. Irgendetwas in meinem Kopf passt noch nicht zusammen. Warum will es mir nicht gelingen, den Zusammenhang zu finden? Ein Puzzleteilchen fehlt."

„Oder ein Scrabblesteinchen, sind das nicht diese kleinen Steinchen mit den Buchstaben oben drauf? Ich habe dieses Spiel bei meinem Freund Sean im Pub in Parsley Field gesehen. Da saßen an jedem Sonntagabend Leute zusammen und spielten. Ich weiß nicht, ich finde das Spiel langweilig. Und dann fehlten einmal Steinchen, wissen Sie, was das für einen Aufstand im Pub gegeben hat? Sie können sich nicht vorstellen, was da los war. Die alten Herren waren kurz davor, sich zu prügeln. Nur weil Steinchen fehlten", sagte Gonzales.

Beanstock stoppte und sah den Chauffeur erstaunt an. „Genau, Gonzales, es fehlt ein Scrabblestein! Ich muss noch einmal mit dem Inspector reden. Es fehlt ein Stein. Sie sind ein Genie, Gonzales."

Gonzales fühlte sich geschmeichelt, obwohl er nicht wusste, warum. Und Beanstock erklärte es ihm natürlich auch nicht.

Perth, Bridge Lane

Mr Jeremiah öffnete sein Juweliergeschäft. Er sah sich kurz draußen vor dem Haus um. Der Polizist, der seit neuestem in der Nähe seines Geschäfts patrouillierte, war nicht zu sehen. Gut. Was würde der exzentrische Kunde, den er sehnlichst erwartete, denken, wenn ein Polizist hier herumlief? Vielleicht wäre das Geschäft gelaufen, bevor es begonnen hatte.

Es war kurz vor neun Uhr. Mr Jeremiah, angesehener Juwelier in Perth, etwas über sechzig Jahre alt, erwartete einen besonderen Kunden. Er war aufgeregt. Es kam nicht sehr oft vor, dass ein Mitglied des Hochadels hier ausgerechnet in Perth in seinem Geschäft in der Bridge Lane vorstellig wurde, um etwas so Besonderes zu erwerben. Vorgestern Abend war der Anruf gekommen. Der Duke of Rothesay würde sich die Ehre geben.

Etwas seltsam war, dass der Butler des Dukes verlangt hatte, dass niemand sonst im Geschäft sein sollte. Aber man hörte ja des Öfteren von den seltsamen Allüren der adligen Gesellschaft. Also hatte er seiner einzigen Mitarbeiterin Miss Wolters den Tag frei gegeben. Mr Jeremiah war das ziemlich gleichgültig. Er rieb sich in Erwartung des guten Geschäfts die Hände. Perth war ein schwieriges Pflaster für Juweliere. Aber dieser Kunde wusste genau, was er wollte. Nichts weniger als eine Brillanttiara verlangte der Duke.

Mr Jeremiah hatte Himmel und Hölle in Bewegung gesetzt, um kurzfristig eine exquisite Tiara anbieten zu können. Sie war gestern Abend mit Kurier geliefert worden und lag nun im Safe.

Zum wiederholten Mal richtete der Juwelier seine Krawatte vor dem Kristallspiegel und strich sich über das graue Haar. Er war nervös und auf seinen Wangen erschienen rötliche Flecken. Er sah auf seine Uhr. Genau neun Uhr.

Ein Wagen hielt vor dem Geschäft, das sich in einem Eckhaus gegenüber dem Museum und der Art Gallery befand. Es war ein schönes, gut erhaltenes Haus im Stil des schottischen Baroniestils mit dekorativen Fenstern und Giebeln.

Der Chauffeur stieg aus, sah sich kurz um und setzte sofort seine Mütze auf. Dann öffnete er die hintere Tür des Wagens, einer alten schwarzen Pathfinder-Limousine der Marke Riley. Sie musste schon etwas älter sein, Mr Jeremiah erkannte den ein oder anderen Rostfleck auf der Außenseite. Für so etwas hatte er ein Auge. Er empfand diese Tatsache zwar als verwunderlich, dachte aber nicht weiter darüber nach.

Der Duke of Rothesay stand nun vor dem Geschäft. Mr Jeremiah hatte sich den Adligen anders vorgestellt. Der Herr war klein, hatte graues Haar und einen ziemlich gewaltigen Schnurrbart. Er trug einen schwarzen Anzug, der ihm scheinbar zu groß war, und an den Füßen Gamaschen, was dem Juwelier noch seltsamer erschien. *Nun ja*, dachte er, *Adlige und ihre seltsamen*

Angewohnheiten. Er riss mit einer Verbeugung die Tür zu seinem Geschäft auf.

Der Chauffeur des Dukes betrat nach dem Herrn das Juweliergeschäft.

„Your Grace, es ist mir eine Ehre, ich hole die Tiara aus dem Safe. Bitte gedulden Sie sich einen Moment", erklärte der Juwelier und die roten Punkte auf seinen Wangen wurden dunkelrot.

Als er mit dem kostbaren Teil auf einem Samttablett zurück in den Verkaufsraum kam, erlebte er eine Überraschung.

Mit vorgehaltener Waffe zwang der eine der beiden Männer den Juwelier zur Herausgabe des Diadems. Sie stülpten Mr Jeremiah einen Sack über den Kopf und legten ihn gut verpackt hinter den Tresen. Man konnte ihn von der Tür aus nicht sehen. Dann hörte der Juwelier, wie die Vordertür geöffnet und geschlossen wurde. Auf der Straße heulte der Motor auf und das Auto der Diebe raste davon. Das Ganze hatte nur fünf Minuten gedauert. Das waren Profis.

Mr Jeremiah benötigte eine geschlagene Stunde, um sich von den Fesseln zu befreien. Auf Hilfe von außen brauchte er nicht zu hoffen. Seine Mitarbeiterin wäre erst am nächsten Tag wieder zur Arbeit erschienen und der Polizist, der vielleicht draußen patrouillierte, war sicher weit weg.

Als er endlich frei war, rannte er auf die Straße und wirklich stand auf der gegenüberliegenden Seite ein Polizist und harrte der Dinge, die da kommen sollten. Mr Jeremiah wedelte mit seinen Armen und schrie dem Mann zu, er solle ihm helfen. Aber es war zu spät. Die Diebe waren auf und davon und wieder einmal hatte niemand den Diebstahl früh genug bemerkt.

Nach etwa zwei Stunden beugten sich Inspector Duff und Sergeant Lamond über den armen, gebeutelten Juwelier. Neben ihm stand ein sehr professionell wirkender Mann. Er trug einen karierten Anzug, eine perfekt gebundene Fliege und ein blendend weißes Hemd. Sein Haar war extrem kurz und perfekt in Form gebracht. Auf der Nase saß eine breite Hornbrille. Sergeant Lamond würde später ihrem Chef zuraunen, dass sie den Eindruck gehabt hatte, der Mann sei gerade frisch gebadet. Er duftete nach Babypuder. Unter dem Arm trug der Herr eine Aktentasche, die wie poliert wirkte. Er stand neben dem Juwelier, den man nach der Aufregung auf einen Stuhl gesetzt hatte.

„Und wer sind Sie, Sir?", fragte Sergeant Lamond nun und zückte Stift und Notizblock.

„Das ist mein Anwalt, Andrew Cowper. Er wurde von meinem Anwaltsbüro, Cowper & Sohn, geschickt, um mich zu unterstützen. Habe dort sofort angerufen, falls es Probleme mit der Versicherung geben sollte", erklärte der Juwelier den Tränen nah.

Der Anwalt nahm einen Füllfederhalter aus seiner Aktentasche. Dabei fiel ein seltsamer Gegenstand heraus. Lamond hob ihn auf, sah ihn sich an und ließ ihn sofort wieder fallen.

„Igitt, was ist das?", fragte sie und wischte sich die Hand an ihrer Jacke ab.

„Oh, das ist ein Talisman, äh, tut mir leid. Man stellt ihn aus der Pfote des asiatischen Hochlandhasen her", sagte Mr Cowper und bückte sich nach der Hasenpfote.

„Entschuldigung, es tut mir sehr leid. Ich habe die wichtigen Eckdaten notiert. Wenn Sie mich nicht mehr brauchen, ich habe noch einen Termin bei einem Katzenberater", sagte der Anwalt.

„Es gibt Katzenberater?", fragte Inspector Duff.

„Ach wissen Sie, Julius Cäsar ist so weinerlich in letzter Zeit", berichtete Mr Cowper.

„Ihre Katze heißt Julius Cäsar?", fragte Sergeant Lamond.

„Kater, Sergeant, Kater! Ganz wichtig. Sagen Sie niemals in Gegenwart dieses Katers, dass Sie ihn für eine Katze halten. Er ist ein Sensibelchen. Wie der echte römische Kaiser kann er ziemlich gemein werden, wenn seine Ehre verletzt wurde. Aber nein, es ist natürlich nicht mein Kater. Da würde meine Wohnung nicht sauber bleiben auf Dauer. Das geht gar nicht, verstehen Sie", erklärte der Anwalt lachend. Dann fuhr er fort.

„Er gehört meiner Nachbarin. Das alte Mädchen hat es mit ihm nicht leicht. Darum helfe ich. Bekomme dafür des Öfteren einen wundervollen Kuchen von ihr. Lieben Sie auch so sehr Kuchen? Ihr Pfirsichkuchen ist so ... Ich glaube, das ist eines meiner schlimmsten Laster. Nein, warten Sie, ich denke, mein größeres Handycap ist meine hohe Scheidungsrate. Hab es schon zweimal geschafft und Nummer drei wird bereits anvisiert." Der Anwalt lachte wieder.

Inspector Duff und Sergeant Lamond bekamen den Mund nicht mehr zu. Aber der Anwalt war noch nicht zu Ende mit seiner Lebensbeichte. Er nahm seine Brille ab und begann sie penibel mit einem Tuch zu putzen.

„Hab einen Knick in der Linse, verstehen Sie? Kurzsichtig. Nicht besonders gut für einen Anwalt. Hab nicht ich gesagt. Mein bester Freund Timothy, Richter am hiesigen Gericht, meinte neulich so etwas in der Art.

Nun, der gute Timothy ist auch nicht frei von Lastern."

Mr Cowper machte eine kurze Pause und setzte sich die Brille wieder auf. Sergeant Lamond versuchte, in seiner Redepause etwas anzumerken. Sie schaffte es nicht. Der gute Anwalt redete sofort weiter.

„Unser Richter Timothy raucht wie die Schornsteine der Kohleminen bei Glasgow. Toller Typ. Ich mag ihn, ist ein guter Richter. Nun, ich sollte mich sputen. Sie wissen ja, der Katzenberater. Freue mich auf den Kuchen heute Abend. Meine Dame und die Herren, ich empfehle mich", erklärte der sprachgewandte Anwalt und verbeugte sich. Dann war er fort.

„Du bist nie zu alt, um etwas Dummes zu lernen", sagte Sergeant Lamond leise. Sie sah dem Anwalt mit offenem Mund nach.

„Ja, ich weiß, was Sie denken", erklärte der Juwelier. „Er ist ein etwas schrulliger Anwalt. Aber glauben Sie mir, er ist der beste Rechtsanwalt, den wir hier haben. Ich brauche jetzt einen Drink." Mr Jeremiah ging in sein Hinterzimmer und man hörte das Geräusch eines Korkens, der aus einer Flasche gezogen wurde. Plopp.

„Den könnte ich jetzt auch brauchen", meinte DI Duff. „Ich habe so die Nase voll von dieser Diebesbande und ihren lächerlichen Verkleidungen. Hast du etwas über den Wagen herausbekommen?"

DS Lamond schlug ihren Notizblock auf, blätterte eine Seite zurück und las ihrem Chef die Fakten vor.

„Ein etwas in die Jahre gekommener Riley, Typ Pathfinder. Gestohlen gestern gegen zweiundzwanzig Uhr in der Nähe von Fort Augustus aus der Garage eines echten Adligen, Sir Roger Moorland. Er hat den Diebstahl erst heute Morgen gemeldet. Habe mit DS

Mayor telefoniert. Die Beschreibung der Diebe lässt wieder einmal zu wünschen übrig. Mittlere Größe, graues Haar, riesiger Bart, Hüte, Anzüge und so weiter, wie wir es schon kennen. Und, wir freuen uns natürlich unsagbar, dass es hier im Geschäft keinerlei Spuren zu sichern gibt. So wird es auch mit dem Wagen sein, wenn wir ihn finden. Kann nicht mehr lange dauern."

„Es wurde nur diese Tiara gestohlen? Das Schmuckding, das sich die Diebe auch noch vorher bestellt hatten bei Mr Jeremiah? Das ist ja unglaublich frech. Wie muss ich mir eine Tiara vorstellen?", fragte Duff. Ein Polizist an der Tür, der ihm zugehört hatte, zuckte nur die Schultern.

„Na ja, das ist so etwas ähnliches wie eine Krone. Die Damen setzen sich das zu Feierlichkeiten auf das Haar. In unserem Fall ist es rundum mit Brillanten besetzt und in der Mitte leuchtet ein blauer Saphir, ganz was Tolles, denke ich, keine Ahnung. Ich brauche sowas nicht", erklärte Jamie Lamond.

„Wenn sie nur dieses Kronending geklaut haben, war das vielleicht auf Bestellung eines Kunden? Wir fahren nach Inverness in die Polizeistation und schauen nach Sergeant Mayor. Hoffentlich hat er mehr für uns. Der wird begeistert sein", sagte der Inspector.

Wenn jemand eine Falle stellt ...

Beanstock legte den Hörer auf die Gabel zurück, ganz langsam und vorsichtig, als könne der Apparat Schaden erleiden, wenn er ihn zu heftig auflegen würde.

Einen Moment blieb er noch in der Telefonkabine neben der Rezeption sitzen und dachte über die nächsten Schritte nach. Er war sehr traurig. Sein Blick wanderte hinaus in die Hotelhalle. Durch das kleine Fenster mit dem geschliffenen Glas sah man nur einen Ausschnitt. Es erschien dem Butler fast so, als würde er vor einem dieser neuartigen Fernsehapparate sitzen. Ein kleiner Blick hinaus in die Welt.

Die Rezeption sah er nicht, aber die Tische und bequemen Sessel in der Halle. Teatime.

Ganz hinten in einer schummrigen Ecke hatte sich wiederum das junge Paar niedergelassen. Sie wirkten heute zufriedener. Das Mädchen schien nicht weinen zu wollen. Gut. Vielleicht hatten die beiden endlich eine Lösung für ihr Problem gefunden.

Weiter vorn saß Madame Rosier, Händchen haltend mit ihrem Angebeteten Lord Barbour. Beanstock hoffte für die problembeladene Dame, dass sie dieses Mal Glück haben würde mit ihrem Herrn.

Einen Tisch weiter saß das amerikanische Paar. Auch hier war Ruhe eingetreten. Allerdings eher auf eine unschöne Weise. Virginia, das etwas schrille Stubenmädchen, hatte Beanstock zugeflüstert, dass das Paar sich scheiden lassen wollte. Die beiden hatten sich nicht mehr viel zu sagen, jeder schlürfte für sich allein an einem Drink und sie sahen in entgegengesetzte Richtungen. Beanstock hatte vor einiger Zeit von DS Mayor erfahren, dass Mr Smith tatsächlich Arzt war und den Allerweltsnamen Smith trug. Man lernte niemals aus.

Der nächste Tisch war frei, es war der bevorzugte Tisch der Witwe Fleetstone gewesen. Irgendwie wollte niemand diesen Platz übernehmen, als könne man sich vergiften, wenn man dort sitzen würde.

Einen Tisch weiter Tisch saßen die drei reizenden alten Damen aus Barbour Hill, tranken Tee, aßen ein Scone mit Marmelade und clotted Creme nach dem anderen und kicherten.

In einer der hinteren Nischen hatte es sich Levinya mit Häkelzeug und Papagei gemütlich eingerichtet. Sie sah konzentriert auf ihre Arbeit und sprach dabei beruhigend auf Bartholomäus ein, der wieder einmal sehr aufgeregt schien und mit den Flügeln schlug.

„Falscher Mann! Piraten an Bord!", kreischte er zum wiederholten Male.

Weiter hinten auf der anderen Seite hatten sich die Baronets und der Professor niedergelassen und waren in ein heiteres Gespräch über den Besuch im *Fyvie Castle* vertieft. Sie hatten dort ein paar wunderschöne Stunden verlebt und wollten irgendwann zurückkommen.

Die Herrschaften ließen sich den ausgezeichneten Earl Grey des Hauses schmecken und Mrs Bears hatte eine Etagere mit den wunderbarsten gebackenen Köstlichkeiten ihres Mannes auf den Tisch gestellt; Blaubeermuffins, Zitronencupcakes, Nusscremtörtchen und Schokoladen Shortbread Cookies. Er war ein Künstler am Backofen.

Seit dem Tanzabend hatte Mr Bears auch wieder Gefallen an seiner Gitarre gefunden. Bei der vielen Arbeit hatte er nicht mehr an die Musik gedacht, die er immer so geliebt hatte. Er hatte die Gitarre aus der Ecke geholt, frische Saiten aufgespannt und spielte in der Küche zur Freude Gonzales´ einen schottischen Reel. Die Musik war auch in der Halle zu hören.

Ganz vorn neben der Eingangstür saßen Mrs Brewster-Nettle und Mr Walton. Wie an jedem Tag um diese Zeit, seitdem das ungleiche Paar im Hotel logierte, schrieb er in sein Notizbuch und sie warf ihre bitterbösen Blicke über den Rand ihrer Teetasse in die Runde. Sicher gefiel ihr die Musik nicht. Inzwischen hatte Beanstock eine Theorie zu den beiden. Ohne Beweise wollte er nichts sagen. Aber es war schon verwunderlich, dass die beiden nie das Hotel verließen und immer herumsaßen und sich dabei Notizen machten. Das sah ein Blinder, was hier passierte. Morgen wollte er Mrs Bears einen Tipp geben.

Durch die Tür kamen Inspector Duff und Sergeant Lamond. Sie sahen den Butler nicht, liefen an der Telefonkabine vorbei und setzten sich an den Tisch des verstorbenen Mr Robinson/Prickles. Sie schienen erschöpft zu sein. Beanstock sah noch ein letztes Mal in die Runde. So ein schönes Hotel, so nette Leute und so viel Böses auf einem Fleck. Aber aus Erfahrung wusste er, wo Gutes wohnt, ist garantiert auch Böses nicht weit. Es war so furchtbar traurig.

Beanstock hatte sich entschieden.

Er ging zu den Baronets und informierte sie über seine Idee, endlich einen Weg gefunden zu haben, den Mörder aus seiner Deckung zu locken.

„Bitte tun Sie nichts ohne die Hilfe der Polizei. Und vor allem nehmen Sie Gonzales mit. Er hat so eine tatkräftige Art", flüsterte Sir Percival.

Professor McGregor schüttelte den Kopf.

„Das ist keine gute Idee, mein Bester. Können wir nicht irgendetwas anderes tun? Ich kann nicht glauben, was Sie uns da berichten. Sind Sie ganz sicher?"

„Ich bitte Sie nur, sich heute im Hotel aufzuhalten", sagte der Butler. Dann ging er an den Tisch der beiden Beamten, setzte sich zu ihnen und erzählte ihnen seine Theorie. Die beiden Polizisten waren nicht Beanstocks Meinung. Aber der Butler würde sich nicht von seinem Plan verabschieden. Das erklärte er den beiden unmissverständlich.

„Erwarten Sie heute Sergeant Mayor hier im Hotel?", fragte Beanstock am Ende.

„Er wollte in einer Stunde hier sein. Sie glauben doch nicht wirklich an ihre Theorie, wer hier der Mörder ist, und vor allem, dass die Diebstähle damit zusammenhängen", sagte Inspector Duff leise.

„Ich kann das nicht glauben", sagte noch leiser Jamie Lamond. Sie sah traurig zu Boden und schüttelte den Kopf. „Das ist nicht wahr, Mr Beanstock. Sie müssen sich irren."

„Leider nicht, Sergeant. Ich habe Beweise, aber die müssen untermauert werden. Das sollten gerade Sie verstehen. Sonst wird die Anklage vor Gericht nicht standhalten", erklärte er und erhob sich. Er ging in den Dienstbotenbereich und sprach mit Gonzales. Auch der Chauffeur war alles andere als begeistert von dem Plan des Butlers. Zu Anfang hatte er ihn sogar ein bisschen ausgelacht, als er hörte, was Beanstock vorhatte.

„Und das alles nur, weil ich gesagt habe, es fehlt vielleicht ein Scrabblesteinchen? Señor Beanstock, ich bitte Sie", versuchte er den Butler zu überzeugen, den kruden Plan fallen zu lassen.

Beanstock sah auf seine Uhr. Die Teatime sollte jetzt längst zu Ende sein. Sergeant Mayor war noch nicht erschienen. Aber das hatte Beanstock erwartet.

Er durchquerte die Hotelhalle und ging auf sein Zimmer. Dort machte er sich frisch und nahm seinen Mantel. Es war ein kühler nebliger Abend. Das hatte er mit einem Blick aus dem Fenster seines Zimmers erkannt.

Dann verließ er das Hotel. Gefolgt von dem Krächzen des Papageis. „Mörderbande! Falscher Mann!"

Beanstock lächelte. Hätte er von Anfang an dem Papagei Bartholomäus besser zugehört, würde auf jeden Fall Patty McDowell noch leben.

Beanstock durchquerte den Ort Barbour Hill, ging am alten Herrenhaus vorbei und zum Haus des Nessieexperten. Mr Campbell schien nicht zu Hause zu sein. Die Fenster des Hauses waren dunkel und leblos.

Er konnte nicht sehen, dass Mr Campbell in seinem Sessel am Fenster saß, ihn beobachtete und einen Whisky nach dem anderen trank. Die Flasche neben seinem Sessel war bereits halb leer. Er hatte die alte Patty gemocht. Das hatte sie nicht verdient. In seinen jungen Jahren waren sie einmal ein Paar gewesen. Aber er hatte sich nie zu einem Antrag durchringen können. Da waren seine wissenschaftlichen Studien gewesen, die nicht hatten vernachlässigt werden dürfen. Er hatte zu wenig Zeit für Liebeleien gehabt. Die Reue kam zu spät.

Beanstock ging weiter.

Das bunte Haus kam in Sicht. Es lag unschuldig und vielfarbig im abendlichen Dunst.

Der Mond blickte hinter den Wolken hervor und beschien den Garten der drei reizenden alten Damen. Noch immer waren die Stauden nicht zurückgeschnitten. Die Damen hatten noch keine Zeit dafür gehabt.

An der Tür angekommen, klopfte Beanstock und wartete. Die Fenster waren hell erleuchtet. Die Damen sollten also daheim sein. Sie hatten lange vor ihm das Hotel verlassen. Vielleicht erwarteten sie ihn schon.

Mildred, die jüngste der Witherspoonschwestern, öffnete mit einem breiten Lächeln.

„Wie schön, Mr Beanstock, wollen Sie uns wieder einmal besuchen? Bitte, kommen Sie herein. Abigail! Martha! Es ist Mr Beanstock!", rief sie über ihre Schulter. Seltsam war, dass sie im Haus einen Hut auf dem Kopf trug, einen schönen Strohhut mit einer roten Feder an der Seite.

Im Salon erhoben sich die anderen beiden Damen und lächelten milde.

„Was können wir denn noch so spät für Sie tun? Wir sollten eigentlich schon längst in den Federn liegen. Wenn man alt ist, wird man schneller müde, nicht wahr,

221

Mildred?", erklärte Martha Witherspoon.

„Aber bitte, nehmen Sie doch Platz", sagte Abigail, griff zu ihrem Strickzeug und setzte sich wieder.

Beanstock ging zu dem Sekretär in der hinteren Ecke und sah sich das Foto des Soldaten an.

„Das ist Ihr Vater, nicht wahr, meine Damen? Er war in Nordafrika im Krieg? Er hatte sicher so einen guten Webley Revolver, 38er Kaliber, wenn ich mich nicht irre. Im Ägyptenfeldzug besaßen die Offiziere der britischen Armee zumeist diesen Revolvertyp. Die britische Polizei benutzt diesen Typ auch sehr gern. Das hat mich auf eine falsche Spur gebracht. Unverzeihlich."

Mildred nickte. „Warum wollen Sie das wissen?"

Beanstock ging an der Wand mit den schönen Bildern entlang.

„Wunderschöne Kunstwerke und ich meine, das sind Originale. Sie haben einen guten Geschmack. Einen teuren Geschmack."

Abigail legte das Strickzeug zur Seite.

„Möchten Sie nicht Tee mit uns trinken? Dafür ist es doch niemals zu früh oder zu spät. Eine gute Tasse Tee ist immer passend, nicht wahr? Mildred, mach Tee für uns", bestimmte Martha.

Beanstock setzte sich, während Mildred in die Küche ging. Man hörte sie dort herumlaufen, Teetassen auf ein Tablett stellen, Wasser lief und sie trällerte ein Lied dabei.

Beanstock beobachtete die beiden Damen, die noch im Zimmer waren. Martha schien wie immer rigoros, bestimmend und eiskalt. Abigail war etwas nervös und knetete ein Taschentuch in ihren Händen.

Dann erschien fröhlich Mildred mit dem Teetablett.

Sie goss ein und reichte dem Butler eine Tasse.

Als alle eine Tasse in Händen hatten, setzte sie sich neben ihre Schwestern auf das Sofa gegenüber dem Sessel, in dem der Butler saß.

„Das ist eine schöne Brosche, die Sie dort am Kleid tragen, Miss Abigail. Rotbraune Granatsteine, wenn ich mich nicht irre." Abigail fühlte sich geschmeichelt und strich lächelnd über die hübsche Brosche.

„Haben Sie ein Scrabblespiel?", fragte Beanstock unvermittelt. Abigail verging das Lächeln.

„Was soll das sein? Wir kennen das Spiel nicht. Das ist sicher wieder so ein neumodernes Ding wie dieses dumme Cluedospiel. Professor Bloom mit dem Revolver in der Bibliothek, so etwas Dummes", sagte Martha und warf Abigail einen zornigen Blick zu.

„Wieso liegt dann dort hinten in der Schale auf dem Sekretär ein einzelner Scrabblestein? Er war mir bei meinem letzten Besuch schon aufgefallen. Aber natürlich konnte ich keinen Zusammenhang erkennen.

Jetzt bin ich schon eher in der Lage, Dinge zu verknüpfen. Der alte Armeerevolver, die Granatbrosche, die kostbaren Antiquitäten hier im Haus, die nicht gestutzten Stauden im Garten und nicht zuletzt der fehlende Scrabblestein.

Es ist ein X, nicht wahr? Den gibt es nicht so oft in diesem Spiel. Und er fehlte in dem Spiel der armen Patty McDowell. Das habe ich von Sergeant Mayor erfahren. Er wollte mich auslachen, als ich nach dem Spiel fragte. Aber er hat sich die Arbeit gemacht und die Steine durchgesehen. Sie war oft hier bei Ihnen zum Spielen, oder? Sie hat Ihnen von dem Vorhaben erzählt, mit mir über den Chauffeur zu sprechen. Vielleicht hat sie sich gefreut über die Aussicht, mit ihren Informationen etwas Geld zu verdienen. Arme Patty. Sie waren keine guten Freunde für sie.

Aber am interessantesten war für mich die Tatsache, dass der Papagei Sie erkannt haben muss. Vielleicht war er mit Mrs Fleetstone unterwegs und hatte einen Juwelendieb beobachtet. Immer wieder kam von ihm der Schrei, dass der Mann falsch sei. Aber ich habe es erst jetzt verstanden. Es war ein falscher Mann, weil es eine Frau war. Er hat Sie erkannt. Ist es nicht so, meine Damen? Sie verkleiden sich sehr gern."

Einen Moment saßen die drei reizenden Damen still auf ihrem Sofa.

„Sie trinken Ihren Tee ja gar nicht! Das war eine sehr schöne Geschichte, aber nun sollten Sie den Tee austrinken und gehen", erklärte Martha.

„Dann bekam ich den Hinweis auf das alte Herrenhaus und seine Bewohner. Besonders interessant war der Chauffeur Richard Tubbs, den man verdächtigte, Lady Meredith umgebracht zu haben. Da war ich kurzzeitig wieder auf einer falschen Spur. Mr Tubbs ging nach dieser leidigen Geschichte fort, lebte dann in Inverness, heiratete und hatte einen Sohn. Er hatte seinen Nachnamen geändert und den Namen seiner Gattin angenommen. Sein Sohn hieß darum Christian Mayor und nicht Tubbs. Ich hatte doch tatsächlich Sergeant Mayor kurz in Verdacht. Aber wirklich nur sehr kurz. Und dann gab es da die Verlobte des Chauffeurs."

Mildred senkte den Kopf. Dabei kam der Strohhut ins Wanken. Schnell hielt sie ihn fest.

„Sie sollten jetzt wirklich Ihren Tee austrinken und gehen, Mr Beanstock!", sagte Martha etwas lauter als angebracht.

„Warum haben Sie das getan, Miss Mildred? Der Papagei war zu schlau, aber Mrs Fleetstone nicht. Dann Mr Robinson, der Privatschnüffler, die arme Patty, diese Diebstähle und natürlich nicht zu vergessen, Lady Meredith. Sie kennen sich gut aus mit Autos, nicht wahr? Haben sehr viel von Ihrem Verlobten gelernt in der Garage damals. Warum?", fragte Beanstock direkt an Mildred gerichtet. „Ich habe heute den Namen der Verlobten von Sergeant Mayor erfahren. Er hat seinen Vater nach Ihnen gefragt. Der alte Herr war gern bereit, zu helfen. Mildred Witherspoon. Sie waren es."

„Geld. Ganz einfach Geld. Es ging uns eine lange Zeit ziemlich schlecht. Nachdem Vater gestorben und Mildreds Verlobung geplatzt war, hatten wir Probleme. Wir hätten unser schönes Heim verloren", versuchte Abigail kleinlaut zu erklären.

Martha war inzwischen aufgestanden und zum Sekretär gegangen. Sie zog den alten Armeerevolver aus einer der Schubladen und legte auf Beanstock an.

„Wollen Sie nicht doch Ihren Tee trinken?", fragte sie lauernd.

„Sie müssen mich schon erschießen. Ich kann mir vorstellen, was in meiner Teetasse außer Tee noch enthalten ist. Ich verstehe nur nicht, warum es Sie immer wieder in das Herrenhaus zog?", fragte Beanstock.

„Das war Marthas Idee, wie immer. Sie fand es witzig und aufregend. Es war hier ansonsten so langweilig in Barbour Hill", erklärte Mildred. Sie nahm nun doch endlich ihren Strohhut ab. Die Tiara auf ihrem Haar warf glitzernde Punkte in den Raum.

„Wieso hast du meine Tiara auf?", schrie Martha.

„Sie gehört mir! Wir haben sie nur für mich besorgt, du unfähiges Stück! Wenn du nicht diesen dummen Schnüffler erschossen hättest, könnten wir immer noch im Herrenhaus unsere Raubzüge planen. Aber du warst immer schon so dumm wie Stroh. Vater hat das gewusst. Er konnte dich nicht ausstehen. Du bist wie ein Klotz!"

Martha war immer lauter geworden. Da hatte sich einiges aufgestaut in den letzten Jahren.

„Das sagst du nur, weil du eifersüchtig auf mich und Richard warst. Du wolltest ihn für dich haben, du hast uns die ganze Zeit gezwungen, das zu tun. Diese ganzen bösen Dinge, vor allem Patty." Mildred liefen Tränen über das faltige Gesicht. „Sie war hier zum Scrabble spielen und fragte mich, ob wir uns das Geld teilen wollen, das sie von Ihnen bekommen sollte für die Information. Sie war wirklich ein liebes Mädchen."

„Diese alte Schreckschraube Lady Meredith hast du ganz allein auf dem Gewissen. Du bist doch unser Auto-experte und hast an dem Sportwagen herumgebastelt. Die wollte deinen Richard auch für sich haben, hat ihm schöne Augen gemacht und sich mit ihm vergnügt, wenn du nicht da warst", schrie Martha ihre Schwester an und fuchtelte dabei mit dem Revolver herum.

Mildred schrie. Dann griff sie zu der Tasse Bean-stocks und leerte sie in einem Zug. Es ging alles so schnell, dass der Butler nichts mehr tun konnte.

In diesem Moment flog die Tür zum Salon auf und Gonzales und DS Mayor stürmten herein. Martha wollte noch nicht aufgeben und schoss.

„Halten Sie doch still!", schimpfte Mrs Bears. „Sie sind ja schlimmer als ein Sack Flöhe!"

Sie legte ein Stück Mull auf die Wunde am Arm und wickelte sorgfältig eine Binde um den Mull. Vorher hatte sie die Wunde mit warmem Wasser gereinigt.

„Warum wollten Sie nicht auf Dr. Sagart warten? Sie hatten wieder einmal Glück", erklärte Inspector Duff. „Es war zwar nur ein Streifschuss. Aber das hätte böse enden können." Er saß mit seinem Kollegen Mayor und Sergeant Lamond am Küchentisch des Hotels, trank Tee und verfolgte die Arbeit der Hotelbesitzerin.

„Ich kann sehr gut eine Wunde reinigen und verbinden. Dafür benötigen wir keinen Doktor. Außerdem ist Dr. Sagart für die Toten zuständig und nicht für die Lebenden", erklärte Mrs Bears mit beleidigtem Unterton.

Lady Fedora saß auf einem Stuhl neben dem Butler und schüttelte zum wiederholten Mal fassungslos den Kopf. Ihr Gatte, der Professor und Gonzales standen neben dem Tisch.

„Ich habe Ihnen gleich gesagt, es ist zu gefährlich, Mörder herauszufordern. Sie haben sich in unnötige Gefahr gebracht", erklärte Lady Fedora. „Einmal abgesehen davon, dass wir alle Sie vermissen würden, was sollte ich wohl dem Kind zu Hause sagen?"

Mr Bears hatte frischen Tee gekocht und versorgte nun die Anwesenden.

Levinya stellte sich mit dem Papagei auf ihrer Hand neben den Butler und sah ihn ängstlich an. „Die drei alten Ladys wollten den, den ich nicht nennen mag, auch umbringen? Mit Gift? Wie gemein ist das?"

„Meinst du damit den Papagei?", fragte Mrs Bears

ihre Tochter.

„Pst, nicht vor dem Tier. Er versteht alles. Ich bin sicher. Darum habe ich doch seinen Namen nicht genannt. Er regt sich doch so schnell auf."

„Bist du sicher, Lady Levinya, dass Bartholomäus alles versteht? Nun, zumindest hat er vor uns allen hier erkannt, wer die Juwelendiebe waren. Auch wenn er natürlich daraus keinen Nutzen ziehen konnte. Ich könnte mir vorstellen, dass Mrs Fleetstone eines Tages mit dem Papagei einen der Raubzüge der alten Damen beobachtet hat und das jedes Mal, wenn der Vogel die drei sah, verlauten ließ, dass sie Betrüger waren, eben Piraten. Tiere haben feine Instinkte", erklärte Beanstock.

„Die Zeit vergeht wie im Flug, wenn man Spaß hat", ließ Detective Sergeant Mayor einen seiner beliebten Sprüche verlauten. „Ich muss mich verabschieden. Es wartet eine Menge Arbeit in Inverness auf mich. Mein Vater wird ebenfalls mehr über diese Sache wissen wollen. Ich habe Ihnen das nicht absichtlich verschwiegen, Mr Beanstock. Ich wollte einfach die alten Kamellen nicht wieder aufwärmen. Vater wird sich wundern.

Martha und Abigail Witherspoon müssen erneut verhört werden, ein Bericht ist zu schreiben, Spuren im Haus auszuwerten, Diebesgut zu untersuchen, Dr. Sagart wird die Todesursache der Mildred Witherspoon bekannt geben und mein Boss möchte jede kleine Einzelheit über diesen Einsatz wissen. Ich weiß natürlich, dass sich die alte Mildred selbst mit Blausäure in die Hölle befördert hat, aber wie erkläre ich meinem Boss Ihre Rolle bei der Geschichte, Mr Beanstock?"

Alle Gesichter wandten sich dem Butler zu.

„Ja, das wird sicher knifflig. Ich würde Ihnen raten, meine Rolle so klein wie möglich darzustellen."

Sergeant Mayor stöhnte.

„Kopf hoch, alter Freund", sagte Inspector Duff. „Wir begleiten dich. Schließlich kreuzen sich unsere Fälle und es sind mit einem Schlag die Juwelendiebstähle und die Morde aufgeklärt. Was wollen unsere Vorgesetzten denn mehr? Danach kommen wir zurück und nehmen einen guten Whisky bei Henry an der Bar. Was meinst du? Zum Abschied, gewissermaßen. Denn morgen werden wir das Hotel in Richtung Aberdeen verlassen und dort wartet ein genauso unzufriedener Chief Superintendent und will uns zusammenfalten."

„Aye, das wird er tun. Er faltet sehr gern Leute zusammen, die seiner Meinung nach nicht spuren", erklärte Sergeant Lamond, nahm eine Tüte aus der Jackentasche, griff sich daraus ein Zitronenbonbon und hielt sie den Leuten in der Küche nacheinander hin. „Greifen Sie zu, Zitronen passen zum Fall der reizenden alten Damen."

Die drei Polizisten standen auf und verabschiedeten sich.

„Ach, Mr Beanstock, bevor ich es vergesse. Könnten Sie mich bitte nächstes Mal informieren, wenn Sie nach Schottland reisen? Ich würde dann einen längeren Urlaub nehmen und weit genug wegfahren, das wäre zu nett", erklärte zum Abschied Inspector Duff, grinste breit, nahm seine geliebte Tabakspfeife aus der Tasche seines Mantels, stopfte sie und entzündete den Tabak mit einem Streichholz. Er sog genüsslich an der Pfeife und dann folgte er seinen Kollegen aus dem Hotel zu den Autos.

In der Küche des Hotels erhob sich Beanstock.

„Vielen Dank, Mrs Bears. Ich bin Ihnen sehr verbunden", sagte er.

„Nun, verbunden habe ich Sie, oder? Sie sollten sich ausruhen. Die Ärztin Bears schickt Sie hiermit schlafen", erklärte die Hotelbesitzerin und Lady Fedora pflichtete dem bei.

Gonzales hatte, ganz entgegen seiner sonst sehr wortreichen Teilnahme an Gesprächen, bis zu diesem Zeitpunkt noch nichts zu der Geschichte gesagt.

Als der Butler nun an ihm vorbeiging, konnte er sich nicht mehr zurückhalten.

„¡Dios mío! Was haben Sie sich nur dabei gedacht? Ich hätte nicht auf Sie hören sollen. Ich wollte doch gleich mit Ihnen zu den Schwestern gehen."

„Gonzales, wenn Sie dabei gewesen wären, hätte ich das Dreigespann nicht so aus der Deckung locken können. Das müssen Sie mir glauben."

„Kommen Sie, Gonzales, Sie haben alles richtig gemacht. Ich gebe Ihnen einen guten Drink bei Henry an der Bar aus. Was denken Sie?", fragte Professor McGregor und zog den Chauffeur bereits mit sich fort aus der Küche.

Beanstock verbeugte sich kurz vor den Baronets.

„Entschuldigen Sie die Unannehmlichkeiten. Wenn ich nichts mehr für Sie tun kann, würde ich mich dann in mein Zimmer zurückziehen."

„Sie fragen uns, ob Sie noch etwas für uns tun sollen? Lieber Beanstock, ab ins Bett. Das können Sie für uns tun", polterte Sir Percival in seiner üblichen Weise los.

Bevor er die Küche verlassen konnte, bekam er noch

eine Umarmung von Levinya. Beanstock lächelte und dachte an sein Pflegekind daheim, das sicher schon auf ihn wartete.

„Cheers!", krächzte der Papagei.

„Es gibt aber keinen Gin mehr für dich, mein Bester! Das ist vorbei. Davon werden kleine Vögel krank", erklärte ihm Levinya und verließ die Küche.

Zwei Tage später kam der Abschied vom *Hotel Cluaran* und seinen Mitarbeitern.

Am Abend davor hatte sich Beanstock mit Mrs Bears lange unterhalten. Er hatte ihr seine Vermutung mitgeteilt, was es mit den beiden Gästen Mrs Brewster-Nettle und Mr Walton auf sich hatte. Mrs Bears erschien seine Annahme plausibel, denn ihre Gedanken hatten sich in den letzten Tagen in die gleiche Richtung bewegt.

Diese beiden waren wahrscheinlich Hotelgutachter, die herumreisten, den Besitzern von Pensionen und Hotels mit irrationalen Wünschen auf die Nerven gingen und dann Beurteilungen in diversen Zeitschriften über diese Häuser abgaben. Mrs Bears würde sie knallhart darauf ansprechen. Sie empfand es als Frechheit, ohne ein vorheriges Gespräch mit den Hotelbesitzern irgendwelche unhaltbaren Bewertungen zu schreiben.

Da waren die beiden Herrschaften an eine Dame geraten, die sich zu wehren wusste.

„Von uns bekommen Sie die Bestnote, Mrs Bears. Wir haben uns bei Ihnen sehr wohl gefühlt und werden Sie auf jeden Fall weiterempfehlen", erklärte Lady Fedora am Abreisetag. Sie standen am Bentley, Gonzales verstaute die Gepäckstücke.

Beanstock befand sich noch an der Rezeption und zahlte die Rechnung, natürlich mit einem sehr guten Trinkgeld für Henry, den außergewöhnlichen Hotelangestellten, verbunden.

„Ich kann mich nicht genug bedanken für die Hilfe Ihres Butlers bei der Klärung der Morde. Unser Hotel ist schwierig zu führen, aber Sie können sich gar nicht vorstellen, wie viele Anfragen für Zimmerreservierungen in den letzten Tagen hier eingingen. Ich glaube, meine Levinya hatte recht, dass die Leute gern morbide Dinge tun. Auf jeden Fall geht es aufwärts." Mrs Bears drückte Lady Fedora lange die Hand.

Als Beanstock durch den Hoteleingang nach draußen trat, kam die Sonne hinter den dunklen Wolken hervor. Loch Ness glänzte im Schein der Morgensonne und das Wasser kräuselte sich im aufkommenden Wind. Kein Nessie ließ sich blicken. Das Seemonster hatte wohl anderweitig zu tun.

Hinter dem Butler kam Levinya aus dem Haus gelaufen. „Warten Sie, Mr Butler!", rief sie.

Beanstock sah sich nach dem Mädchen um.

„Ich wäre niemals gefahren, ohne mich von Lady Levinya zu verabschieden", erklärte er lächelnd und beugte sich zu dem Mädchen hinab.

Levinya legte dem überraschten Butler einen langen, wunderschön gehäkelten Schal um den Hals. Er war aus weicher, rot und grün eingefärbter Schafswolle gearbeitet.

„Wie schön. Das ist eine große Ehre für mich, Lady Levinya vom See. Ich werde den Schal in Ehren halten."

Dann stiegen die Herrschaften ein, Gonzales winkte dem Mädchen ein letztes Mal zu und der Bentley verließ das Gelände des *Hotel Cluaran.*

Beanstock freute sich auf daheim.

Am späten Abend dieses Tages fuhr der Bentley endlich über die Brücke des River Shorty und bog in die Auffahrt von Parsley Manor ein. Vorher hatte man den Professor in London an seinem Haus abgesetzt und ihm das Versprechen abgenommen, bald wieder nach Parsley Field zu kommen.

Aus dem Kräutergarten kam Luci gelaufen. Die Tür des Hauses flog auf und die Dienstboten versammelten sich vor dem Eingang.

Junior konnte sich nicht einkriegen und bellte sich die Seele aus dem Hundehals. Auf der Mauer zum Gemüsegarten saß Mortecai. Der graue Kater konnte die Aufregung nicht verstehen. Seine zu Schlitzen verengten Katzenaugen sahen unbeeindruckt und verständnislos zu dem Aufstand an der Tür des Hauses. Dann gähnte er, sprang von der Mauer und lief zum Gewächshaus. Vielleicht gab es noch einen späten Imbiss. Das durfte ein Kater nicht verpassen.

Auf Parsley Manor zog Ruhe ein. Fenster und Türen waren ordnungsgemäß von Beanstock kontrolliert und das Licht im Erdgeschoss gelöscht. Der Herd in der Küche war aus. Die Kamine von ihm begutachtet. Alles war in Ordnung. Er war mit der Arbeit des Personals in seiner Abwesenheit sehr zufrieden.

Nun saß er in seinem Büro und sah aus dem Fenster in den Küchengarten. Die letzten Stauden mussten noch gestutzt werden. Die Gemüsebeete waren, bis auf Kohl und Zwiebeln, bereits abgeerntet. Mr Herringbone hatte noch sehr viel Arbeit, bis der Winter kam.

Es klopfte.

„Herein."

Mrs Argyle öffnete die Tür, ein Tablett in den Händen.

„Was halten Sie von einem Schlaftrunk und der Geschichte vom Loch Ness und wie Sie wieder einmal einen Fall lösen konnten?", fragte die Hausdame.

Beanstock zog ihr einen Stuhl heran und bat sie, sich zu setzen.

Mrs Argyle nahm die Glaskaraffe vom Tablett, öffnete sie und schenkte goldgelben Sherry in zwei schlanke Gläser. Sie erhob ihr Glas und prostete dem Butler zu.

„Cheers, Mr Beanstock. Ich höre."

Gedanken zur Teatime

Für unsere britischen Nachbarn ist die Teatime ein wichtiger Teil des Tages. Da wird nicht nur einfach eine Tasse Tee getrunken, der Afternoontee wird zelebriert, im kleinen Cottage wie auch im Buckingham Palace. Und in Germany finden sich immer mehr Teeliebhaber, die es genauso liebevoll zelebrieren.

Bei einer guten Tasse Earl Grey (vor allem mit der feinen Bergamottenote, die unseren Beanstock-Schwarztee auszeichnet) lässt es sich wunderbar nachdenken. Die Mitglieder des *Beanstock Teaclubs* werden mir sicher zustimmen. Für die Unterstützung und die interessanten Themen, die im *Teaclub* diskutiert werden, kann ich mich nur bedanken.

Den Beanstock Bio Earl Grey Schwarztee mit spritziger Bergamotte gibt es unter <u>awbenedict.de/shop</u>

Hat man gute Freunde, die hilfreiche Tipps geben können, ist man als Autor mehr als zufrieden. Darum möchte ich heute einigen Freunden danken, die mich inspiriert haben und zum Gelingen dieser Geschichte um den geheimnisvollen schottischen See, Loch Ness, beigetragen haben.

Ich danke vor allem A. Behrs, die mich in allen Wollfragen bestens beraten hat. Denn die Wolle von der britischen Insel ist etwas ganz Besonderes und man muss sich schon genau auskennen. Ob Häkeltechniken, die verschiedenen Garne, die Farben oder ausgefallene Muster, ich bin sicher, dass ich A. nicht zum letzten Mal gefragt habe. Auch wenn in dieser Geschichte nur ganz kurz die Wolle Erwähnung findet.

Inspiration ist etwas sehr Wichtiges für einen Autor. Darum war es mir eine Ehre, Levinya in meine Geschichte zu bringen, dieser wunderschöne Name hatte es mir angetan.

Ich danke C. Scholz, der mir mit seinen witzigen Kommentaren den Schreiballtag versüßt und mir auch an schreibfaulen Tagen neuen Schwung gibt.

Ich danke Andrew, weil er mir den Glauben an die Post

zurückgegeben hat, und ich danke dem Leser, der mir die Idee in den Kopf pflanzte, eine Kriminalgeschichte, um den guten Beanstock an diesem wunderschönen See spielen zu lassen.

Das Cover für den achten Beanstock-Krimi wurde wiederum von Dennis Wolf, Fotoart, übernommen. Wie immer, wundervolle Arbeit.

Ich möchte meinen Mann und meine Söhne nicht vergessen. Ohne ihre Hilfe wäre meine Arbeit als Autor um ein Vielfaches schwieriger. Vielleicht sogar unmöglich, denn sie retten mich bei technischen Missgeschicken, übernehmen Marketing und die Schriftgestaltung des Covers und sind jederzeit für mich da.

A. W. Benedict

Alle Taschenbücher und vieles mehr gibt es in meinem Online Shop unter awbenedict.de/shop

Beanstock – Mord auf Parsley Manor (1)

Beanstock – Das Gänseblümchenkomplott (2)

Beanstock – Die Barke des Teremun (3)

Beanstock – Mörder an Bord (4)

Beanstock – Ein Whisky zu viel (5)

Beanstock – Das Haus der Lady Sherry (6)

Beanstock – Das Geheimnis von Waterhill (7)